苗疆道事

第二卷 青盲年代

南无袈裟理科佛 著

MIAOJIANG DAOSHI

上海文艺出版社

第二卷 青盲年代

目录 contents

第 1 章 行动处二科室…………1
第 2 章 再遇小妮一家…………5
第 3 章 瓦浪山水库案…………8
第 4 章 二蛋童尿安天下………11
第 5 章 水库大鱼长两米………15
第 6 章 巨型鲶鱼藏珠…………19
第 7 章 铁釜煮熬鲜肉…………23
第 8 章 算命先生姓刘…………27
第 9 章 刘老三风水局…………31
第 10 章 好吃不过饺子…………35
第 11 章 摸骨算命言改名………39
第 12 章 省钢风云变幻…………43
第 13 章 临时抓丁遇险…………47
第 14 章 天黑请闭上眼…………51
第 15 章 肩上骑着个人…………55
第 16 章 你们都得去死…………59
第 17 章 手很黑的小子…………63
第 18 章 寒光剑将出世…………67
第 19 章 饮血寒光剑,铁齿神算刘…71
第 20 章 飞剑?飞剑!……………75
第 21 章 小哥赐我一死…………79
第 22 章 这是原则问题…………83
第 23 章 此事只关公义…………87
第 24 章 李局如沐春风…………91
第 25 章 胖妞,我想和你聊一聊…95
第 26 章 机关苦闷生活…………99
第 27 章 这魔剑归你了…………103
第 28 章 天黑了别出门…………107
第 29 章 转眼就被虏获…………111
第 30 章 恶鬼缠身杨小懒………115
第 31 章 除夕艳福不浅…………119
第 32 章 社友莫慌,我来助你……123

第33章 魔猿莫睁三只眼⋯⋯⋯⋯127
第34章 冥火魔身，铜钱破阵⋯⋯⋯131
第35章 琳琅真人苏冷⋯⋯⋯⋯⋯135
第36章 龙虎山罗贤坤⋯⋯⋯⋯⋯139
第37章 口嚼大蒜夜话长⋯⋯⋯⋯143
第38章 分离不过是另一种的开始⋯147
第39章 三月上旬工作组⋯⋯⋯⋯151
第40章 抵达神农架林区⋯⋯⋯⋯155
第41章 离奇失踪，山中夜行⋯⋯159
第42章 老鼠会又现行踪⋯⋯⋯⋯163
第43章 要么你去，要么它去⋯⋯167
第44章 不是烂泥，是肉泥⋯⋯⋯171
第45章 临仙遗策⋯⋯⋯⋯⋯⋯⋯175
第46章 四层套棺⋯⋯⋯⋯⋯⋯⋯179
第47章 内棺摸宝⋯⋯⋯⋯⋯⋯⋯183
第48章 墓室乱局⋯⋯⋯⋯⋯⋯⋯187

第49章 死伤无数⋯⋯⋯⋯⋯⋯⋯191
第50章 杀伐果断⋯⋯⋯⋯⋯⋯⋯195
第51章 魔筒生光⋯⋯⋯⋯⋯⋯⋯199
第52章 危机未解⋯⋯⋯⋯⋯⋯⋯203
第53章 专属符袋⋯⋯⋯⋯⋯⋯⋯207
第54章 乡下小子⋯⋯⋯⋯⋯⋯⋯211
第55章 大队来袭⋯⋯⋯⋯⋯⋯⋯215
第56章 事件将尽，又生祸端⋯⋯219
第57章 一片死寂⋯⋯⋯⋯⋯⋯⋯223
第58章 撒豆成兵，剪纸成灵⋯⋯227
第59章 生死取舍⋯⋯⋯⋯⋯⋯⋯231
第60章 法螺道场的招牌硬菜⋯⋯235
第61章 半路杀出三个程咬金⋯⋯239
第62章 受伤的狼⋯⋯⋯⋯⋯⋯⋯243
第63章 弱者怨恨⋯⋯⋯⋯⋯⋯⋯247
第64章 两场丧事⋯⋯⋯⋯⋯⋯⋯251

第一章 行动处二科室

江南佳丽地，金陵帝王州。

金陵乃六朝古都，山水环绕，人杰地灵，即便上世纪七十年代末，也是繁花似锦，人流如织，厚重的古城墙以及宽敞的秦淮河，让从大山深处小地方来的我和罗大根看得目不暇接，感觉腿都没有长在自己身上，根本就走不动路。看着那些十几层的高楼，我们都大开眼界，罗大根拍着胸口，对我大声说道："二蛋，我的乖乖啊，万万没想到，这世界上竟然有这么高的楼房，它到底是怎么盖起来的哟，哪个就不倒呢？"

相比从来没有出过麻栗山的罗大根，我多少有些见识，不过也是有限的，站在这人流如织的街道上，顿时有一种"世界那么大，自己如此小"的感觉。

戴校长给我安排的新单位，是江宁特勤局，这是他以前的单位，走的是老关系，就这点来看，他对我还算是比较照顾了。

这让我十分感激，虽然我以付出了四张符箓为代价，但是我却获得了毕业的机会，以及一份稳定体面的工作。这是我以前想都不敢想的，特别是这个铁饭碗，让我真的是感觉到了戴校长浓浓的情谊，每想起离开时他的谆谆教诲，我就有一种流泪的冲动。不过，除此之外，我还有一点儿担忧，倘若戴校长知道那符箓除我之外，无人可以使用，不知道还会不会对我这般好？

金陵面积广阔，我和罗大根辗转许久，终于找到了新单位，望着那栋四层小楼和紧闭的大门，我吞了吞口水，然后让罗大根带着胖妞在外面的树荫下等着我。

我心中忐忑，但是报到的过程却并不复杂，当我在大门那儿给门卫出示了介绍信和身份证明之后，那老头子挂了一个电话，接着便从楼里面出来了一个二十多岁的年轻姑娘，马尾辫，脸白白净净的，有几颗可爱的小雀斑。她跟门卫大爷打过招呼之后，便领着我进去了。这姑娘比较热情，自我介绍说她是人事科的，名字叫做欧阳涵雪，叫她欧阳就好，我的调动上面已经打过招呼了，由她来给我办理入职手续。

我跟着这位小姑娘来到了二楼人事科，发现办公室里面没人，一问才晓得这局也恢复没多久，人手紧缺，他们科长去省局办事儿去了，另外两个科员一个孩子生病，一个请了长病假，就只有她一人在这儿。

不过人少有人少的好处，欧阳让我把表填完，然后请我先在办公室里坐一会儿，她带着登记表和档案去找领导签字。

我刚刚来，什么规矩也不懂，别人说什么，我自然是照办。等到欧阳出去之后，我才下意识地往走廊上面看了一眼，感觉这个局里面的人真的好少，刚才上楼来，几乎没有瞧见几个人，空空荡荡，像鬼楼一样。不过这事儿，我也只是心中估量一番，不敢表现出来。就这般傻乎乎地等，足足过了二十分钟，欧阳方才回来，跟我说局里面的领导只有吴琊吴副局长在，听说来新人了，便让带着去见一下。

我跟着欧阳一起，噔噔噔来到了四楼吴副局长的办公室，走进去，瞧见又是一个地中海大叔，腆着个大肚子，正拿那一条缝儿的小眼睛戳我呢。

我规规矩矩地上前问好，吴副局长指着桌子上面的档案，问我道："陈二蛋，十八岁？"

我心中一紧，这档案是戴校长之前弄的，我也不知道他为何要给我做大三岁，不过他做事总是有理由的，吴副局长这般问，我也只有点头称是。没曾想那大叔竟然摇头，对我说道："嗯，巫山学校真不靠谱，年纪这么小的毕业生，都塞到我们这儿来，看看你，还只是初级班毕业的，这学历，恐怕也就是个初中生吧？啧啧啧，你自己说说吧，对以后，你有什么想法？"

吴副局长一脸嫌弃的样子，让我感觉新单位可能并不如我想象的那般好待，面对着他的责问，我感觉倘若把自己未满十五岁的真实年龄报给他听，这人会不会顿时就炸了。

我规规矩矩地说了些套话，无非是好好工作，认真努力，一定不会辜负领导的期望之类。那吴副局长又问了几句话，接着埋头签了几个字，然后冷冷地说道："试用期一年，我会盯着你的，如果你在年终考评的时候成绩太差，到时候，无论你是走了谁的关系，都不顶用的。"签完字之后，他将表格递给了欧阳，然后便再也没有看我一眼。

我失魂落魄地走出了吴副局长的办公室，跟着欧阳一起下楼，刚才还颇为热

第二卷 青盲年代

情的欧阳现在却显得有一些冷淡，递给了我一个条子，告诉我入职的行动处二科室在一楼左手第二间，凭条子可以去后勤科那儿领取食堂饭票和宿舍钥匙，至于工作证，过两天才会发给我。交代完这些，她一甩马尾，竟然就直接把我扔在了楼梯口。

这前后反差强烈的态度，显然是受到了吴副局长的影响，我愣了愣，然后苦笑着往下走，去寻找我入职的科室。

到了地头，我瞧见门虚掩着，里面传来一阵欢声笑语，听着气氛不错，我便抬脚往里走，瞧见这宽敞的办公室里面有四个人，三男一女，其中一个眉毛往两边滑落、长得十分有趣的年轻人正在说笑话，大伙儿正笑得前仰后合呢，瞧见来了人，都一起看了过来。被人注视，我恭恭敬敬地给大家鞠躬，然后打招呼道："各位前辈，我是科里新来的，叫陈二蛋，请大家多多关照。"

我一说完自己的名字，几个人都乐，一个四十来岁、长相颇为成熟的中年男子站起来与我握手，说道："欢迎欢迎，早听说上面要调人过来了，没想到今天过来。嘿，怎么没人带你来呢？"

我刚想解释，那人便揽着我的肩膀来到了办公室的中间，给我介绍道："孔梓丞，老孔，他是我们科室的老同志了；这是你向荣大姐；还有这位，鲁子颉，小鲁，比你早一年来这儿——对了，我叫申重。"申重这边说完，我立刻挨个儿地打招呼："孔哥、向姐、鲁哥、申哥，大家好。"

相比吴副局长办公室的冷漠，这儿还算热情，一番寒暄之后，我也熟悉了行动处二科室的人员，了解到除了他们，我们还有一个科长和另外两个科员，不过他们去外地办事了，所以此刻没在。老申在这儿资历最老，是副科，科长不在的时候就他最大，在了解到我刚刚从外地过来报到，什么都没有安顿好之后，直接给我批假，歇两天，再来上班。

有这样开明的领导，我自然是没口子的感谢，跟二科室的人道别之后，我去后勤科领了饭票，接着又被带到了单身科员宿舍。

出乎意料，许是局里面人太少的缘故，我竟然分到了单独一间，虽然是筒子楼，但是也足够让人惊喜了。当天我便将罗大根和胖妞领进了宿舍，也算是在金陵安了家。接下来的几天，罗大根每天出去找事做，而我则在二科室里面，跟着申重熟悉情况。这不了解还好，当我真正深入，才发现所谓的行动处，其实就是个架子，跟张队长领导的工作队完全不一样，十年运动时期，摧毁了太多的东西，很多工作都处于停滞状态，现在虽然正在努力恢复，但是一切都属于草创阶段，上面下面都有些找不到头绪。

找不到头绪，那就很闲，我每天都像无头苍蝇一样，不知道自己该干嘛，瞧瞧别人，捧着报纸，喝着茶水，优哉游哉，让我困惑不已。

我这边闲得厉害，罗大根却忙得不可开交，这是因为我有工作，而他啥都没有。当初雄心万丈地出来，如果找不到事情做，灰溜溜地回去，可不就丢大脸了？有着这样的想法，他几乎每天清晨出门，很晚才回家，躺下就呼呼大睡，也不知道在忙什么。

我找了他几次，都说不清楚，一会儿在码头上面看人卸货，一会儿在中山陵替人跑腿。在九月末的一天晚上，他很激动地回来，一把抓住我的胳膊，兴奋地问道："二蛋，你猜猜，我今天碰到谁了？"

第二卷 青盲年代

第二章 再遇小妮一家

罗大根在来金陵之前,也就只在麻栗山那一带转悠,根本不认识别的什么人。那个时候正好是我最苦闷、最迷茫的日子,跟几位好友写过信,都没有收到回复,想一想,还以为是哑巴努尔找过来了。然而没想到他卖了一个关子之后,竟然告诉我,碰到了张知青一家。

这事儿说来也巧,张知青的老家虽然也在这个省份,但是并不在金陵,之所以会遇上,是因为去年恢复高考,张知青考上了金陵大学。

张知青的背景,罗大根并不知道,但是却不会瞒着我爹,毕竟两家是干亲,当初我舍命救了小妮,并且和努尔一起将他们家的那婴灵整治妥当,这是一份浓浓的情谊,所以我晓得张知青他爹其实也是一位老干部,先前他下乡,是因为老子进了牛棚,后来拨乱反正,又重新走上了领导岗位,这才有了他回城,以及将一枝花、小妮一同带回的事情。而这一次,罗大根告诉我,说张知青在读大学,一枝花则调到了金陵的一家钢厂里面,做工会干部,把家也安在了这儿。

他乡遇故知,这是一件让人高兴的事情,不过张知青在我们麻栗山是属于落难,未必会想让人知道他这段遭遇,也未必会认我们这些"穷亲戚"。

我心里面是这么想的,但是罗大根却告诉我,无论是张知青,还是一枝花,对于能够在金陵碰见他,都感到十分高兴。张知青学校里有课,平日里不回家,但是等到周六,他邀请罗大根和我去他家里做客,说要款待一下两位麻栗山来的人。听罗大根说得眉飞色舞,我晓得他大概是想托张知青一家帮着找一份生计,而我却不由得想起了小妮,那个总是叫我"二蛋哥"的干妹妹,不知道她长大了一些没有。

罗大根已经代我答应了人家,自然没有爽约的道理,到了周六,我不顾旁人讶异的目光,带着胖妞,和罗大根去商店里买了一瓶麦乳精和一些新鲜水果,然后乘车到了省钢厂的住宿区附近。

地方是没错，但是我们都没想到省钢厂实在是太大了，无数的房子看得我们两人都有些晕，偏偏罗大根这会儿又忘记了张知青家的地址，越想越纠结，一时间愣在了那里。

就在这个时候，一个水灵灵的小姑娘出现在了我们的面前，然后朝着我们招呼道："罗哥哥！二蛋……哥？"

我低头一看，嘿，这可不就是张知青家的女儿小妮吗？几年的时间没见了，她个儿高了一截，脸也瘦了，瓜子脸，粉嫩粉嫩的，一双眼睛忽闪忽闪，黑黝黝的泛着光芒，像天上的星斗，可真好看。这个时候的小妮是九岁，还是十岁了？罗大根之前跟小妮见过一面，倒不陌生，不过我和小妮，彼此看着都有些惊讶，因为我们的变化实在是太大了。好在那小妮子不惧生，一把过来拉我的手，兴奋地喊道："二蛋哥，你的个子长得真高，要不是胖妞在，我都差点认不出来了！"

小妮对我十分亲热，叽叽喳喳，三言两语便将我们这几年没有见面的陌生感给直接扔到了爪哇岛。对于小妮的亲热，罗大根充满醋意，在旁边不满，小妮噘着嘴，说："二蛋哥是我的干哥，我对他肯定亲了。"

乡里乡亲，一枝花对罗大根什么样子十分了解，就怕我们找不到地方，所以派小妮过来寻我们，一路领着我们，来到了她家，是一栋水泥楼。走进屋，我才发现这儿居然是两房一厅的小居室，这条件，恐怕一枝花的官儿可不小呢。一枝花和张知青都在屋里呢，瞧见我们进来，好是一番热闹，看见我们买了东西，一枝花一阵埋怨，说："这俩孩子，来就来呗，还带啥东西呢？"

礼多人不怪，嘴上埋怨，但她还是满脸笑容地收下了。

大家坐在客厅里聊天，我感觉人果然还是要多走一走、看一看、见见世面才是好的，以前一枝花在山里，虽然那样貌没得说，但是总干着农活，也感觉不出什么，现在到了城里，整个人的言谈举止仿佛都上了一个档次；至于张知青，他是大学生，说起话来更是一套又一套。当然，不变的是往日的情谊，当得知我在金陵这边已经有了正式工作，而罗大根还晃荡着，一枝花大包大揽，说由她来想办法，把罗大根先弄进厂子。

这话说得罗大根整个人都无比激动，要不是我们几个拦着，他恨不得直接给张知青一家跪下。

那天晚上一枝花做了好几个拿手菜，都是硬菜，吃得我和罗大根筷子都没有停，胖妞也噎到了。饭后，张知青拉着我聊天，谈起了最近的工作，他告诉我，他

考入的是金陵大学考古系，跟了一个老教授。那老教授也懂一些我们这个门道里面的东西，学了很多，说别看我们现在没事做，那是因为停滞了，等到运动结束了之后，一定会进入一个快速发展的时期。

张知青是个不错的人，或许是因为当日我救小妮的事情太让人震撼了，他并不把我当做寻常小孩，而是跟我讲起了很多从他老师那儿听来的故事。

他是个讲故事的行家，什么楼兰古尸、丝绸之路大盗王，什么凤凰眼，讲得我们一愣一愣的，小妮便抱着张知青的大腿看我，小眼睛忽闪忽闪，可爱极了。那天我们很晚了才回去，没公交车了，张知青借了一辆永久牌的自行车，我骑车，罗大根在后面。刚刚出了厂区，罗大根就满是懊恼地说道："哎呀、哎呀，我的对象飞了。"

我不明白，听这家伙一解释，才晓得他所谓的对象就是小妮，我又好气又好笑，说："人家小妮才十岁，你就这么猴急了？"

罗大根摇头晃脑，说："我可是一见到那女娃儿就喜欢了，不过今天瞧见张知青和一枝花那样儿，恨不得直接将你认下来当女婿，我就知道自己没戏了。"

这家伙的话让我感到好笑，不过我们山里面的娃娃成熟得早，一般到了我们这个岁数，家里人都会张罗着找对象了，要是到了二十岁还没有婚嫁，这事儿就算是不正常了，所以他这般未雨绸缪，其实也是惯例来着。这事儿过了两天，接着一枝花打电话到二科室，让我叫罗大根去钢厂。那家伙回来的时候，喜气洋洋，告诉我，说一枝花给他安排在了钢厂浴室锅炉房，给人烧锅炉。

这是份苦差事，但是一来罗大根还没满十六岁，二来又不是钢厂子弟，能够安排一份临时的活计，人家指不定费了多少心思，所以罗大根感恩戴德，说以后要是出息了，一定报答人家。

张知青一家是我们在金陵唯一认识的熟人，而且罗大根去钢厂也是托了人家的关系，所以我们之间的来往十分密切，一来二去，彼此都十分熟悉了。而局里面也如张知青所说的，开始忙了起来，我被频频派遣出差，都不是什么大事，要不然就是重修道观，要不然就是安排寺庙僧人，我都快忘记了自己的职责。然而有一个周日下午，本来我们约好在张知青家里吃饭，结果科里面临时有任务，说南郊瓦浪山那儿出事了，申重将我抓住，连同着老孔、小鲁一起匆匆赶往。

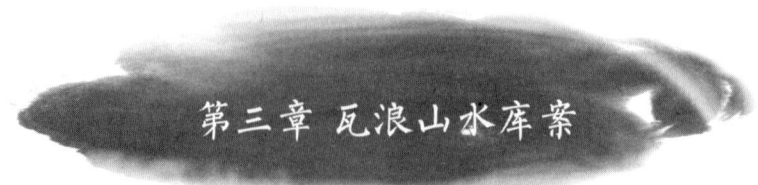

第三章 瓦浪山水库案

时间紧、任务重，我连通知张知青一家的时间都没有，也没来得及找去外面玩儿的胖妞，就被匆匆拉上了一辆吉普车，然后直接朝着南郊那儿行去。

在车上，申重给我们讲解了这一次的事情，并非是什么清闲的活，而是真正的案子——命案。

按理说，即便是命案，也轮不到我们这边来管，但是这件事儿透着一股邪性，又碰巧被我们局里面的领导晓得了，于是就随口说了一句话，让我们这边也积极参与一下。有的事情就是上面一张嘴，下面跑断腿，结果我们被临时抓来。事情发生在前天中午，在瓦浪山那边有一个水库，农业学大寨那个时候修的，这水库修好之后就频频出事，附近的村民总是教育自家孩儿，不要去水库玩水，但是每年总有几个人会莫名死在水库里面，邪性得很，根本就拦不住。

今年夏天，这水库足足死了六个人，三个大人三个小孩，创了历史新高。附近的村民就开始恐慌起来了，有的老人又提起之前的说法，讲瓦浪山这儿本来藏有龙脉，后来虽然被清朝某些组织给截断了，但还是留了一段龙尾巴，本来也是相安无事，可这水库一修，乱了风水，结果龙王爷恼怒了，每年都会派些夜叉出来，找人索命。

这话着实迷信，搁早几年肯定要被打成封建余孽，现在风气开明了，私底下，老百姓又有些心思浮动。

有的时候，有的事情就怕人想，这惦记多了，就容易出事儿。这不，瓦浪山下的孟家村，也不知道从哪儿打听到一个叫做黄养神的神汉。此人颇有些本事，早些年运动时期，人家直接进了深山，后来稍微安宁了，又出来了，卜卦算命、测人吉凶、安家定宅，都是一把好手。于是孟家村的人琢磨着找这人出来看看。村子里几个长辈一合计，就遣人去请了，结果来了一个四十郎当岁的汉子，一脸枯黄，走到水库那儿看了一圈,说这儿阴气太重,邪性得很,他自个儿把握不大,需要夜里作法,再看一下。

当时村子里安排了三个胆大的后生陪着他守夜,结果在第二天清早的时候,人们在水库里,看到了那个神汉的无头尸体漂在湖面上。

没有人能够讲得清楚,这个神汉到底是怎么死的,跟他一起守水库的那三个年轻人反映,说他们也不知道怎么回事,那天瞌睡特别重,几乎是眼睛一闭,就睡过去了。这里面有一个人是村支书的二子,他说他后半夜的时候,蒙蒙眬眬仿佛听到什么声音,但就是没有能够醒过来。

这事十分诡异,而且到现在都还没有将那神汉的头颅找到。以前这儿死人,大多都是溺死,一般都没有什么人追究,然而这回的无头尸体绝对是人为的,所以就闹得有点儿大了。事情闹得大,就轮到我们出马了。我们这个部门是新竖的牌子,但听说最上面的领导都是从 8341 出来的,底气硬,很需要成绩,几乎是看到什么能够扯上关系的,都恨不得派人去看。二科室的科长带着两位得力助手,在余扬待了好几个月都没有回来,就是要弄点效果。而申重也是个犟脾气,有一种要跟科长打擂台的心思,所以上面的领导一吩咐,立刻点齐兵马,直接杀来。

车是小鲁开的,从局里到瓦浪山,走了三个多小时,到地方的时候天都已经黑了。当地的公安机关已经介入了,因为是件大案,所以来了十多人勘查,进展很快,原先说找不到的头颅,现在也已经找到了。

听说是在水库的一个水湾子里找到的,打捞的人用捕鱼的网兜弄上来的时候,那头颅骨碌一下滚落下来,那人惊恐地发现这脑袋上挂着一种诡异的微笑,一双眼睛瞪得滚圆,好像在看着他一样。

捞尸人吓得半天都没有回过神来,要不是旁边还有人在,说不定拔腿就跑了。作为科室里资历最老的成员,申重负责跟这些公安同志打交道,一开始别人并不怎么理会我们,去村头打电话确认之后,这才认可了我们的身份,也带着我们到了停尸的草棚,去看了尸体。被水泡肿的尸体特别恐怖,整个人仿佛膨胀了一圈儿,手脚粗大,旁边有一个矮坛子装着脑袋,我认真地打量了一下,直感觉这脑袋的端口很平滑,脸冻得铁僵,抿着嘴,眼睛也闭着,并没有他们先前所说的那种诡异微笑。

人总是喜欢以讹传讹的,我们刚才听到的说法,说不定就是个谣言。

这草棚是临时搭起来的,因为这样的一具尸体,村里没有人愿意抬回去,这儿的村支书组织人用夏天留下来看瓜的草棚子加盖而成，虽然已是深秋，温度不高，但这儿还是有一种肉类腐败的气息，熏臭得不行。申重和老孔都还好，毕竟是老江湖了，然而小鲁就有些受不了，他以前没有见过这东西，脸没多久就变成了惨白色，过了一会儿，直接奔出去，然后我们都听到了剧烈的呕吐声。

这声音伴随着秽物的排出，此起彼伏，申重宽容地看了一眼旁边若无其事的我，拍了拍我的肩膀说道："二蛋，你别绷着了，要是想吐就赶紧去，一会还有事做呢。"

他们都以为我是故作镇定，殊不知给二十来头僵尸刷了半年人油的我，对这种场面早已免疫了，我摆摆手，说："不用，我还好。"见我并非强装，而是真的毫无畏惧，不但是申重和老孔，连引我们进来的刘公安也竖起了大拇哥儿，说："这位小哥，面无惧色，泰然自若，当真是一个人物了。"说完，他继续介绍道："我们现在呢，已经开始在孟家村和隔壁几个村庄进行排查了，昨夜陪着这个神汉一起的三个年轻人，我们也询问过了。事情有点儿奇怪，按理说，杀人都是有动机的，但是我们至今为止，并没有发现这人跟谁结过仇。"

无头命案，这事儿的影响很恶劣，附近都已经传开了，他们的压力也十分大，上面明确指示，一定要限期破案，所以比起我们这些准备过来打酱油的家伙，他们更加着急。看得出来，在用过正规的刑侦手段而没有线索之后，他们开始对我们的到来充满了期待。

在二科待着的这几个月里面，我也大概摸清楚了这几位同事的底子，申重是老侦察员出身，老孔是有些本事的旁门左道之辈，而小鲁则是部队转业回来的，他甚至连类似于巫山培训学校这样的地方都没有去过，但据说枪法极好——只可惜我们都没有佩枪。就这些人，别说其他，就连我，他们都对付不了，更何况这被传得神乎其神的无头命案真凶？我在听到事情经过的那一瞬间，突然感觉到，说不定这水库里，有我小时候遇到的水鬼儿一般的东西。

难道说，我二蛋哥扬名立万的机会，马上就要来到了吗？

这般想着，我颇有些小激动，而申重则带着我开始检查起尸体来，他也是想带带我，一边检查，一边讲解。然而就在这个时候，我的耳畔突然想起了刘公安神经质的叫声："啊，他又笑了，又笑了，怎么办？"

我下意识地转过头去，看到刘公安指着盛放头颅的那个矮坛子，脸上呈现出一种惊恐到极致的表情来。

第四章 二蛋童尿安天下

刘公安的叫声让所有人都感到毛骨悚然，我扭头往那头颅看去，但见那个叫做黄养神的神汉僵直铁青的脸孔阴郁得吓人，却根本没有任何变化。

没有变化，那么就是刘公安的幻觉咯？

这停放尸体的草棚子里面，除了我和刘公安，还有申重和老孔之外，没有办案人员再愿意进来了，他们都嫌这儿的气息太过于阴霾，让人有一种透不过气的沉重。四个人中，我们二科的三个人都确定那脑袋并没有笑，然而刘公安却有点不能控制自己的情绪，告诉我们，刚才那脑袋笑了，嘴角一抽一抽，眼睛直勾勾地看着他，仿佛要索命一样，看得他汗毛直竖，感觉有人趴在他身上一般。

刘公安仓皇离去，草棚子里面就只剩下了我们三个人。申重递了一根烟给老孔，两人点上，长长抽了一口，老孔突然说道："老申，这事儿真的有些不对劲啊，要不要打电话回局里，请一科的人过来支援啊？"

申重看着那骇人的死人脑壳，对老孔说道："嗯，这事儿是挺邪门的，不过虽说科长不在，但你不是也会些小玩意吗？别藏私了，拿出来吧，何必去让一科的那帮孙子笑话？"

老孔摆摆手，猛摇头说道："老申，别笑话我了，我的那点儿小玩意，也就是避避邪、消消怨的小把戏，我爹死得早，我也没有学全，单独弄，我也没把握呢。"老孔谦虚，而申重则转过头来看向了我，说："二蛋，我看过你的档案，晓得你从老局长的巫山后备培训学校毕业出来的，而且之前也有些底子，你觉得呢？"

十年磨一剑，霜刃未曾试。今日把示君，谁有不平事。

我来到新单位，一直都憋足了气力，准备搞点儿大事出来，建功立业，也免得那个吴副局长总是瞧不起我。今天听到申重向我问起，顿时就一阵激动，也顾不得别的，点了点头，说："我试试！"这话说完，我便一步走到矮坛子前面，解下了皮带，直接掏出那话儿，酝酿了一下情绪，然后手掐净身法诀，口中念念有词："灵宝天尊，安慰身形；弟子魂魄，五脏玄冥……"

申重瞧见我这架势，慌忙拦住我，喊道："嘿，别啊，你别破坏证物啊！"

不过我这情绪已经酝酿得差不多了，拦也拦不住，膀胱一松，立刻一泡热烘烘的尿液就浇到了那死人脑袋上面。

申重拦不住，一脸郁闷，然而扭头一看，却见那头颅上面竟然冒出了滚滚黑烟，黑烟翻滚着，不断聚散，竟然凝现出一张扭曲的脸孔来，跟那神汉的脸长得一模一样，一双空洞的眼眶里面充满了浓浓的怨恨。

有怨便对了，莫名惨死的人，魂魄一般都是不容易自动消解的，因为它有执念。然而这世间便是如此，人有人路，鬼有鬼道，大家各走各的地界，最好别相交。

傻小子火力壮。我不顾那黑色烟雾中的鬼脸，将尿液往上移了一点儿，浇在其上。这一淋，草棚子里的人都听到了一声尖厉的叫喊，接着黑烟一卷，消失得无影无踪。

那黑烟一消散，草棚子里顿时就恢复了原状，申重过来拍我的肩膀，嘿嘿笑道："小子，不错啊，你怎么办到的？"我一边穿上裤子，一边解释道："这个人死的时候，心不甘情不愿，他自己又有些本事，所以魂魄留在体内不走。他不走，有两种可能，一是还有牵挂，想要最后再见一见自己的朋友和亲人；二呢，就有些恐怖了，他可能是死得不甘心，想要多拉几个人一起陪葬，也就是所谓的黄泉路上，一路同行，不寂寞……"

我说得头头是道，申重如获重宝，老孔也请教起我刚才的手段来，我告诉他，刚才我那一泡是持咒的童子尿，阳气最盛，一般阴晦之物都经受不住的。

这里面的原理老孔也懂，他一边点头，一边坏笑道："不错，有了这源源不断的辟邪之物，我们倒也没有太多好担心的——老申啊，二蛋是个人才啊，特别是这童子尿，利用得好，我们这几年的日子都好过了啊。"

我们虽然清除了头颅里面的邪性，但是因为我并不能够与那"东西"交流，所以也没办法知道他到底是如何死去的，事情依旧没有进展。我们出来之后，申重跟当地的公安同志商量了一番，然后决定我们在这儿驻村，共同破案。

我们这边领头的是申重，而对方则是刘公安，得知我们已经把那死者头颅里面的"东西"给驱走了，他表示出了最大的热情，研讨一番之后，我们决定连夜上山，去水库那儿驻扎。

既然一切线索都停滞了，那么只有在最危险的地方，才有可能发现新的东西。

当天晚上我们在村公所吃过饭之后，就准备上山。我们二科四个人，留下小鲁在村子里看车，其余三人上山，而刘公安他们则有五人一起上山，持枪的就有三人，如临大敌。这八个人再加上村子里面两个熟悉水库情况的村民，总共十个人，组成了这一次案件的勘察队伍。

瓦浪山并不算高，而且水库就修在半山腰，所以不费多少时间就到了。十个阳刚火旺正当年的壮汉，也没有太多好害怕的，直接就住进了出事的那间木棚。趁着天色还有点光，申重、老孔和我在水库周边巡查了一番，发现这儿的水很冰，湖面上还好些，手往里面一放，下到十几公分，感觉就跟到了冬天一样。

老孔祖上是给人看风水的先生，这行当传了几代，后来他爹在运动时期死了，不过手艺还是传了些下来。他围湖走一圈，告诉我们："这水库修得太乱了，又伤风水，又截水脉。"

我没有学过风水十三术，看不出子丑寅卯来，不过总感觉这水库周围的林子茂密繁盛，阴气太过于浓郁，估计即便到了夏天，也是冷飕飕的。

金陵是出了名的火炉子，一到夏天，这样的地方只怕会有好多人想来避暑。人多了，就容易出事。

老孔左右瞧了一下，然后压低声音，跟我们说道："那个神汉恐怕是有些本事的，只可惜还没有弄完，人就死在这儿了。这个地方不太平，需要布点法阵出来，压一压这里的煞气，要不然，不但是以前，以后恐怕这儿也会不得安宁。"老孔的话有道理，申重跟我们谈起了他办案子的思路，希望能够通过找出凶手，让上面引起重视，然后到时候从上面或者总局派一位真正有大本事的人物来，给这里布一个镇灵的法阵，免得这儿的老乡们总是深受其害。

谈完了案子，天已经是黑蒙蒙的了，我们在手电筒的指引下，深一脚浅一脚地摸回来，刘公安和他的几个兄弟也已经回来了，大家打了招呼，又研究了一会儿案情，然后两两一组，准备夜里执勤。

事情有点儿邪门，所以大家都要加强防范，我因为年纪小，被分配在上半夜，到点之后，与人交接，然后躺在木棚子的地板上睡去。

因为是出任务，我睡意也不重，半夜有人推我，便骨碌一下爬起来，瞧见是老孔，他在我的耳朵边轻声说道："二蛋，刚才李冠生出去了，恐怕有事情要发生啊！"我脑袋迷糊了一阵，而后突然想起来，李冠生不就是和我们一起上山来的村民老李吗？想到这儿，我立刻拉着他问道："村民是不安排值班的，他跑出去干吗？"

这会儿大伙儿都爬起来了，旁边的刘公安一脸的紧张，抿着嘴唇说道："他刚才迷迷糊糊地爬起来，朝外走，我问他干嘛，他说尿尿、尿尿，我就让他走了，结果过了五分钟，还没有回来，喊名字也没有应。"

申重脸色一变，催着大家说道："走走走，赶紧出去找，别让人在我们眼皮子底下死去，到时候可就要闹笑话了！"

大伙儿纷纷穿衣，然后三人一组，朝着水库边摸去。我们走的是堤坝方向，走了几分钟，突然听到旁边的湾子那儿有刘公安他们几人的声音传了过来，十分嘈杂，心知出了问题，于是抬脚狂奔而去。匆匆跑到岸边，瞧见刚才不见了的老李突然出现在水岸边，而水里面还冒出一个人来，湿淋淋的，正拉着老李往水里面走呢。

一个在前，一个在后，在他们的前方，是黑黝黝的水库。

黑漆漆的夜里，这样两个人出现在水岸边，一阵阴风吹过，让人心中无端生出了一阵凉意。

好恐怖啊……

第二卷 青盲年代

第五章 水库大鱼长两米

刘公安他们来得及时，三两下就冲到跟前，一个猛扑，一人一个，直接将这两人扑倒在地。旁边还有一个人，是我们二科的老孔，他把手电照在那个从水里面爬起来的人脸上，不由得诧异地大声叫道："孟老二？"

我们匆匆赶到，听到这话，我眯着眼睛瞧去，看见那个被按倒在地的竟然是前几天和那个神汉一起来山里面勘察地形的村支书二子。

这人因为神汉之死被刘公安他们审过，嫌疑不大，但被勒令留在家里，不得外出。没想到这深更半夜的，他不好好在家待着，竟然从水库里面爬了出来，还拉着村民老李一同走入水里。当这手电筒的光照在了他的脸上时，不知道是光线太摇晃，还是别的原因，总感觉他的脸孔有一点儿模糊，朦朦胧胧的。

接下来更是发生了一件让我们想都想不到的事情，他竟然很轻松地将压在自己身上的刘公安一下甩开了，然后像狗一样爬到了老李的身前，搭着他的胳膊就往水里拽。

老李身上也压着刘公安的一个兄弟呢，那兄弟是六名公安同志里面体型最健硕的一位，一个能顶俩，却被连带着直往水里拖去。

岸边的泥地里，竟然被拖出了一条长长的人形痕迹来。

天啊，孟老二到底有多大的力气，才能够将两个拼命挣扎的成年人给拉成这般模样啊？

所有人都感觉到一阵寒气从心头生出，不过老孔反应很快，眼看着这地上两人就要被拖到水里去，他毫不犹豫地冲了上去，拦在孟老二的身前，伸手搭住孟老二的胳膊。相对于那些干警，老孔还是练了一些把式的，下盘也稳，只见那孟老二甩手过去，他的身子明显地抖动了一下，但还是稳住了，手往腰间摸去。

这个时候我们这组也反应过来，飞快地冲到跟前，搭手的搭手，按脚的按脚，七手八脚，准备将孟老二压在地上，不让他发狂。

然而整整五个人都无法制服孟老二，他像一头发疯的公牛，不怕疼，也能吃劲，无论是谁，一旦搭住他的身子，便被猛然一甩，根本握不住他。我拉住了他的胳膊，结果胸口就不知道怎么回事中了一脚，直接摔在了水边。这时申重也带着人赶了过来，瞧见这场景，大声喊道："他中邪了，掐他人中！"

这时老孔终于从他的兜里面掏出了一个东西——混合着鸡血的朱砂，抽空狠狠地按在了孟老二人中上面。

人中穴属督脉，为手、足阳明，督脉之会，内有地部经水，故而又被称为鬼客厅。

"嗷……"

老孔这般一掐，那孟老二便发出了一种类似于猛鬼出笼的吼叫，接着他甩开了死死拽着的老李，浑身如同筛糠一般地抖动，这剧烈的抖动让所有拉着他的人几乎就要摇散了。申重摸摸衣服的兜，然后伙同旁边几人一把将孟老二按倒在地，朝着我大声喊道："二蛋，撒尿，快撒尿！"

这领导一发话，我也顾不得羞涩，直接冲上前来，一撩裤子，一泡宿尿就激射而出，劈里啪啦地浇在了孟老二的身上。

一泡尿撒完，孟老二终于停歇了，软绵绵地趴在了地上，旁边几个按着他的人也累得够呛，瘫倒一旁。老孔爱开玩笑，一边瞧着我系裤子，一边笑着说道："嘿哟，二蛋，还别说，你爹可真会取名字，这两个蛋儿还挺大的呢。"

旁边的刘公安却在抱怨："小子，你的尿怎么一点儿准头都没有啊，也尿了我一身！"

他刚才拼命得很，为了按住孟老二也用上了老命，这会儿孟老二趴下来，他一边指挥着手下的兄弟将其铐起来，一边走到水边去洗脸——刚才我直接尿到了他的头上。屎尿惹人嫌，谁也搁不住，因为刚刚将孟老二制服，所以大家都有些放松，没想到刘公安刚一走到水边，蹲下来洗手还没一会儿，突然扑通一声，我们扭头看去，却见刘公安整个人都栽进了水里。

这到底是什么情况啊？这人刚才还好好的，怎么一下子就往水里面扎去了啊？

关键时刻，还是我这麻栗山龙家岭第一密子王站了出来，一个箭步直接冲到了水里，将在水中扑腾的刘公安一把捞起来。没承想他刚刚爬起来，一抬头，竟

然满脸的鲜血，口鼻之间尽是泡沫。

我心中一惊，又一个人中邪了吗？

我有些愣住了，又想要解裤带，结果刘公安一把抓住了我的手，大声哭喊道："救我啊，底下有东西在抓我！"

我一听，往下面一看，黑咕隆咚的，什么也瞧不见。

不过没有瞧见不要紧，这儿的水也就齐膝盖，不管有什么东西，只要把他推到岸上就好了，于是我来不及刨根问底，直接将他往岸上顶去。两人奋力往岸上扑腾，然而刘公安的双腿如有千斤，根本就迈不得一步。这时大家伙儿都反应过来，朝着我们这边跑来，第一个来的是老孔，他一把抓住了刘公安的手，拽了拽，然后朝着我大喊道："二蛋，水下有东西，你看一下是啥？"

几道手电筒的光束照过来，我硬着头皮，伸手往水里摸去，结果一抓，竟然只是一把水草，刚才刘公安手忙脚乱，一不小心就被这些水草缠住了。

"水草而已，大家别慌！"我拔出两把水草来，挥了挥手，然而抬头的时候，发现所有人都用一种极度惊恐的目光瞧着我，在这昏暗的环境下，让我感觉有的人甚至整个眼睛都凸了出来，这让我十分不适应，郁闷地问道："怎么了？我没说错啊，这就是一把水草……"

我说着话，突然听到申重大声喊道："二蛋，小心背后！"伴随着他尖利的叫声，枪声随之而起，巨人的声音在我的耳边轰鸣，我不知道他们为何如此害怕，甚至还直接拔枪射击了，下意识地扭头看去，只见一道巨大的黑影子朝我这边撞来。

时间太紧迫了，我根本就没有反应的时间，只能随手一抓，竟然拽到了一根滑溜溜的东西，接着一股巨大的力量将我撞到了水里。

猝不及防之下，我根本就来不及思考，感觉整个人好像被砸入了水下的淤泥里面，骨头都仿佛散架了一般，不过好在我也是练家子，丹田一憋，立刻有一股暖流将身体护住。

我不知道这个突然从我背后出现的东西到底是什么，却晓得被抓在我手掌里面的滑腻之物应该是对方身体的一部分，于是紧抓不敢放松，同时双脚往泥里一踩，整个人腾空跳出了水面。我这几乎是下意识的行动，来源于巫山学校的培训，那就是无论什么时候，都不要让自己处于被动挨打状态，谁知我一落下，竟然没有摔在泥里面，而是坐在了一堆冰冷而滑腻的东西上面。

这种感觉，好像是沾到了一泡屎。

接着我感觉到一阵剧烈翻滚，人也在水中不停地跳动，一会儿泥里，一会儿水中，不过我的左手却攀到了一个可以固定住我的东西。

是鱼鳃，我很快就发现，被我紧紧骑在身下的，竟然是一条比成年人的身高还要长的大鱼。

麻栗山处于十万大山的东北部，都是小溪小河，我从未见过这般巨大的鱼。而实际上，即使在金陵，这样巨大的鱼也实在罕见，事出反常必有妖，刚才孟老二突然中邪，接着刘公安双脚被水草绊住，一直到这一条大鱼出现在河岸边，只怕此次瓦浪山无头尸案的缘由，就要落在这条反常的大鱼身上了。

不过当所有的疑团似乎就要豁然解开的时候，骑在鱼背上的我虽然并没有被甩脱下来，但是在众人一片惊慌之中，那水中畜生尾巴一摆，竟然带着我朝水库的中间一跃而起，接着将我往水底带去。

我的天啊，俺陈二蛋虽然号称龙家岭第一密子王，但是跟这么一条成精了的大鱼比水性，似乎真的是一件找死的事情啊？

第二卷 青盲年代

第六章 巨型鲶鱼藏珠

找死不找死，这玩意儿如人饮水，冷暖自知。

常人落在这大鱼背上，三两下，必然就被甩脱下来了，我却死死地黏在了它的身上，无论它如何甩尾翻转都没有用。

我曾经跟随老鬼苦修道义，《太上三洞神卷》中的雷霆、除病、驱疫、保生、救苦、捉鬼、伏魔诸咒，总共七百八十余则，我死记硬背，熟知于心，却被青衣老道的血咒封印，空有屠龙之术。后经邪符王杨二丑给我洗髓伐经，授我《种魔经注解》，将一粒种子埋下，这些日子以来，虽然缓慢，但是它已经生根发芽了。

虽然在二科这个小小的地方蛰伏着，被那个秃头肥肚猥琐相的吴副局长极尽奚落，被科里老人呼来唤去，甚至有些找不到未来的方向，但我很清楚一点，那就是我陈二蛋一定比别人强。

我所欠缺的，只是一个表现自己的机会和舞台，而这条古里古怪的大鱼，也许就是我更好前途的开端。

在一阵恐怖的翻滚中，那条大鱼带着我潜入了冰凉的水库底下。这大鱼在浅岸的时候，还没有表现出太大的力量来，然而一入水中，便如同一匹发狂奔跑的烈马，带着我忽左忽右，就是不上潜，存着心思要将我弄死。然而此时此刻的我，虽然整个人被颠得天昏地暗，两腿抽筋，但是依然还记得一件事情。

那就是我映入心头的咒文——降魔咒。

我几乎用尽了全身的力气，一边在心中默念着《太上三洞神卷》中的降魔咒文，一边从怀中抽出了小宝剑，然后扎在了这条大鱼的头上。为此我还差一点被甩脱出去，不过最终那锋利的小宝剑还是切断了这条大鱼的脊梁，深深地扎在了它的脑袋中。鱼不会发声，我却听到了一阵刺穿耳膜的厉叫。

一阵剧烈挣扎之后，它那庞大的身躯终于停止了动弹，与我一起，缓慢地朝着水面浮去。

我不知道自己和这条大鱼在水底纠缠了多久，当浮出水面的时候，我那几近干涸的肺部终于可以肆无忌惮地舒展开来，从没有觉得空气是如此可爱的我，足足持续深呼吸了三分钟，才从与死神擦肩而过的兴奋中走出来。打量自己的处境，只见四周一片黑漆漆的水域，水岸离我远得很，而宁静的夜里，我依稀听到了几声沙哑的喊声。

从眩晕中恢复过来，我终于听清这是在叫我的名字，喊我的是我们科室的两位老前辈，还有刘公安手下的几个兄弟。

当时的我也是沉得住气，发现我抱着的这条大鱼许是因为鱼鳔鼓胀，竟然漂浮在水面上，便开始推着它朝声音传来的方向游过去。一开始我还想要一鸣惊人，悄不作声地出现在众人身旁，然而没多久，我发现自己的体力在那短暂而激烈的搏斗中已经消耗殆尽了，夜里的水格外冰凉，冻得我直哆嗦，于是我也顾不得面子，扯着嗓子求援。岸上很快就反应过来，接着有人纵身一跃，竟然跳下了水，朝我这边游来。

在刚才那般诡异的情况下还敢跳入水中，这么大胆的人自然是我们二科此行的头儿申重。他游到我身边，拽着我的胳膊，问我有没有事，我摇头，然后他又瞧向了我怀中的这条大鱼。

在幽幽的月光下，摸了两次拳头大的鱼眼睛之后，申重十分确定地告诉我："这是头鲶鱼啊，这么大的，说不定早就成精怪了！"

这句话奠定了瓦浪山无头凶杀案的基调，那个叫做黄养神的神汉之所以身首分离，说不定就是被这鱼儿的背鳍给斩断的，申重推测道："你看看这背鳍，真的是比刀锋还要坚韧，也不知道二蛋你到底怎么弄的，竟然将这家伙给搞死了，干得漂亮！"

"干得漂亮！"当我和申重两人千辛万苦将这头巨大的鲶鱼拖上岸的时候，几乎所有人都争先恐后地凑上前来，有人跟我握手，有人使劲儿拍我的肩膀，冲我大声说着这句话。

瞧见这些人兴高采烈的模样，我将青衣老道留给我的小宝剑收好，然后很谦虚地摸着后脑勺，笑着回答道："狗屎运，这是赶巧了呢。"

我很谦虚，但是所有人的眼神中都透露出一股尊重，特别是先前被水草绊住的刘公安。他被救上岸之后告诉别人，当时他的一双腿好像陷进了沼泽里面，现在

第二卷 青盲年代

回想起来，应该是中邪了——只有中邪才能解释为何两把水草就能够将他这个身经百战的老公安困在水中。大家对于这条两米多长的鲶鱼都表示出了极大的畏惧，它巨大、颀长，腹下有黑色纹路，一对鱼须像传说中的龙须一般长，然而这样的怪物竟然死在了我的手里，实在让人震撼。

我毕竟是二科出来的，这些人的夸奖让申重颇为得意。众人合力将那条巨型鲶鱼拖上了岸，接着老孔又把先前中邪的孟老二和老李弄醒，一番盘查，发现两人都做了一个奇怪的梦。

梦里面，河神老爷要请他们到水里面去，于是迷迷糊糊地，他们就来到了水边。

跟很多人被催眠后对自己所做过的事情一无所知不一样，两人依稀还记得刚才的一些事情，回想起来，感觉自己好像被恶鬼控制住了一般，止不住地直打寒战。大家折腾一会儿，天就亮了起来，水库离山脚下的孟家村也不远，于是便派了几人先下山去报信，我们则在这儿看守那巨型鲶鱼的尸体。

申重是老侦察员出身，在道门玄学方面并不擅长，然而他之所以比老孔的级别高，并不是熬资历熬出来的。闲着没事，他便开始围着那巨型鲶鱼转悠，过一会儿，又从背包里面拿出了一个盒子。

我一身淤泥，还散发着鱼腥味，洗过身子后连换洗的衣服都没有，不过傻小子火力壮，光着屁股也不嫌冷，上前来看，只见这木盒子里装着一堆黑乎乎的粉末。

这是磁铁石，申重沿着巨型鲶鱼身边绕了几圈，根据那磁石粉末的分布，一番观察，最终停在了我用小宝剑插出来的伤口处，探出手去，在这鱼脑袋里面摸了一通。这鱼大，脑袋足有脸盆宽，胳膊都能伸进去，不一会儿，他竟然从里面摸出一颗龙眼大的珠子来，用水洗净，手电一照，竟然有绿幽幽的光芒闪耀。旁边的老孔很激动，惊呼道："妖丹？"

申重笑着推了他一把，说："放屁，你以为是你偷藏着的还珠楼主小说吗？龙、蛇、鱼、龟、蚌，这些动物的脑袋里面都能够产珠子，是一种结石沉淀，不过看样子是好货，回去鉴定一下。"

旁边还有地方部门的同志，申重不想多表露，不动声色地收入了怀中。

孟家村离这儿并不算远，所以我们并没有等待太久，村子里就来人了，小鲁也来了，除此以外，还来了十几个拿着扁担挑子的村民。大伙儿过来之后，看见地上这么大的一条鲶鱼都惊呆了，议论纷纷，而村支书没有容他们多想，一挥手，直接将那鱼捆住，担回了山脚的孟家村。

经过凌晨的这件事情，申重和刘公安基本上达成了一致意见，那就是近几年来水库频频发生溺水事件，此番那神汉又在深夜里离奇死亡，应该跟这条成了精的巨型鲶鱼有关。

事儿就是这么个事儿，至于如何向上面解释和交代，就用不着我这样的菜鸟来操心。我在昨天与巨型鲶鱼的搏斗中，胳膊受了点伤，被安排在当地村民的家中休息。结果还没有坐下多久，突然听到村公所那边一片热闹，连忙出了门，拉住一个朝着那边跑去的小屁孩子问怎么回事，那孩子端着一个巨大的碗，一边奋力摆脱我的手，一边大声喊道："村支书说县里来的公安抓住了凶手，是条鲶鱼精，今天要把那鱼给宰了，剥皮抽筋熬鱼汤，给全村的人压惊还债呢，快去，快去，不然就吃不着了！"

我心中一惊，这是闹的哪门幺蛾子啊，当下也顾不得休息，跟着他来到村公所前，果然瞧见那儿垒起了一个巨大的灶台，上架大锅，我们捕获的那条巨型鲶鱼果真被分拆了，扔在锅里煮熬。

这锅应该是大食堂留下来的产物，本是煮饭用的，有点类似于鼎器，足够半人高。

灶台下面火焰滚滚，旁边蹲着的村民里三层外三层，全部都端着大碗，眼巴巴地瞧着那口巨大的铁锅，闻着浓香四溢的鱼汤，吞着口水，像过年了一般。

第七章 铁釜煮熬鲜肉

那年头,百业待兴,农村苦得很,很多人有日子没有沾到荤腥了,见到肉就流口水。虽说这条巨型鲶鱼不知道活了多少年,肉质可能都老了,但到底还是肉,这大锅一煮,隔着好几里地都能够闻到那种特殊的香味,把人肚子里面的馋虫都直接勾了出来。

当时的场面热闹极了,无论是白发苍苍的老人,还是拖着鼻涕的小孩儿,又或者是为人父母的成年人,眼睛里面都冒着光,喜气洋洋。然而我总感觉有些不对劲儿,要知道,这条巨型鲶鱼可是我们刚刚认定的杀人凶手,还没有得到上面的鉴定呢,现在就给搁锅里面煮了,这实在是太草率了。

而且这东西倘若真的是瓦浪山水库多起溺水事件的真凶,那么肉质里面一定含着死气,太阴寒,一般的老人和小孩肯定都受不了,吃了很容易出问题。

看着这些满怀期待的朴实村民,我觉得我一定要站出来,不然万一发生了什么事情,上百号的人命,谁也耽搁不起。

我在村公所门口找到了老孔和小鲁,问申重在哪儿,他们指着房间里,说在里面跟人吵架呢,一时半会儿恐怕出不来。我侧耳倾听了一下,发现申重正是为这件事情在跟人争吵呢,瞧那火爆的劲儿,便晓得我们的头儿也在极力反对这件事情。申重在房间里面关着门吵架,我肯定也不会像二愣子一样冲进去,于是在门口等着,小鲁昨天在村公所这儿看车,没有赶上机会,现在瞧见我,连忙拉着我问起昨天的事情。

高调做事,低调做人,我年纪虽小,却明白枪打出头鸟的道理,面对着小鲁的盘问,我也没有过分地夸大,只是说当时手忙脚乱,一不小心就把剑插进了那家伙的脑袋里面,歪打正着,碰运气就撞上了。

果然,小鲁一脸遗憾地表示自己当时没在现场,要不然的话,说不定也能够立上一功了。

老孔是明眼人，在旁边看着，嘴角挂着笑。

竞争无处不在，相比科室里面的老油条，比我先来一年的小鲁表现得十分积极。他是退伍的老兵，托了关系，七转八转才来到二科，正铆足了劲儿准备向上爬呢，没想到我这个比他后来的人竟然捷足先登，在这一次案件中独占鳌头，怎么能让他没有危机感呢？说完昨天的事情，我把心中的担忧讲给老孔听，他叹了一口气，说："谁说不是呢？无论是老申，还是刘队长，都极力反对，结果这村支书当面答应得好好的，身子一背过去，那鱼都给剁成大块扔锅里熬油了，还叫上了这么多的乡亲，赶鸭子上架，你说我们怎么搞？"

我们正发着牢骚呢，房间的门打开了，一脸恼怒的申重和刘公安被孟家村的村支书揽着肩膀走出来了，那老头儿脸上浮着笑容，又是作揖，又是告饶，不过这生米都煮成了熟饭，再气愤也无可奈何，申重绷着脸走到了我们这儿来，耸了耸肩膀，撇着嘴摇头。

老孔有些惊讶，站起来，拽着申重的胳膊质问道："就这么算了？我说老申，你不会这么没有原则吧？"

申重苦笑道："能怎么办？老孟头说了，他们村子这些年来，连续死了二十口子人，损失最大，所有人都恨不得从凶手身上啃下一块肉来，这是其一。二来他们村子太苦了，好多人家半年都没有见肉了，放着这么大一条鱼扔那儿发臭，还不如把它煮了，给村子里的人加餐呢——他一不贪、二不瞒，光明正大，你找谁说理去？"

"可是那鱼太古怪了，不但长了这么大的个儿，还能够迷惑人，特别是它害死了这么多的人，身子里有一股死气，一般人吃了肯定受不了，上吐下泻小事，说不定会闹出人命呢。"我也不甘心，在旁边劝道。

申重依旧摇头苦笑，说："这道理你懂，我也懂，不过人家就是不信，那老孟头自己都说了，一会儿开餐，他先吃第一口，没事了，别人再吃。我们只是上面派来的，跟这里的村民没打过交道，刘公安他们都同意了，我们也没有强行制止的道理——你看看那些村民，如果要是说不准他们吃，你说会不会把我们给生吞了？"

我看着场院里那些伸着脖子吞口水的村民，便有些没话了，我也饿过，也馋过肉，能够理解那是一种什么样的情绪。

见我没有再坚持，申重指了指自己的兜儿，拍着我的肩膀，低声说道："到时

候我们回去,这颗鱼珠子就可以交差了。二蛋,这一次你表现得很不错,我一定会跟上面讲的。我知道吴副局长对你很严苛,那是因为他以前跟戴局长就一直不睦,才会迁怒到你身上,不过你已经用实力证明了自己,我想到时候一定不会再有人对你指手画脚了。"

在申重给我许诺的时候,煮鱼的大锅已经热气滚滚了。那鱼太肥了,一熬,鱼油都有手指深,一加热,香得简直让人无法思考。不过在大家都一片陶醉的时候,我却闻到了一股很熟悉的腥气。

这腥气不是鱼腥,而是一种来自于人体脂肪分解的气味。

开饭在即,这时炉灶前面的老支书开始讲话了。他讲了三点:第一,感谢县上面派来的同志,帮助孟家村以及整个瓦浪山清除了那祸害,从此以后,水库再也不会发生人命案了;第二,今年在水库有亲人被淹死的家庭,可以获得双份的鱼肉;第三,为了保证大家的安全,由他老孟头第一个试吃,等没事儿了,再分发给大伙儿尝鲜。

肯为了村民利益跟上面顶牛的村支书,在村里面的威信还是很高的,他每说一句话便迎来一阵欢呼和掌声,说到最后,不用招呼,有人跳上了旁边的八仙桌,用一个大勺舀了一碗鱼汤出来,雪白的鱼肉,上面厚厚一层鱼油,撒上青色、白色的葱花,微微一点胡椒粉,说不出来的美味,闻着就让人口水直流。

老支书喝了一口,烫得直哈气,不过随即他又乐呵呵地喊道:"好吃,好吃得很啊!"这话说完,大伙儿纷纷往前挤,将手中的大碗高高举起,朝着八仙桌上面的那个人大声喊道:"林杰给我来一碗!"

"杰娃子,给你三舅姥爷来一碗,多加点肉啊!"

"我也要,我也要,杰哥,给我多弄点,你和我姐的事情就没问题了……"

大伙儿一齐向前,立刻乱成一团,八仙桌上的年轻人正用大勺搅着锅子呢,瞧见这模样,一边摆手,一边大声说道:"先别忙,等孟爷爷吃完半小时后,再给你们舀。不要急,都有呢。"他说完,旁边的老支书又拍了桌子,人群才传来一阵失望的叹息声。老支书正待又喝鱼汤,结果他老婆找过来了,"老头子、老头子,你先别忙了,咱家二子不见了。"

一听到这话,老支书顿时就没有再喝那美味鱼汤的心思,将碗一放,脸色立刻变了,大声喊道:"怎么回事?我出门的时候不是还好好的吗?"

老支书二子就是昨夜中邪的孟老二,被老孔用朱砂点中鬼客厅之后,先是瘫软在地，而后又吐了几回，虚弱得不行，天亮的时候我们一起把他送回了村子，一直搁家里待着呢，怎么就出了事？老支书家就挨着村公所，亲儿子出事，当下也顾不得这边，匆匆往家里跑去。

孟老二中邪是有前科的，他若是再出问题，那么说明这条巨型鲶鱼并非凶手，或者还有其他状况，我们都站不住了，紧跟着后面去找。

老支书家不大，翻箱倒柜地一通找，就是没找到。老支书在那儿骂着自家老婆，屋里哭哭啼啼，申重则在屋外跟刘公安商量，说得发动人手将孟老二找出来，晚一分钟就多一分危险。刘公安点头称是，叫了几个兄弟去外面查看，又找到老支书，说人手不够，要发动村民才行。

事关亲儿子性命，老支书没有一刻迟疑。人都在村公所的场院前集合呢，老支书匆匆赶回来，结果发现已经有人等不及这几分钟，跳上桌子去捞鱼汤了。那叫林杰的年轻人阻止不了，也就随他们了，好几个人舀了一大碗，也顾不得烫，一边喝，一边幸福地大喊道："好喝啊，好喝……"

场面有些乱，老支书不知道怎么叫村民先停下来帮他找儿子。这个时候，从村口那儿大步流星地跑来一个算命先生打扮的人，一路冲到面前来，突然拿着手中的幡子，将这些一边吹气一边喝汤的村民手中的碗一一挑落。

第八章 算命先生姓刘

那年代的人真穷，旱的地方，几担水都能够操家伙拼命了，而在金陵这地界，虽然大伙儿都还能吃得上饭，但是活得也不畅快，便比如这海碗，一家里面可能就没有几个。那算命的家伙拿着竹竿儿旗幡全部打翻在地，立刻就有人恼了，直接站起来，怒气冲冲地朝着这个穿着旧式青衫长袍的家伙破口大骂，有脾气不好的小伙子直接就上前推搡了。

"算命的？哼，他也是遇到好日子了，要是搁前两年，绝对是要算在批斗任务里面，直接押到乡上去，台上一站，尖尖帽子一戴，批得头破血流。"

"这方圆几十里地，干这个行当的，哪个不是被弄得哭爹喊娘，承认自己的这点儿破玩意是封建余孽，奶奶的，竟然敢把俺们的饭碗给打翻？"

群情汹涌，那个留着三撇飘逸青须的先生却满不在乎地喊道："老夫是在救你们的命，你们倒真不识好歹，竟然还骂起了我来？"他被四五人围攻，连连后退，余光往我们这儿一瞥，便趁着自己被围殴之前，挤到了我们身旁，拉着我的衣袖说道："小兄弟，你来评评理，世上哪儿有这般不讲道理的人，对自己的救命恩人竟然恶言相向，实在是太让人绝望了。"

我被这穷酸算命的拽着，被顶到了前面，那些村民知道我是抓获这条大鱼的人，是上头的干部，这才停歇了一点儿。不过还是有人不甘愿，捡起地上碎成几块的破碗，愤愤不平地说道："我这碗是娶我媳妇的时候置办的，碗底下还印着喜字呢。这且不算，这么一大碗鱼肉汤，划拉一下就没了，这不是糟蹋粮食吗？"

糟蹋粮食！这罪名对于农民来说，简直就如同杀人，在天天就发愁一口嚼头的当下，所有人的情绪又都上来了，眼里充满怒火，死死盯着这算命先生。

我这时才得闲来打量这人，但见他穿着一身还算齐整的青衫长袍，挑着一张算命卜卦的旗幡和一个包袱，戴着圆圈儿的眼镜，三撇青须，仙风道骨，不过年岁却也不大，估计也就四十出头的样子。他听到这个村民的话，眉头一皱，将手中的旗幡往泥土里面一插，回手指着这煮沸的铁锅说道："鱼肉汤，你们真以为自己在喝鱼肉汤？呵呵……"

他轻蔑地回望了一眼，瞧见了我们脸上迷茫的表情之后，这才凝重地说道："我打远处而来，隔的有十里地，就闻到了一股浓浓的腥味，一开始还以为哪儿死了人，没想到光天化日之下，你们竟然在这里煮熬人肉。这也罢了，那凶煞非常的精怪之肉，竟然也有人敢吃？你们这帮蠢货，只闻到了香，却不知道那罂粟花越娇艳，果实就越毒；蘑菇越花哨，吃的人死得越快……"

这人正大放厥词，主持这场鱼宴的老支书就不干了，他也忘记了去找自家儿子的事情，挤到前面来，指着这算命先生大喊道："哪里来的家伙，装神弄鬼的，都以为我们乡下人好欺负是吧？什么煮熬人肉？这锅里面明明是煮着鱼呢，我全程照看着的，除了鱼，你找不出第二样东西来——至于凶煞，哈哈，老头子我刚才吃了肉、喝了汤，你看我现在，哪里有问题吗？"

他拍着胸口大声喊着，而那算命先生仔细打量了他一会儿，突然冷笑道："嘿嘿，果然是老子债儿子还啊，你既然不信，那我就验证给你们看！"

这话说完，旁人也没有见他怎么动，那身子却倏然一下移到了大锅旁边的八仙桌上，接着他从负责分配的那个小伙子林杰手中接过了勺子，在锅子里面使劲儿地搅了一搅，眉头越发地皱得紧了。那些村民瞧见他这样，都不由得纷纷大叫道："杰娃子，别让这老头趁机占了便宜，他就是个叫花子，说不定是过来抢吃的呢！"

在一片闹腾之中，那算命先生突然踢出一脚，直接将架在土灶上面的锅子踹翻在地。

轰——

那锅子本来就不稳，这一脚踹了个正着，整个灶台都垮了。偌大的铁锅子倒向了一边，许是磕到了什么大石头，发出一声巨响，半边锅壁就碎了，里面立刻有浓白的汤汁溅洒出来，而灶台下面的火焰一刹那竟腾然而起，足足蹿出了两三米，差一点儿就烧到了这算命先生的眉头。

这突如其来的一下，将所有人都吓了一跳，当瞧见那铁锅倾倒在一旁，大块大块雪白的鱼肉和汤汁洒落在了泥地里的时候，别说是村民，我都觉得这算命先生是来闹事的了。围在前面的二十多个村民一瞬间就站了起来，口中高声骂着什么，朝着这个算命先生冲过来。场面再次陷入混乱之中，我虽然感觉那算命先生的确欠揍，然而想着总不能让他被村民给活活打死吧，于是冲上前去，准备拦下众人。

这些人都站在那巨锅的锅口前，因为角度的缘故，我需要绕过这一片汤汤水水，才能到达算命先生的跟前，结果我这一冲，感觉脚下踩到了什么东西，低头一看，竟然是一根手指。

一根人的手指，虽然被煮得半熟，但是我能够清晰地看出来，它来自于一个人的手。

接着那些冲上前去准备围殴算命先生的村民突然停下了脚步，人群在那一刻呈现出死一样的寂静，每个人都露出了极度惊恐的表情，有的人直接蹲下来开始呕吐，似乎想要将胃都吐出来一般。我心中一动，三两步冲到跟前，往那巨锅里面瞧了一眼，却见在锅子底部竟然蜷缩着一具被煮得十成熟的尸体。

我的第一直觉突然想到了一个可能——难道这个蜷缩在锅子里的尸体，就是老支书家失踪的二子？

不可能吧？不是说做鱼的时候，几乎都有人在边上瞧着吗？那么什么时候锅子里面就跑进去了这么一个大活人，并且还悄无声息地给煮熟了呢？世界上怎会有这样蹊跷的事情呢？

然而即便我们再不相信，这煮鱼的锅子里确实藏着一个人，准确地说，应该是一具被煮得烂熟的尸体，铁一般的事实就摆在了面前，容不得我们忽视。

一阵又一阵剧烈的呕吐声从我的身后传来，所有看到这惨状的人，胃里面都忍不住往外面冒酸水，至于那些喝过鱼汤的人，直接趴在地上，恨不得直接将胃都给吐出来。死了人，又是一桩命案，刘公安等人立刻如同打了鸡血一般，招呼着周围的人帮忙将这锅弄开，将人整出来，他们还命令所有人都不得离开，到时候他们会盘查，一一对质，看一看到底是谁这么穷凶极恶，竟然将人活活地煮死。

申重晓得是碰到了高人，立刻迎上前去，跟那个算命先生握手，讲明了我们的身份，而那算命先生也比较友善，自我介绍道："我姓刘，家中排行老三，你们叫我刘老三就好。这一次过来呢，是因为我一个同门的师兄弟，他叫做黄养神，听说在这儿死了，我就过来看看，处理后事，顺便查明一下缘由，也好给他的家人一个交待。"

这人不卑不亢，是个厉害的人物，申重请教他，问是怎么知道这锅里藏有人的，又是谁在这么多人的眼皮子底下做出这等荒唐事。

刘老三掐指一算，摇头说道："这不难，我晓得这锅鱼肉一直都有人看着，按理说不会有这样的事情发生，但是你们却不晓得，鲤鱼过百便成精，鲶鱼更是凶恶。成精之后能吞人魂，壮大身体，且能够分泌一种致幻的气体来扰乱人的意志，即便是死，明明很臭的气味，在它的影响下也香气四溢，从而给这些村民上了障眼法。别说是一个大活人，就是一群，只怕也是视若无睹的。"

这些年来，无数人莫名其妙地进山溺水，孟家老二也曾经被迷得力大无穷、如鬼附身，说明这巨型鲶鱼迷惑人的本领实在厉害，别说普通村民，就算是我们二科的，能够闻出气味不对的也几乎没有。

这解释倒也说得通，申重见此人轻描淡写，举手投足都透着一股泰然自若的劲儿，便有心结交，然而这话还没说出口，便听到旁边的老支书扑通一下，直接跪倒在那熟透了的尸体面前，放声大哭道："天啊，我的儿……"

第二卷 青盲年代

第九章 刘老三风水局

果真就是老支书的二儿子。

这是老支书那老婆子认出来的，儿子是娘身上掉下来的一块肉，不管怎么样，她都是能够找出一些特征来的。自己的亲儿子就这样被活活地煮死了，这样的打击实在是太大了，老支书整个人都瘫在了地上，越想越气，越想越悔，两眼一黑，直接昏了过去。

他晕了，老婆却还清醒着，伸手去拉自家二儿子的手，谁料人都被煮熟了，轻轻一拽，半边胳膊就脱了下来，整个人就不行了，厉声一叫，面目狰狞，如同疯了一般。

老太太这是受刺激了，当然，这场面也实在是太过血腥，我们赶忙将这老两口送回家里。安顿好。折回来一看，发现许多人都已经散去了，而原先抢着吃肉喝汤的那几位，现在还搁那儿吐着呢，原先还只是吐一些酸水，等我们回来的时候，大块大块的黑色血块都已经吐了出来，看着十分恐怖。他们的家人陪伴在旁边，瞧见我们走过来，立刻冲过来，跪倒在地，求我们救人。

申重带着我们几个，来到这些人面前，也不避污秽，伸手检查了一番他们的呕吐物，脸色发苦地跟我说道："果真和你所猜的一般，那鱼肉太寒，结果将他们的气血停滞了，由胃中激发，遍布全身，身体发冷，要是没法子，估计都活不成呢。"

"木香四两，砂仁四两，苍术十六两，厚朴十六两，广皮十六两，甘草四两，共为细末，煎熬吞服便可解。"旁边有人泰然自若地说着话，我们抬起头来，瞧见竟然是刚才指出锅中有尸体的算命先生刘老三。我听了这方子，脑袋一转，下意识地接了一句话："这个，是《涓子鬼遗方》中的法子吗？"

刘老三有些意外地看了我一眼，嘿嘿笑道："呵呵，小同志你倒是蛮博闻广记的吗。这鬼遗方知道的人多，但是具体入药的方子却少人得闻，你是哪儿晓得的？"

这《涓子鬼遗方》并非老鬼所授，而是在我爹的房间里头跟县里面发的赤脚医生培训教材放在一起，我也不坦言，只说瞧过几眼。申重见我们两人说得头头是道，跟我确认了一下，然后吩咐旁人赶紧去置办，完了之后，这才请教他道："刘先生，您是高人，还请帮忙指点一下，这事情到底该怎么办呢？"

人的地位通常都是由他的本事决定的，先前我们都只以为这就是一个混江湖的算命先生，然而他出了两次手，便将我们都镇住了，所以申重才会向他讨办法。那刘老三也不是一个谦虚之人，他摸了一把胡子，黑眼镜后面的眼睛不知道转了几圈，这才说道："走江湖，跑把式，这都是混口饭吃，凡事都需要有点搭头。所以呢，在办事儿之前，我先要点东西，你们觉得妥当不？"

申重听到这话，看了刘公安一眼，然后点头，说："可以，先生你但有所言，我们都尽量满足。"

刘老三走到了倾倒的锅前来，也顾不得腥，俯身将那条大鱼的骨架给抽出来，这鱼的肉质部分全部都被切开了，那骨架却是完整的。听说当时想把它剁成几截，然而废了好几把刀都伤不得这鱼骨分毫，这才想着弄这么一个大锅来煮的。刘老三指着这副骨架，对申重说道："举凡成精之物，皆有宝出，本来这条大鲶鱼最值钱的是它鳃下的腺体，结果都被你们煮了。这根鱼大骨，若是给那手艺好的师傅，或能制出一把韧性不错的鱼骨剑，这个我要了，你们可有意见？"

这巨型鲶鱼果真不凡，那骨架在烈火煮沸之后，不但没有松散，而且还莹白如玉，太阳光一照，灼灼生辉起来，让人看着就知道并非凡品。

不过这东西再好，跟咱也没有关系，再说了，人命关天，孰轻孰重申重还是能够分得清楚的，当时也没有太过犹豫，点头答应。

瞧见申重一口应允，刘老三嘿嘿一笑，然后又说道："除了这骨架，其实还有两样最值钱，其一是那鱼眼睛，吞食之后，夜能视物，不过被这人肉汤毁了，吃了容易遭灾，晦气，我不要；其二呢，是这鱼身子上扒下来的皮，不知道在哪儿了，一并给我吧。"

他一点都不客气，张口就要，不过这鱼皮是村里人扒下来的，在谁那儿还不确定。申重把情况跟他讲明了，刘老三却不干，说："这东西应该就在那个孟老头家里，他若想自己二儿子死得不明不白，就留着吧；若是不甘心，还是得把鱼皮交给我的。我这人做买卖，童叟无欺，东西给好了，我便干活，不但将这怨气冲天的鲶鱼精给整治清楚，便连这山上的水库，也可以布一个风水局，将阴气收敛一些。"

他大肆许诺，言之凿凿，申重想了一下，代老支书答应下来。刘老三并不担心申重会坑他，从背后拿出一个布袋来，问道："第三呢，帮我问问谁家有吃的，无论是米饭，还是馒头，都给来点吧。老夫接到小黄的死讯，赶了几天的路，这一天一夜没吃过东西了，肚子都饿瘪了呢。"

众人莞尔，没想到这个一本正经的先生，竟然还有这么有趣的一面。

我们今早下山来的时候，村里为迎接我们蒸了白馍，刘公安让人去拿了一些。刘老三狼吞虎咽地吃了四个，噎得直打嗝儿，这才停歇，问起了我们昨天的事情，也认可了我们的看法，当得知这条巨型鲶鱼竟然是被我手刃而死的时候，他难得地收敛了一点儿傲气，拍着我的肩膀，说："小同志不错，风水相舆之术，我比你高一点儿，但是徒手肉搏，还是你猛，能够将这样成年精怪斩于手下，后生可畏啊！"

谈完这些，我们又带着刘老三来到放置神汉尸首的草棚子，虽说是自家师兄弟，但是面对着这泡肿了的尸体，他也没有表现出太多的悲伤来，而是在沉默了一阵之后，扭头看我们："我师弟他应该还有一些话要留给我的，怎么魂魄给驱散了？"

啊？这话问得我们都愣住了，原来被我一泡童子尿浇灭的恶鬼，所谓的执念，竟然是想要给这刘老三带一句话？

当时的场面为之一僵，不过好在刘老三在了解到事情的缘由之后，也没有怪我们，而是让人准备了好些东西，然后上了山。刘老三习的是相学，风水堪舆之术也十分精通。上了山来，我们虽然感觉水库旁边阴气阵阵，却说不出什么具体的东西来，而他不一样，一个罗盘在手，走走东，走走西，步子一步一步，计算得一清二楚，遇到重要的方位，他还会叫人砍了青竹扎上标记。

瓦浪山水库很大，我们足足跑了一个下午，太阳落山之前，刘老三终于找到了十三处结穴，在这里布上了"炎上太运走马局"。这风水局乃五行风水的一支，以木生火，以火聚阳，以水走阴，如此源源不断，必然能够将此处的阴气驱散，不至于再生祸端。

在夕阳即将西下之时，我们在正东方向挖了一座坟，将那头巨型鲶鱼的尸身安放入内，由东方初升之太阳，每日洗刷其暮气沉沉的死气。

我整天都跟在人家后面打杂，也跟着学到不少东西，不过和我一样菜鸟身份的小鲁，下午的时候就总是走神，有一次甚至差点掉河里去。这让申重有些意外，问他怎么了，小鲁慌忙摇头，说没事。申重忙着要去跟刘老三套近乎，没有再理会，然而老孔瞧见我也是一脸疑惑,于是悄声告诉我:"今天处理那锅鱼肉的时候,我瞧见小鲁将那一对鱼眼睛偷偷地藏了起来。"

第二卷 青盲年代

第十章 好吃不过饺子

刘老三在此之前曾经说过，那巨型鲶鱼精的眼睛，吃了能够增强夜视能力，不过因为沾染了死人肉，吃了晦气，所以他就没要。

那鱼骨可以做剑，虽然沾染了人肉腥气，不过是用来砍人的，自然不能和吃的物件相比，所以我们虽然知道那鱼眼睛浪费了，也没有当作一回事儿，没想到这话被小鲁听到了心里，竟然偷偷将那鱼眼睛藏了起来。老孔告诉我后，我立刻表示了不解："人家刘先生不是说那玩意吃了容易遭灾吗，小鲁他还真敢拿啊？"

老孔撇了撇嘴，说："人嘛，总是只图眼前一时之利益，而看不见长远的东西，心存侥幸，小鲁说不定也是这么想的呢？"

我问他要不要制止，老孔摆了摆手，说："这事儿，不但他一人看在眼里，那算命的，还有申头儿，说不定都门儿清，不过人嘛，大浪淘沙，到底能不能成事儿，这个要看缘分。小鲁既然有这个心思，就让他自己弄，我们劝多了，反而会惹人嫌。"老孔是老江湖，为人处世都有自己的一套理论，我虽然感觉不对劲，但想了想，也没有再做声。

刘老三布阵的时候，表情极为严肃，然而我瞧他步踏斗罡，左右腾挪，除了步伐凝重几分之外，看着似乎并没有太多的怯场牵扯。

然而就是这区区的物品摆放，或桃木、或碳块、或石块堆积，简简单单几乎没有什么出彩的地方，当我们走到远处回头望的时候，却见整个水库波光荡漾，充满了勃勃生机。这发现让我对这个留着几撇胡须的算命先生产生了一种强烈的敬意，太神奇了，通过谋算和一些东西的摆放，便将整个空间的生气提升了几倍，这活计简直就是绝了。

面对我们的夸赞，这个算命先生却叹了一口气，沉默半晌之后，才说道："我这风水局，治标不治本。"

事情解决了，大伙儿本来十分开心，然而他这话一下子又将大伙儿的心思给扰乱了，忙问怎么回事。

刘老三也不隐瞒，叹气说道："我今天找了十三个结穴，发现有八个在很久以前被人动过手脚，这就是说，有人故意而为之。后来我站在山顶掐算了一下，才晓得此处之所以阴气这么重，会孕育诞生出这么大的一条鲶鱼，绝非偶然。如果我猜得没错的话，这水库底下某一个地方，应该是有一个万人坑，可能是抗战时留下来的，无数的死尸铺垫，方才会有这么浓的煞气产生，而这些死人被水压在了地下，怨愤不休，这才有了后面的一切。"

说完这些，他总结道："我布的这'炎上太运走马局'，只能镇一时，真正治本之法，便是将那水库放干，将下面掩埋的死尸弄出来，找地方安葬妥当，这才算了结。然而这事儿，只怕是遥遥无期了。"

狗日的日本人！

所有的金陵人，提起日本人几十年前在这片土地上造下的孽，都恨得咬牙切齿。算命先生讲的这法子实在是耗时耗力，上面根本就不会批准，所以也没有办法，至于到底是何人在那结穴上面动了手脚，助纣为虐，这事儿倒是可以好好查一下。不过这是后续的事情，我们此行前来大概也算是结案了，申重便开始跟那算命先生讲起别的事情来。

这人有本事，那是真本事，一点儿都不带虚的，而我们部门刚刚恢复不久，求才若渴，便希望他能够跟我们一起回去，见一下我们的领导。

为国谋才，申重当仁不让，然而当明白了申重的招揽之意，刘老三想也不想就断然拒绝了，说自己只不过是一个江湖浪荡客，受不了那整日忙忙碌碌的日子。他将黄养神的尸体烧了，骨灰一半留在山上，一半自个儿留着，然后带着自己的收获离开了。

临走之前，他告诉我们，说他怀疑这件事情并非这么简单，为了给黄养神的家里面一个交代，他这些天应该不会离开金陵，所以如果有缘，我们来日再见。

刘老三离开之后，我们这边也没有再留下来的理由了，后续的事情自有刘公安他们在这儿处理，所以申重在跟局里面汇报完毕之后，次日也开车离开。

车行路上，回望瓦浪山及山脚下的孟家村，这是我一战成名的地方，我以为这地方以后可能再也不会来了，忍不住多看了几眼。

回到局里，申重单独跟我们行动处的处长做了汇报，接着当天中午，我就得到

第二卷 青盲年代

了全局通报表扬，分局局长李浩然还单独将我叫到了办公室，跟我面谈了五分钟。说到这李局长，他还真的跟申重这些人不一样，是个已入门的修行者，听说还是龙虎山一脉，手段斐然，要不然也镇不住这么一个单位。不过他很忙，我来单位好几个月了，都没有见过他几面，一时间也有些忐忑，好在他也只是表个态而已，没说什么便让我离开了。

人逢喜事精神爽，我们单位福利高，通报表扬之后，人事科的欧阳便来到我们办公室，乐呵呵地给我们几个参与办案的人员每人一个信封，说我们这一次给单位大大地挣了一次面子，这是李局特批的奖金，用来奖励有重大突出贡献的办案人员，让我们收着。

交代完公事，欧阳笑嘻嘻地让我们二科请客，我们几个摸了摸这信封的厚度，就我的最多，于是我便说由我来做东，请大家伙儿下馆子。

这事儿有人赞同，也有人反对，毕竟我刚刚入职没多久，手上并不宽裕。不过我还是坚持了，跟着麻衣老头混了那么久，我明白了一个道理，那就是与人为善，平日倒不觉得，真正到了关键的时候，说不定能够救自己一命，特别是我们这样一个性质的部门。

约定好了下班去附近的饺子馆吃饭，申重就让我下午不用上班了，去医院看看胳膊，毕竟那么大一口子呢。

我们二科的科长带着两位同事还蹲在余扬，科里面都由申重做主。这点儿小伤对我并不妨碍，不过离开了这几天，我一直没机会跟小妮一家人解释缺席的事儿，也不知道满世界乱窜的胖妞过得怎么样，于是也没有拒绝，匆匆赶回了宿舍。

罗大根去了省钢厂之后，就搬离了这里。回到家，我没有瞧见胖妞，问了一下宿舍守门的大爷，他告诉我，我家猴儿早上还在呢，那小东西找到了一个好去处，那就是隔壁不远的机关幼儿园，凭着自己天生的亲和力，跟小屁股蛋儿们混得熟得很，连幼儿园的老师也特别喜欢它，整天混吃混喝，我一年不回来，它都饿不死。

完了之后，我给一枝花单位挂了一个电话，把那天爽约的事情讲清楚了，她很牵挂我，让我没事了就去家里玩儿。

当天晚上，我请二科的所有人，以及人事科的欧阳和另外一个办事员吴恬雪一起吃了一顿饭，菜不多，但大肉饺子和镇江老陈醋都管够，还有火辣辣的二锅头，吃得大家直呼过瘾，言谈之间也热切起来。人事科的小吴说要给我介绍对象，旁边的欧阳脸红红的，而申重则拦着，他很紧张，说："二蛋可是我们二科的宝贝，他还小，可不要拉他下水哦。"

气氛很热闹，就连一直存心跟我竞争的小鲁都过来拉着我，要敬我酒。

这顿饭吃到很晚，大家各自离去之后，我掏出两个铝皮饭盒，让人又弄了两份饺子，然后借了小鲁的自行车，朝着江边行去。

罗大根总跟我抱怨在省钢厂锅炉房里面做事辛苦，工资少，吃得也差，这次同事聚会叫他不合适，不过我白天让一枝花转告他，让他晚上在江边等我，我弄点好吃的给他送去。因为有车，我很快到了江边，找到了这小子，果然，又黑又瘦，只有那一对眼睛贼亮。瞧见我手上提着的铝皮饭盒，他冲过来，香气四溢的大肉馅饺子，抓一个就往嘴里塞。

我们两个是一起穿开裆裤、玩尿泥长大的伙伴，坐在江堤边看着对岸，一边吃，一边聊天，倒也开心自在。

然而就在这时，从我们身后走过来一个人，瞧见罗大根饭盒里面的饺子，眼睛就发亮了，嘿嘿笑道："这位小同志，没想到我们又见面了，这是缘分啊。嘿嘿，那啥，老夫也还没吃饭呢，不介意的话，我们搭个伙？"

第十一章 摸骨算命言改名

罗大根正一边吃饺子，一边跟我讲他在省钢厂锅炉房里面被那个锅炉师傅欺负的事情，没想到旁边突然伸出一只手，三指一捻，一个饺子就不翼而飞了。

罗大根顾不得讲那个欺负他的锅炉师傅了，赶忙护住自己的饭盒，结果旁边的另外一盒饺子直接被人抽走了。

罗大根暴跳如雷，伸手就过去抢。作为麻栗山第一猎户的儿子，他的身手很敏捷。可惜没有那人利落，那人三两下便闪开了他的手，在远处一站，将那盒盖儿打开来，深深吸了一口香气，贱兮兮地满足地说道："我就知道今天晚上有好吃的，幸亏没有填饱肚子。"

罗大根还待上前纠缠，我一把拉住了他的胳膊："大根，别闹了，这是我一位朋友，他闹着玩儿呢。"

听到我这话，罗大根才停了下来，不过瞧见那满满一盒饺子被人抢了，心不甘情不愿。这中途杀出来抢饭盒的人，正是昨天刚刚分别的算命先生刘老三。他一身的本事，却是个怪人，年纪不大，自称老夫，申重的盛情相邀弃如敝屣，反而是屁颠屁颠地跑过来，抢罗大根这一盒饺子，实在是一个有趣的人。我站起来，朝着他挥手招呼道："刘先生，没想到你也来金陵了。"

刘老三永远都处于饥饿状态，三两口，半盒饺子都噎进了嘴巴，半天才跟我说道："哎，别叫先生啊，搞得怪难听的，你以后就叫我刘老三，我呢，也叫你……咦，对了，你叫陈二蛋对吧，论辈分，你倒是比我大一点儿。"

似乎怕我们反悔，刘老三把饭盒里面的饺子全部都吃完了，这才还给我们，一边打着饱嗝，一边说道："我都说了，瓦浪山那儿的事情还没有完，事情复杂着呢。我最近会在金陵这带混口饭吃，到时候也查一查，应该是集云社的那伙人搞的，这帮龟儿子，潜匿这么久，死灰复燃了，实在是讨厌得很呢。"

我愣了一下,问他什么是集云社。

刘老三这才反应过来,晓得自己说了不该说的话,立刻顾左右而言他,我瞧见他不愿意提起,也没有再追问,而是谈起他为何如此落魄,还跑过来抢我哥们的饭吃。说到这儿,刘老三一脸愤怒,大骂道:"还不是于墨晗那个老抠门儿?仗着自己有把子手艺,就漫天要价,老子倾家荡产才求得他帮忙做了那鱼骨剑和鱼皮软甲,几十年的交情了,一个大子都不肯少,他以为他是李道子吗?"

刘老三发了一通牢骚,瞧见我一脸茫然,晓得这是鸡同鸭讲,摆摆手不谈,又看到旁边的罗大根眼睛直勾勾地看着那空空如也的饭盒,搓着手笑道:"小兄弟,不好意思哈,把你的夜宵都给吃完了。我刘老三出来混,从来不欠人情,这样吧,我给你们俩算一回命,也算是值当了饭钱了,你们看怎么样?"

罗大根大概是不信这个疯疯癫癫的家伙有多大本事,白了他一眼,没理睬。而我呢,当初曾经被李道子和杨二丑摸过骨、算过命,晓得自己不多不少,命有十八劫,苦得跟黄连水一样。那会儿的我已经晓得了李道子到底有多牛逼,所以就没有必要让这个江湖算命的再来一遭了,于是也没有啥兴趣。

刘老三本来优越感满满,就等着我们期待的眼神呢,结果这话一说出口,我们两人都没有搭理他,立刻满满的挫败感涌上心头,愤愤不平地说道:"嘿哟,我说你们两个傻孩子,脑袋进水了吧?我铁嘴神算刘出自麻衣世家,搁东北三省,那可是响当当的人物,平日里别人千求万求也求不来的机会摆在面前,你们两个竟然都不搭理?真的是把黄金当牛粪了……"

我瞧见刘老三满腔抱负无法施展,于是劝罗大根,让他勉为其难给这人算一算吧,权当逗个闷子。

罗大根无所谓,便由着他弄,而这刘老三摩拳擦掌,准备大展身手,免得让我们两个小屁孩给小瞧了。问了罗大根的八字之后,又看了手相,闭目掐算一番,然后突然问道:"你母亲很早就不在了,平日里跟着父亲一起过活,手上杀气很重,看来是玩过凶器,少年离家,今年莫非还没有成年?"

一般算命的人,云山雾罩地瞎扯,怎么玄乎怎么掰,然而刘老三一上来,字字到位,本来没怎么当真的罗大根不由得直起了身子来,点了点头,说:"是啊,你怎么知道的呢?"

刘老三得意洋洋,说:"天下之间,熙熙攘攘,命运之线密密麻麻,却并非不能开解。我等相学,上演天机,下推地势,区区人物,不过小技而已——你现在

的一切，都在脸和手上写着呢。我还晓得你父亲杀气太重，他自己阳气足，不受影响，可怜你母亲体虚阴弱，没躲过那杀气缠集。不过每个人的命格不同，你若是想问以后，则需摸骨了，要不要来？"

罗大根被唬得一愣一愣的，任他施为，结果刘老三也是来了兴致，一双刚吃完饺子、油乎乎的手，随便擦了擦，便朝着罗大根的身上摸去。

摸骨算命，这讲究的就是一个细致，全身二百零六块骨头，那得摸上一大半。罗大根没经历过这个，被刘老三这般或轻柔或粗鲁地摸着，一身鸡皮疙瘩便起了来，脸也红了，气也粗了，十二分地不自在。结果到了后来，刘老三往下面开始摸的时候，自己也吓了一大跳，眼睛都瞪得滚圆。

片刻之后，他似乎发现了什么，整个人突然变得极为严肃。

这摸骨整整一刻钟方才结束，两人都是一身的汗，罗大根还好，他只不过是不适应而已，刘老三却仿佛在江水里游了几个回合一般，大汗淋漓，脸色苍白，我瞧出了不对劲，问他怎么了。

沉默了好一会儿，刘老三这才说道："亏了，亏了，这笔买卖真的做亏了，一盒饺子弄得我差一点儿就脑袋爆掉——罗大根，虚的呢，我也不跟你多讲，老实跟你说，你命不好，近日必有大劫，渡过则生，不过则死，就这般简单。至于想安然渡过，这里有讲究，名乃命根，你这名字虽然应景，却不上台面，需要改。如何改，须记两句，'贤于己者，颠乾倒坤'，而这也只是起始，真的要过，你需要遇到贵人，那人在东南处的卧虎藏龙之地……"

这话还没有说完，刘老三突然喉口一甜，一口鲜血就喷了出来，同时脸色剧变，站起身来，招呼也不打，就扛着自己吃饭的家伙什儿，仓皇逃开。

罗大根有些莫名其妙，指着刘老三的背影说道："二蛋，这人神经病吧，莫名其妙的。"

我知道这个算命先生并非凡人，瞧见他这么狼狈地逃离，心中也有些戚戚然，拉着他的手说："大根，他的话你还真的要往心里去，名字看看能改就改了吧，我自己也想改名呢，二蛋、大根，别人听到都想笑，你也是，好好想一想。另外这几天，你自己小心点，别出了事儿。"

罗大根满不在乎地摆了摆手，遗憾地舔了舔嘴角，说："好吃不过饺子，这味道真不错，可惜还没吃够呢，就都让那混蛋吃完了。"

朋友之间匆匆相聚，之后我又开始了悠闲的办公室生活，彼此都没有把那刘老三的话放在心上，因为毕竟这事儿对于普通人来说实在是太遥远了。然而现实仿佛在嘲笑我们，还没有一个星期，我在办公室接到一个电话，是一枝花打来的，她问我："罗大根到底怎么回事，都旷工三天了，人也没有露一面，现在他们厂后勤的负责人找我要人呢，让我到底怎么说啊？"

第二卷　青盲年代

第十二章 省钢风云变幻

罗大根的失踪让我十分吃惊，我们两个都是从麻栗山一起出来的，两个热血少年曾经约好要一块儿闯世界，结果现在他竟然就这么消失不见了，实在是让人不知道如何是好。

一枝花只以为罗大根是在锅炉房师傅那儿受了委屈，想不通，就跑回了我那儿去，还打算让我劝他回来上工呢。毕竟像他现在这样，年纪未到，能够谋到一份活计做，已经十分不易了，如果见异思迁，下一次未必还会有人乐意收留。她为了罗大根进省钢的事情，也是托了好些关系，不想留下坏印象，然而当我告诉她，罗大根也没有来我这儿时，她立刻也跟我一样着急起来。

一枝花虽然来了城里头，但是善良的心思并没有太多的变化，到底还是关心罗大根的，没有了责怪他的心思，而是问我晓不晓得他到底去哪儿了。

我虽然不知道罗大根到底去了哪儿，却不由得想起了那日夜里在江边的时候，刘老三给罗大根摸骨算命，说大根命中该有一劫，过之如鱼得水，不过则灰飞烟灭。这事儿当时看着有些唐突，现在想起来，刘老三说的只怕是真得不能再真了呢。

一语成谶。

只可惜当时刘老三就说了改名一事，至于后面遇到的那贵人，说了半截就慌里慌张地跑掉了。到底是怎么回事，恐怕只有找到他，才能够晓得。

出了这事儿，我也坐不住了，办公室里也没有啥大事儿，便跟申重如实说了。我进入二科几个月了，彼此都已熟识，他们都知道我养了一只乖巧可爱的小猴儿，也知道我有一个关系极为要好的同乡，所以在得知此事之后，申重没有为难我，而是告诉我，让我先别急，只管去找，他这里跟当地的派出所熟，到时候也会帮忙问一下的。

有了申重的理解和支持，我便光明正大地离开单位，先是回家，找门卫大爷打听了一下罗大根有没有过来找我，在得到一个否定的答案之后，我在机关幼儿园找到了胖妞，然后带着它前往省钢查探消息。

单位到省钢有一段距离，等我到的时候，跟我约好的一枝花早已在门口等待，得知消息的她心急如焚，也是待不住了，便陪着我前往罗大根的宿舍盘查。

罗大根的宿舍在青工区，一排又低又矮、污水横流的平房，因为是上班时间，所以没有人在，一枝花找到宿管员要了钥匙，然后带着我们找到了罗大根的房间。一走进去，一股浓烈的汗味和臭脚丫子味就涌进我的鼻子里——这是一个十二人的大通铺，床上的被褥乱七八糟，宿管员将罗大根的床铺指给我们看。

我又问了两句，发现不多，但是可以看得出来，罗大根并非是有意离开的。

好端端的人，突然一下就不见了踪影，这话说起来实在是有些蹊跷。我询问了一下宿管员罗大根在这儿的生活状况，那老头儿告诉我，这孩子个性比较孤僻，不怎么爱跟人说话，平日在宿舍里总是喜欢发呆，跟同宿舍的人相处得也不是很好，有时候还会有争执。

我看向了一枝花，她明白我的意思，点了点头，对我说道："小罗他也许是在山里面待惯了，年纪又小，受不得拘束，朋友又少，后勤那边跟我说过几回，意思是想把他给退回去，我这边都压着呢，说再给他一点机会。"

罗大根宿舍前面有一棵老槐树，一枝花跟我说的时候，我蹲在那树荫下，胖妞蹲在我的旁边，我们两个眯着眼睛，盯着他住了几个月的那个"狗窝"。

我心中有些迷茫了，不知道将罗大根带出大山来到底是对是错。

外面的世界是很大，对于罗大根来说，却显得十分残酷。虽然他找到了一份工作，但是年纪并不算大的他，整日里在锅炉房里面往热烘烘的炉子里面铲煤，日复一日，这样的活计让他感到无比迷茫——当初我们一起出来，想要征服世界，此刻，却在方寸之间被生活的重担压得气都喘不过来。

罗大根一天的活动范围，甚至就只有宿舍、食堂和锅炉房。

我十分自责，难道罗大根的归宿就是麻栗山，而不是这个充满了人流和机遇的大城市吗？

难道是我错了吗？

短暂的停留之后，我又去了罗大根工作的地方——后勤处锅炉房。省钢是一个几万人的大型国有企业，光其中的一处锅炉房里就有十几号人，按理说来这里办事，必须要征得保卫处的同意，不过一枝花的工会身份到底还是好使，就直接进来了。我找罗大根几个工友问了一下，他离开之前到底有没有什么异常，大家都摇头，说没有，而当我找到罗大根的师傅——一个驼背老头的时候，那人却不愿意见我。

旁人告诉我，说王驼子平日里很照顾大根的，现在大根悄无声息地就离开了，他最受伤。

我在二科这些天来也不是混日子的，经过一番细致入微的盘问，我大概了解到罗大根是在三天前上班的途中不见的，因为他之前曾经表达过想要离职不干的想法，还请过两回病假，所以一开始单位都还没在意，到了第三天，方才想起通知一下一枝花这中介人。事情很简单，没有人关心一个刚来不久、人际关系又不好的临时工，我和一枝花商量了一番，分头去罗大根有可能出现的地方找一下，如果再不行，那就报案吧。

那一天我都在寻找罗大根，胖妞的鼻子挺灵，也帮着四处寻找，然而金陵这么大，想要找到一个人，凭我们的力量实在是太难。

到了下午，我才想起借助我们单位的力量，毕竟罗大根是跟着我出来的，他若是平白无故地失踪了，我实在没办法给撵山狗一个交代。

然而我打电话回单位的时候，科室里半天都没有人接，这情况有些怪了。我有心托申重帮忙，便急急赶回单位，来到二科办公室，发现除了向荣大姐之外，其余的人都不见了。瞧见我匆匆赶回来，向荣大姐招呼我道："二蛋，你回来了？"我点头，问申重他们人呢。向荣大姐告诉我："刚才局里面来了任务，说省钢那边出了事儿，吴副局长亲自带队，奔省钢去了，在家的，老申、老孔和小鲁他们都跟着去了。哦，对了，吴副局长还特意问起了你，你不在，为这事儿老申还挨了批评呢。"

什么？省钢那边出问题了，这跟罗大根的失踪有没有关系？

听到这个消息，我没有犹豫，问清楚了老申他们的具体去处，然后借了一辆自行车，又朝着省钢那儿折回去。

路上我一直都在想两个问题，一是省钢出事，跟罗大根到底有没有关系；二是如果再找不到罗大根，我估计就只能去找刘老三了，他那儿应该会有一些消息。

只是，那个死算命的到底在哪儿呢？

这来回折腾，等我赶到省钢的时候已经是夜幕时分，我在厂门卫室那儿说了一下，他们打了一个电话，没一会儿，就看到小鲁在两名保卫处人员的陪伴下走了过来。瞧见我，小鲁一脸的不高兴："二蛋，你怎么这会儿才来呢？你没在，吴副局长都发了两回脾气了……"

他念念叨叨，而旁边两人则是没见过有人办案还带着一只小猴子的，好奇地看着我肩膀上的胖妞。

我没有跟小鲁多说什么，忙问他到底发生了什么事情。小鲁告诉我，炼钢二车间两天前发生了事故，一炉钢从模具里面泄漏出来了，接着模具炸裂，造成了三死五伤的重大生产事故，随后调查小组进行盘查取证的时候，竟然发现凝结的炉水中多了第四具尸体，原本简单的事故就变得复杂起来。这情况本来就有些扑朔迷离，更奇怪的是当天晚上，事故现场竟然有人听到了歌声，幽幽怨怨，吓人得紧，看守的人都吓坏了，于是层层上报，最后落到了我们局里。

因为这事情实在是太重大了，所以吴副局长亲自带队，将行动一科和二科所有的留守人员都拉上，全部来到了省钢进行调查，这才使得请假开了小差的我撞上了枪口。

不过此时此刻，吴副局长的怒火并不是我所在意的，听到小鲁的描述，我心头一紧，两天前发生的事故，现场莫名其妙多了一具尸体，而罗大根三天前又神秘失踪，这里面难道有什么联系不成？

这般一想，我恨不得立刻赶到那炼钢二车间的现场去，然而小鲁带着我匆匆赶过去的时候，前面突然走来一行人，我心神烦乱，一开始还没怎么留意，当头那人却一把叫住了我："嘿，你，站住！"

我抬头一看，却见喊我的人正是我们单位的吴副局长，而他旁边还陪着一科科长罗小涛以及申重几人，另外还有几个省钢保卫处的领导，都往这儿瞧来。我心中焦急，不过还是鞠躬问好，然而那老家伙脸色一冷，竟然指着我喝骂道："上班时间，人影无踪，这样的人要来何用？你别来了，回去写份检讨，要深刻，要警醒，合格了，再回来！"

第二卷 青盲年代

第十三章 临时抓丁遇险

虽然我知道吴副局长一直对我有成见,也晓得他跟戴校长之间的龃龉颇深,但是我万万没有想到,我一路狂奔而来,竟直接被他叫停,不准参与此案,并且责令我回家反省。

被他这一通喝骂,我愣在了当场,脸一瞬间就红了,感觉心头有一团烈火将我的血液都烧得沸腾。

少年人气盛,而我这个从大山里面走出来的土包子更是藏着一团火。当初在巫山后备培训学校,疤脸贱男春辱我,愣是被我生生追出十里地,那凶悍震撼了整座山,这档案被戴校长亲自销毁了。吴副局长也许不晓得,不过当时我的确是有一种想要从他身上咬下一块肉的冲动。

还好在这个时候,申重上前来打圆场:"嘿嘿,吴局长,这小孩儿有个朋友失踪了,也是这个厂子的,我让他先过来调查,不是开小差。"

吴副局长瞥了一眼赔笑的申重,哼了一声,然后跟着保卫处的领导朝远处走去。旁人都散开了,一科罗小涛和他手下的几个兄弟幸灾乐祸地打量了我一番,扬长而去。

这时老孔才从旁边走了过来,揽着我的肩,发现我全身绷得僵直,拳头攥得紧紧的,于是宽慰我道:"二蛋,你别生气了,这儿的事情有点复杂,吴副局长也是有些控制不住情绪,你别介意。"我想起了罗大根的事情,这才收敛了怒气,问老孔现在的情况怎么样,老孔把刚才小鲁的话又跟我说了一遍,然后讲道:"目前毫无头绪,吴副局长说留下来,等到晚上的时候,我们再看看。"

我问老孔那几具尸首在哪儿,我想要去看看。

老孔有些奇怪,问我为啥要看这个。那些死者因为被高达几千度的钢水浸泡,完全看不到人形了,所以在保卫处拍照存档并且征得家属同意之后,就直接火化了。我听后沉下了脸，看着老孔，说："老孔，你没觉得程序不对吗？"

老孔四处望了一下，然后压低声音对我说道："我晓得你的意思，这事儿是透着一股邪门，大家都了解。不过有的东西，根本没办法去追究——省钢是副省级国企，养着好几万口人，他们有自己的学校、银行和邮局，保卫处的权力也大得很，土霸王一样，根本没办法管。"我急了，说："那现场死的不只是三个人，还有一个呢，那个莫名其妙出现的死者，到现在都还没有查清楚，他们倒也真敢直接毁尸灭迹啊？"

老孔耸了耸肩膀，表示没有办法，我心里面憋着一肚子的邪火，感觉憋屈死了，他大概是看出什么来了，问我到底咋回事儿。

我把罗大根失踪之事和此次省钢钢水泄漏事故联系到一起，老孔也有些紧张起来，他见过罗大根，明白我和大根之间的感情，而旁边的小鲁则插嘴说道："现场的照片在一科的手上，一会儿叫申哥去要一下，让你认一认，免得你这么担忧。"

得到了小鲁的提醒，我赶忙去找申重，结果老孔一把拉住了我，说："省钢的领导请吴副局长他们吃饭，这会儿可能正吃着呢，你也不急这一时。再说了，吴副局长最重权威，他刚才叫你回去写检讨，结果你又出现在他面前，要万一较起真来，得不偿失，还不如让小鲁去跑一趟腿，你跟我先去现场看一下吧。"

老孔说得我没办法反驳，于是求小鲁帮忙和一科沟通一下，而后便跟着老孔来到了出事的炼钢二车间。

钢厂属于重工业，分了很多车间，光常化炉、外部机械化炉、车底炉、淬火炉、回火炉这些高炉都让人目不暇接，高高的烟囱、粗大的管道以及灯火通明的宽敞厂房，这些曾经是我和罗大根最为羡慕的一切。然而此刻，在夜幕的衬托下，所有一切都变得那么恐怖和黑暗，让人感觉呼吸不过来。

到了出事的二车间，发现事故现场刚刚收拾妥当，别的车间灯火通明，工人都在等着上夜班，而这里则一片寂静，除了几个出入口和大厅有灯光照明之外，别的地方都是一片昏暗。

省钢保卫处安排了三个人守在这儿，跟老孔也算是熟悉，见我们进来，打了招呼，然后转到里面的调度室去了。我看了一下这偌大的车间，但见到处都是楼梯和巨大的产线，地下积了厚厚一层钢渣，可以想象得到，事故发生之前这里热火朝天的生产场面。

老孔瞧我四处张望，在旁边跟我解释道："今天吴副局长带人勘查一天了，初步判断有人在压模里面动了手脚，那多出来的一具尸体，就是被塞进去的。至于凶手为何这么做，有两种可能，其一，无外乎就是想要毁尸灭迹；其二，有可能是要炼一炉血钢。"

"血钢？"我瞪大了眼睛，止不住心中的惊讶。而老孔则点了点头，说："对，若是如此，那事情可能就变得有些复杂了。"

我明白老孔的担心，在冶金技术如此发达的现在，血钢这东西是少有人知道的，但是搁在古时候，用生命填入铁炉之中，使得铸就的兵器天生就有一股煞气，这法子并不新鲜，有的铸剑师甚至直接在剑即将成型的时候，跳入火炉，成就凶器，这行为虽然没有什么科学根据，但是古往今来，却成就了许多名剑。人与器之间，是有很多方法可以联系在一起的，血钢则是其中一种神秘的邪法，为的就是达到孕育某种凶灵的目的。

如果真的是这样，那么我们此番恐怕又有许多麻烦了。

这炼钢二车间占地极广，我在老孔的带领下，大致地瞧了一圈儿。这时小鲁赶了过来，他用网兜拎着三个铝皮饭盒，瞧见我们，愤愤不平地嚷道："真操蛋啊，那些家伙吃香喝辣，就给我们弄了点馒头咸菜，真的是很过分呢。"

小鲁走到我们面前来，将手上的饭盒递给了老孔，而我则挡开，着急地问道："现场的照片，讨到了吗？"

小鲁见我这般着急，也没有开玩笑，直接从兜里面掏了两张照片出来，嘴上还不满地埋怨道："你是不知道一科的黄岐有多讨厌，我求了他半天，连申哥都帮忙讲了话，这才心不甘情不愿地给了我两张，你拿去看吧，一会儿我还要还给他们呢。"

一科负责县区，自谓精兵强将，一直都看不起二科；而二科负责周边镇子和乡村，总是动不动就出差去乡下，心中也有怨气，所以两个科室关系向来不睦，小鲁受气也属正常。而我则迫不及待地抢过他手中的照片，在昏暗的灯光下查看，发现两张照片，一张是四个尸体都有，另一张则只有那具神秘的尸体。

不过这些死者都被钢水包裹，剧烈的高温在瞬间将人体里的水分气化了，留下来的只有一具焦黑的尸体，还是缩水的，看不出个所以然来。

从这身形上面来看，娇小瘦弱，看着跟还没有发育完全的罗大根真有那么几分相似。

老孔瞧见我脸都变黑了，便过来揽住我的肩膀，劝道："二蛋，你别着急，人呢，都已经这样了，真是看不出什么来的，到底怎么回事呢，还是需要调查的。今天你既然来了，就跟着我们二科一起值班，吴副局长这人脾气虽臭，但是本事不错，相信用不了几天，就水落石出了。"他劝着我，然后把饭盒打开，招呼我吃饭。

小鲁打的饭菜，每人两个大馒头、一点儿咸菜，还有半碗苞谷粥，平日里倒也不错，不过我没有什么胃口，心中阴郁得很。

吴副局长他们在省钢相关领导的招待下，吃吃喝喝一直到了晚上八点多，才有一科的人过来交接，他们会在这里守到凌晨一点，然后由我们二科接班。这事儿本来只用一个科室就够了，人多了反而指挥不畅，不过最近好多人出差，我们二科是被临时抓丁。

跟一科的人交接完毕之后，自然有人安排我们到厂招待所先行歇下，我心事重重，没有怎么睡。到了凌晨的时候，申重过来叫人，于是我、老孔和小鲁便深一脚浅一脚地赶到了二车间，与我们一起的还有省钢保卫处的三位同志。

事情倒没有，不过申重去跟一科的罗小涛交接，回来的时候脸都黑了，瞧着交接完的这些人扬长而去，申重朝地上呸了一口，说小人得志。

分局长李浩然不怎么管事，局里面一般都由吴副局长主持事务，一科傍上吴副局长，春风得意，倒也没有什么好说的。所谓值班守夜，其实就是七个人留在调度室，灯点亮，然后聊天说话，开始熬时间。

时间一点一滴地过去，不知不觉就到了下半夜，保卫处的几个人都有些熬不住了，小鲁也昏昏欲睡，然而就在这个时候，不知道怎么回事，调度室的电灯陡然变亮了，之后又熄灭了，接着整个车间陷入了一片黑暗之中。

一刹那，每个人的呼吸都变得粗重了几分……

第十四章 天黑请闭上眼

习惯了光明，眼前的世界骤然变成了黑暗，而且还是毫无预兆地发生，所有还清醒的人都一下跳了起来，几个打瞌睡的人也慌慌忙忙地站起来，问到底怎么回事。

慌乱还未结束，那灯又亮了起来，白炽灯里面的灯丝忽明忽暗，让我们的脸上显得阴晴不定，看着十分纠结。

瞧见这状况，保卫处领头的那位姓马的同志，揉了揉一堆眼屎的眼眶，一脸不爽，悻悻骂道："电路又不稳定了，那帮电工连照明电路都搞不定，真的是吃屎长大的。"旁边两人附和着骂了两句，马同志站起身来，去拿桌子上面的电话，摇号，转接，一阵忙乎，结果愣是没接通，他脾气也不好，又骂骂咧咧说了好几句，然后跟我们商量道："几位同志，你们看这灯，一直都这么闪烁也不是一回事儿，不如我带个兄弟去找个电工过来看一下？"

虽说省钢保卫处的工作人员是在配合我们行动，不过到底不是自己手下，申重也没有什么可说的，让他们自便，那马同志朝旁边一个憨憨的小伙喊道："牛得志，你跟我走，去把管这个车间的电工师傅喊来。"

两人匆匆离开，我们站在调度室看着他们的背影消失在车间门口，回过头来，瞧见这车间大半的灯都熄了，就剩三两盏，一闪一闪的，越看越感觉有些不对劲。

沉默了一会儿后，申重带着我们在车间又巡了一圈，发现并没有什么异常，于是折转回了调度室。这回大家都没有什么睡意了，左右也是闲着无事，申重领着我来到门口，瞧了一眼我肩膀上的胖妞，低声问我道："二蛋，以前呢，我们不熟，我也不好问，不过现在看见吴副局长实在是不待见你，所以我就想问你一件事儿，你跟戴老局长到底是个什么关系？"

申重突然跟我提起这件事儿来，让我有些不知所措，转念一想，县官不如现管，怕是今天他也挨了吴副局长的批评，所以才会来找我谈心。

我跟戴校长之间，除了那一笔交易之外，倒也没有什么可以隐瞒的，于是将事情一一说明，申重沉吟一番，疑惑地问我："二蛋，你没有隐瞒什么吗？"我摇摇头，他则十分不解："不对啊，你来了这么久，也知道咱们这儿有多吃香了。按理说，巫山后备培训学校并不是一所级别特别高的学校，毕业生走出来，如果没背景，一般都是往云贵川送的，那儿条件艰苦，待遇也差。你和戴老局长若是没有什么紧密的关系，他为什么会费这么大的力气把你送这儿来呢？"

申重疑惑归疑惑，不过他是个江湖老把式，察言观色的功夫也十分了得，倒不疑我在骗他，沉思一番之后，跟我讲起了戴校长和吴副局长之间的恩怨来。

其实这事儿并不复杂，同一个单位的一把手和二把手永远都很难有和睦的关系，而这冲突在戴校长离开这里，组织派人来考察的时候，达到了巅峰。最后的结果，是戴校长去巫山后备培训学校了，而上头大笔一挥，把现任分局长李浩然弄了过来。

坐了一任又一任老二位置的吴副局长自然是怨气十足，这口恶气他撒不到有着龙虎山背景的李浩然身上，揉捏我却是手到擒来——如此看来，我倒是送上门来的受气包，不弄我弄谁呢？

听申重讲完这里面的缘由，我不由得苦笑，只叹自己倒霉，申重却摇头，说："这还算好的，机关里面其实最是复杂，像吴副局长这样表现在脸上的，发发火气，那都是小问题，倘若他要真心整你，悄不作声地背后使绊子，那你才叫冤屈呢。"

好嘛，敢情我还得感谢吴副局长对我的另眼相待啊。

前辈之言，重如泰山，都是血和泪凝结而成的经验。我和申重撅着屁股在门口的角落处聊天，他拍了拍我的肩膀，赞扬道："二蛋，之所以跟你说这么多呢，主要是看你娃做事勤奋，奋勇当先，为人也清楚明理，不像小鲁，总是自作聪明，还以为别人都是傻瓜……"他压低声音说着话，这时调度室的门吱呀一响，小鲁和留在这儿的那个保卫处同志一起出来，跟申重招呼道："申哥，浓茶喝多了，我们两个去解个手。"

这厕所在车间隔壁，申重扭头看了一下，朝角落一指，说："别出去了，人太散了不好找，出事儿了怎么办？你们两个人随便找一个排水沟解决一下就行，免得麻烦。"

那保安处的小张同志不同意，咕哝了一声，小鲁有些急，拉了他一把，催促道:"走了走了,尿到排水沟去,也没事的,这黑咕隆咚地朝外面跑,跌一跤也不是什么好事儿,对吧?"

他连哄带拉,带着小张向炉子后面的排水渠那儿走去,老孔在调度室里待着怪孤单的,倚在门框上面,丢了一根烟给申重,又问我要不要,我摇头。他划了一根火柴,自个儿点上,深深吸了一口气,叹道:"不知道咱们张科长什么时候回来,唉,没人罩着就得当孙子,他们一科值前半夜,到点了就直接睡去了,留我们这几个倒霉蛋儿在这里拜菩萨,第二天都回不过神来。他娘的,想一想就冤屈……"

他在这儿自顾自地发牢骚,然而刚刚说到"冤屈"二字,陡然之间,我们都感觉到空气中的温度似乎降了好几度,一股冷风不知道从哪儿刮起,凉飕飕的,背脊骨都不由得挺立起来,一阵鸡皮疙瘩迅速爬上了来。

"呼……呼……我好冤……枉啊……"

"呼……呼……"

寂静的车间厂房里面,一句又一句神秘的声音从半空中悠悠扬扬地洒落下来,阴森恐怖,雌雄莫辨,这声源似乎是在黑暗中,又仿佛就在耳朵边,让人毛骨悚然。它并非歌声,但是却能够将人心底里那种彻骨的寒冷都勾了起来。不过我们三个都是见过一些类似场面的人,倒也不会被吓到,老孔脚步一转,风一样地冲回了房间,然后摸出了他的那个红铜罗盘,回到了我们的跟前。

我们低头一看,在这忽明忽暗的灯光下,罗盘天池中的指针正在疯狂地摆动着。

红铜罗盘天池中的那根指针,经过特殊磁化处理,能够感受到轻微的负能量变化,而当它出现这般的状态时,说明满满的负能量就在我们身边萦绕。

看来,省钢有人反映这车间里面有鬼在唱歌,倒也不是妄言啊。

瞧见那罗盘磁针几乎就要甩飞出去,申重第一时间朝着空地大声警示道:"小鲁、小张,赶快回来。"这边喊完,他对我吩咐道:"二蛋,立刻接招待所,让吴副局长他们带人赶紧过来,所有人!"

我接到吩咐,转身朝调度室里面冲,伸手抓起电话,拨动转盘,结果等了好一会儿,电话那头还是没有声音,我等得不耐烦了,对着话筒大声喊道:"快点给我接招待所!"结果在一阵沙沙的电子声之后,竟然传来了一道如怨如诉的哭声来:"我好冤……啊……"

听筒里面突然传来的声音吓得我差一点儿将电话甩脱出去,等我回过神来的时候，发现那边又是忙音了。

"你妈，装神弄鬼的，想吓唬谁呢？"我冲着电话那头破口大骂，挂了重打，根本就接不通了，低头一看，顺着线路捋了一下，只见这电话线竟然不知道什么时候被人剪断了。我心想不对，朝着门外喊道："申头，这电话被人动了手脚。"我喊了两声，门口都没有回应，我下意识地抬头看去，根本就没有瞧见申重和老孔的身影。

房间里的灯依旧在闪烁，这时的我终于感受到了一丝恐惧，将电话扔下，冲到了调度室的门口，左右一望，四处空空如也，哪儿还看到什么人啊？

这偌大的车间，人多了还没有感觉，一旦陷入了一片死一样的寂静之中时，却让人怎么看都不自在，哪儿都蕴藏着无边的恐怖。我朝着空处大声地喊了几句话，无论是申重、老孔还是先前去解手的小鲁，都没有回应，我下意识地朝车间门口跑去，然而没有跑几步，突然传来了一阵巨大的关门声。

轰——

车间的大铁门居然在这个时候突然关上了，那钢铁撞击的声音在空旷的车间中回荡不休，胖妞受了惊吓，一下就躲入了黑暗之中，不知所踪。我冲到前面，使劲儿拉门环，结果一动也不动，这时我终于晓得害怕了，眼睛无意识地四处转动，想要找寻一个出口。

很快我就瞧见了旁边铁架楼梯之上有一个窗口，当下也是健步如飞，一下子就蹿上了二楼的平台处，然而我刚刚一冲上来，便有一个白色的影子朝着我这儿撞来。

第十五章 肩上骑着个人

在那种压抑到了极致的环境之中，我的心本来就已经悬在了半空中，陡然瞧见这么一个白影子朝着我冲过来，满心戒备的我直接抬起了脚，对着这白影子使劲儿踹去。

没想到那个白影子倒也是反应敏捷，往后退了一步，避开了我这一脚，瞧见我像疯狗一样猛扑而来，又往后噔噔噔地连退了好几步，突然喊道："二蛋，是我，我是鲁子颉啊！"那人叫得大声，我这才停下来，定睛一看，可不就是刚才转到炉子后面去撒尿的小鲁吗？

我当时还有些不敢相信，缓步走过去，一把抓住他的胳膊，手指抵在了他的手腕上，感受到那时缓时急的脉搏，这才疑惑稍解，凑上前去问道："鲁哥，到底怎么回事？你刚才不是在钢炉后面吗，怎么又跑到这儿来了？小张呢，还有申头和老孔呢，他们到哪儿去了？"

小鲁脸色灰白，浑身都打着摆子，一双腿都有些站不稳了，听到我焦急问起，他凑到我的耳朵边，低声说道："申头和老孔我不知道，但是那个小张，他妈的是只鬼啊……"

小鲁当时的表情诡异极了，怨恨、恐惧、兴奋以及莫名其妙的优越感糅合到了一起，使得他整张脸都变得扭曲了。瞧见我愣住了神，他压低了嗓门，轻声说道："你不知道吧，刚才陪我们在一起的那三个保卫处的家伙，他们根本就不是人，我先前还只是感觉有些奇怪，后来才回想起来，那三张脸根本就是钢水泄漏事故里面死去的工人，真的，一模一样——你能够想象得到吗，打猎的被鸟啄瞎了眼，我们竟然和三个刚刚死去的鬼待了半宿……"

小鲁的一双眼睛死死盯着我，脸上的肌肉一跳一跳的，我也觉得有些不对劲了，脑子里回想起刚才那三个保卫处的同志，虽然一开始好像是说了很多的话，但是现在竟然连他们的脸都记不起来了。

我越用力想，就越想不起来，那三个人的面容在此时回忆起来，仿佛都是一片朦胧，像蒙上了一层白布一样。

或许，他说的是对的。

小鲁见我还在犹豫，反过来一把抓住我的胳膊，喘着粗气说道："你不相信吗？你以为你眼睛看到的东西就是真的吗？我告诉你，假的，我刚才跟那个家伙去后面尿尿，你知道我看到了什么吗？焦黑如炭的手，搭在了我的肩膀上面，雪白的牙齿就要咬到我的脖子上来。"

小鲁并没有解释自己是如何从高炉那儿跑到这里，但是我却能够感受到他临近崩溃的情绪，于是喝念了一遍净心神咒，将拇指抵在了他的额头上面，几番深呼吸之后，小鲁这才说道："你知道，我是怎么晓得他们是鬼的吗？"

我不知道小鲁受了什么刺激，不过还是点头说道："晓得，在孟家村的时候，你将那鲶鱼精的眼睛给留了下来，那玩意清净明目，能够增长夜视，想必对感应阴晦之物，也是有帮助的吧？"

我这边一说完，小鲁一把抱住我，整个人就嚎啕大哭起来："二蛋，你是有真本事的人，我知道瞒不过你，也晓得吃了这东西容易遭灾祸，但我只是想变得更强一点儿，免得被单位淘汰了啊，我没有坏心思。二蛋，你救救我啊！"

小鲁突然崩溃，让我有些莫名其妙，拉着他，询问道："鲁哥，等等，你先别哭，到底怎么回事，你赶紧跟我讲，我好帮你想想办法。"

听到我的安慰，小鲁大概是想起了我在瓦浪山孟家村的表现，抬起了头，小心翼翼地问我道："二蛋，你帮我看看，我背上是不是有一个人趴在上面？"

啊……背上？有人趴着吗？

小鲁这话说得我毛骨悚然，这时我才发现平日里昂首挺胸的小鲁竟然佝偻着身子，仿佛背上有很沉的玩意儿一般，他身上穿着蓝黑色的中山装，里面是的确良的白衬衫，我将他稍微推开了一点儿，仔细打量，这才发现他的背上潮湿了一片，手往肩膀上面一晃，一阵冰凉，仿佛有一块寒冰。

我受过杨二丑的洗髓伐经，已经能够感应到炁场了，然而对于无形无色的阴灵之体，却是一点儿也把握不到，不过这并不影响我对于小鲁此时状况的判断，想必他现在就是被那个小张骑在了脖子上面。

或许那家伙还在冲着我笑呢，只不过我根本看不到而已。

这时我才明白了小鲁为何一出现就变得这般神经质，任谁脖子上面骑着一只鬼，脑子肯定清醒不了。我没办法瞧见那鬼灵，也就无法施治，强忍着对那东西的厌恶之感，指着旁边不远的窗户对小鲁说道："鲁哥，你什么都别多想，没事的，我们一定会没事的。你想想，我们出了这里，去招待所找到吴副局长，什么都解决了。"

说完这些，我拖着他朝窗户那儿走去，然而走到跟前，才发现那窗户玻璃虽然破了，但是用钢条稳稳焊住，人根本就出不去。我踢了两脚，反倒是将自己的脚尖弄得生痛，旁边的小鲁瞧见我努力无效，突然桀桀地怪笑起来。

他笑得我毛骨悚然，忍不住推了他一把，责问道："你干嘛啊，赶紧逃出去，我们还有生还的希望，要留在这里，迟早都要吓死的！"

小鲁发觉我情绪里面的不满，却置之不理，神经质地指着这铁门铁窗，颤抖着说道："这是一道鬼门关，进来了，就出不去了——我们都出不去了，不管是我，还是你，又或者是申哥和老孔，他们都逃不脱这命运的，我们要死在这里了……"

小鲁拖长了音调，尖锐得吓人，我瞧见他神经病一样，也懒得理他了，扶着梯子往下走，下到了地面。他瞧见我跑开了，以为我要抛下他不管了，也赶紧跟了上来，生怕我跑远。

他刚才表现出自暴自弃的样子来，不过我一走开，又诚惶诚恐，看来受到的压力不小。我左右一看，整个车间空空荡荡的，灯光时暗时灭，申重和老孔也不知道跑哪儿去了，也没有了主意，瞧见小鲁屁颠屁颠地跑到我跟前来，咬了咬牙，问他道："鲁哥，我问你一件事情，你自己……能够瞧见自个儿肩膀上面的那东西吗？"

我说得小心，本以为小鲁会发火，结果他泪水都流了出来，哭着说道："从刚才尿尿开始，就一直骑在我身上了，我搁地上滚了三回了，都没有下来，你没瞧见吗？它就骑在我的身上，看、看——它用那手撩我头发呢，我的妈呀，这手都黑成焦炭了啊！"

小鲁间歇性地抖着脑袋，整个人处于一种高度紧张的状态，他正说着话呢，我的确瞧见他的头发飘了起来。

无形之中，虚空之间，说不定有一张脸正冲着我笑吧？

我心思一转，手往怀里一摸，当伸出来的时候，一道寒光划过，青衣老道传承给我的小宝剑被我以极快的方式，朝着小鲁的上空斩去，收回来的时候，我又问他："现在呢，还在吗？"

小鲁依旧还在哭,死命地点头,泪水潸潸。

看到他,我不由得想起了当年被爹娘送入五姑娘山的我,当瞧见那面铜镜子里面的水鬼时,怕也是这般恐惧。按理说,像我们这样的单位,类似的事情应该并不少见,只是小鲁去年才分配过来,虽然所知泛泛,但毕竟还没有遇见过什么事儿,难免慌了神。别说他,便是见过更厉害人物的我也是脚底发虚,朝着头顶喊了两声"胖妞",没有回应,我一咬牙,下定决心说道:"鲁哥,鲶鱼精的眼睛有两颗,你都吃了吗?"

小鲁摇头,从怀里掏出了一个布袋,说道:"没有,我就吃了一颗——现在想起来,后悔死了,这东西坐我身上,而没有缠着你,说明我真的是在作孽呢……"

我看着那布袋,瞧那里面的形状,乒乓球一般大小,应该是剩下的那一颗。

咬了一下牙,我心想自己身负十八劫,每一劫都无端凶煞,这鱼眼珠子上面含带的煞气哪里有我强?这般一想,我当下也顾不得许多,手一抓,看都不看就直接往嘴里面塞,这玩意被煮得有些硬,我使劲儿一嚼,汁水四溅,一股浓烈的鱼腥味充斥在我的口腔里面,而就在这时,我感觉好像是喝了度数极高的烈酒一般,一股热劲儿从胃里直冲头顶,情不自禁地打了一个嗝。

随着这股气息冲出食道,我感觉双眼一热,抬头看去,却见一个连脸都没有的黑影子正朝着我笑——对,就是笑,一种轮廓模糊的笑容,诡异而神秘。我没有多想,右手上的小宝剑再次朝前一划。

黑影子很自然地往后面缩了一点点,然而这时的我,掌心挪动,在这一刻也多递出了一分。

小宝剑正中无脸黑影子,接着一阵黑烟冒起,无数的鬼啸之声凭空而生。

第十六章 你们都得去死

当我刺出那一剑的时候，世间万千恐怖。当我收回来的时候，一切烟消云散。所有的恐怖都化作了一片飞灰，再无任何狰狞表象。

而这个时候的我来不及作任何庆祝，又连着打了几个嗝，感觉整个胃都在翻腾，无数的陈腐之气喷薄而出，将小鲁熏得一头栽倒在地，半天爬不起来。我一屁股坐在地上，感觉胃里面好像一锅煮开了的粥，又烫又稠，而且还冒着十足的臭气——我明白，这所谓的臭气，其实就是当日煮熬孟老二时留下来的尸气。

这玩意被熬进了鱼眼珠子里面，一直存留下来，而我这不停地打嗝，其实是因为身子里面的力量在很自然地排斥这种气息。

不过即便如此，我也觉得承受不住，感觉全身有一股热意四处涌动，最后停留到了一对眼睛的眼皮子上面来，一会儿凉、一会儿烫，说不出来的难受。

这感觉并没有持续多久，当我瞧见小鲁从地上一蹦而起、欢呼雀跃的时候，我也没有再在地上停留，而是一骨碌站了起来，开始念起了往生超度咒——不管那被我小宝剑金光击溃的鬼魂到底会是什么下场，人都应该保持怜悯和慈悲之心，该做的还是应该去做。

这是当年青衣老道教我的道理，不敢忘，也不能忘。

肩头上蹲坐着的那只鬼消失不见了，最高兴的当然是小鲁，他直接从地上蹦了起来，一跳老高，什么负担都没有了，他也挺直了腰杆，甩甩手，发现一切无恙。这才走上前来，使劲儿地抱住了我，大声感谢道："二蛋，兄弟欠你一条命！"

我瞧见他眼中那浓浓的感激，这是对我在关键时刻不顾性命之危吞食鲶鱼眼珠子所表现出来的那股子勇气的敬意。小鲁晓得吞食那鱼眼珠子之后的反噬有多么恐怖和强烈，便十分能理解我拼死给他解围的行为是多么高尚。

然而当时的我其实并没有想那么多，债多了不愁，虱子多了不痒，我大概就是这般心态，所幸在瞧见了那阴晦之物后，小宝剑竟然真的能够将其击溃，这件事情让我感到无比惊喜，安全感也成倍增长。

人因为未知而恐惧，现如今我瞧也瞧得见，杀也杀得死，自然没有了刚才那种紧张到极点的心情，甚至还有些期待下一只阴灵恶鬼的出现。

一剑在手，天下我有。我信心满满，而小鲁也是激动得难以言喻，不过现在并不是我们情绪宣泄的时候。虽然大门被堵死了，我们还是有些不甘心，两人一起冲上前去，又是踢又是踹，然而怎么都弄不开，拳头砸在那铁门上面，根本听不出金属的声音，反而像是一堵沉闷的墙。

小鲁狂暴地踹了一下，突然拉住了我，脸色发青："二蛋，别弄了，我们另外想办法吧，我总感觉这门后面不是大路，有好多红色的血在流啊。"

吞服了那巨型鲶鱼的眼珠子之后，我们都能够瞧见一些平日里根本不会出现的脏东西，不过我只是刚刚吞服，还没有消化完呢，小鲁却是不晓得吃了多少天，他这么讲，由不得我不信，于是问他怎么办。

小鲁也是手足无措，但想起了刚才巡查车间的时候，高炉后面有一个来料房，那儿有一个小门可以出去。

我们两人一合计，既然申重和老孔暂时找不到人，那我们菜鸟则应该先保全自己，然后去把人叫过来，这才是正理——至于胖妞那只死猴子，杨二五它都不怕，这阴灵哪里近得了它的身？商量完毕，两人小心翼翼地朝着来料房那儿摸去，车间灯光闪烁，到了高炉背后，光线就变得十分朦胧了，这里面的设备很多，一不小心就会磕到、碰到些东西，所以我们走得也不快。然而越往来料房那边走，灯光就越暗，最后几乎完全被那高炉挡住了，我们都是趟着脚在走。

这样子肯定不行，磨刀不误砍柴工，我提出折回调度室那边去拿手电筒，不然来料房那儿黑漆漆的，进去了也得抓瞎。小鲁被吓得一愣一愣的，对我产生了一种依赖感，虽然没有几步，也不肯留在原地等，一定要跟着我一起走。

然而我们两个刚刚一转身，突然瞧见高炉的墙壁上，挂着一个漆黑的头颅。

"啊……"

"申头？"小鲁和我一起发出了叫声，他是无意义的尖叫，而我则是震撼于突兀出现在高炉墙壁上面的那头颅，竟然就是刚才突然间不见了踪影的申重。

二科的科长自我入职以来都没有露过面，一直都是申重在负责，所以我向来都亲切地称呼他为"申头"，万万没想到，此刻竟然是一语成谶，真的就剩一个头

了。这些日子以来，申重对我一直都很照顾，此刻瞧见他的头颅镶嵌在那高炉的墙壁上，我立刻有一种撕心裂肺的痛苦，紧紧握着小宝剑，朝着空处大声吼道："你他妈的到底是谁？有本事就给我滚出来啊，来跟你二蛋爷爷斗一斗，偷偷摸摸地藏在那儿，算个屁的本事？"

我这一番叫骂，原本也只是宣泄一下情绪，并没有想着能够有什么回应，没想到先前充斥在空气中的那声音，又悠悠然地传了出来："呼……呼……我好冤……枉啊……"

伴随着这哭声，墙上的人头缓缓抬了起来，面对着我，我瞧见申重双眼被挖了，汩汩血泪从黑乎乎的洞子里流出来，划过脸庞，滴滴答答地落在了地上，而他的嘴唇却是向上翘。

"申头儿！"我走上前去，想要触摸那脑袋，身后的小鲁一把将我抱住，大声喊道："二蛋，别上当了，那不是申哥，不是！"

经过小鲁的提醒，我这才将心神稳住，口念净心神咒，然后抬头看去，发现那张脸又变得朦朦胧胧的了，果然是一个不甘心的凶灵。我不知道这几个死者为何没有往生，反而留在这儿吓唬我们，但这种被欺骗的感觉让我一点也不好过，握着小宝剑就想将那东西弄灭。不过就在这时，我们听到来料室那边传来一阵响动，在这样的场景中显得格外突兀，我回头看去，瞧见黑咕隆咚的门口竟然出现了一个高大的身影。

也不知道怎么了，我一点儿不害怕，握着短剑，一个箭步就冲上前去，大声喝道："装神弄鬼的狗东西，你终于露面了啊，看你二蛋哥怎么收拾你！"

我冲到跟前，举剑就刺，然而那个黑影的身手了得，避开我的攻击，三两下竟然擒住了我的胳膊，我还待用力，结果听到那人沉声喝道："二蛋，噤声，你吵到老孔作法了！"

这话说得我如遭雷轰，倒不是因为内容，而是说话的人竟然就是刚才脑袋还挂在高炉墙壁上的申重。我眯着眼睛打量，大概是巨型鲶鱼眼睛的缘故，昏暗的光线中，我倒也能够瞧出这人就是申重，而在来料房里面，还盘坐着一个念念有词的人，正是刚才消失不见了的老孔。

我说他们怎么突然不见了踪影，原来竟然是跑到了来料室。不过我刚才四处找人，叫得那么大声，他们怎么就不应一声呢？

我满肚子的疑问，然而刚一张口，申重便拦住了我，低声说道："有什么事情一会儿再说,老孔他现在正是关键时刻,别打扰到他。"申重小心翼翼,一脸的谨慎,我瞧见他如此神秘,也不敢多言。小鲁围了过来,瞧见老孔盘腿坐在来料室门口不远处,双手合十,眼睛紧闭,面前点了一根蜡烛。

那蜡烛跟我们平日里用的不一样,是根红烛,灯芯特别大,噼里啪啦地冒着火星,而老孔口中则念念有词,似乎在招魂。

我一开始还以为是在念咒诀,凑近一站,却听到老孔口中竟然在唠家常:"……姑娘,你出来呗,既然有冤屈,那我们就唠一唠嗑——你哪儿的人啊,家住哪里,有几个兄弟姐妹啊,父母应该还健在吧?"

老孔四十多岁的一糙老爷们,平日里两斤二锅头的酒量,豪气横生,然而此刻说起话来,和声细语,温柔似水,让我都有一点儿认不出来。不过瞧见他浑身不停地抖动,特别是左手不停地在摩擦,便晓得他现在处于扶乩状态。所谓扶乩,也叫做鸾生或乩身,其实就是请阴灵附身,实现彼此沟通。老孔家学渊源,懂这个,但是一般也不显露出来,我瞧见申重一脸紧张,晓得他也是没有把握。

不过在一阵颤抖之后,小鲁突然捏住了我的胳膊,在我耳边轻声说道:"二蛋,你看,有一个白衣女人坐在老孔的背后呢……"

话音未落,老孔突然睁开了眼,一双黑黝黝的眼睛直勾勾地看着我们,开口说道:"你们都得去死!"

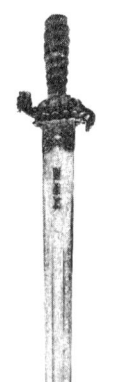

第二卷 青盲年代

第十七章 手很黑的小子

"你们都得去死!"

老孔抖动半天,一睁开眼睛,突然就说出这么一句话,实在是惊人。不过更让我震惊的是他的声音,老孔原先的声线粗犷沙哑,现在说出来的,却是另一种音调,跟一个少女的声音差不多,阴柔、飘忽不定。

我和小鲁都极为惊讶,而申重是老江湖了,他直接一屁股坐在了老孔的对面,接过话茬来说道:"妹妹,这话说得有些过分了,我们是来帮你的,你若想不受人奴役,就跟我们好好说实话,这样子,大家都能够各取所需,避免不必要的争端,你说对不对?"

申重跟老孔一本正经地说着话,而我则在旁边瞧,小鲁说的白衣女子我是瞧不见的,不过感觉在老孔的身上有着一股微微的白光,随着这白光流转,老孔的脸色变得有些扭曲了,却还是在说着话:"我是很想解脱,但是不能将希望寄托在你们身上。你们太弱了,根本不知道他的恐怖,他想做的是集齐九条人命给他做血引,好炼成那把饮血剑。这还只是他的计划之一,要凑足九九八十一条人命,他或许就能够炼就传说中的饮血飞剑,而我们都是被他看上的剑灵之选。"

申重的眉头一抬,低声喝道:"他是谁?"

老孔的脸上露出了一种奇怪的恐惧表情,说:"他?他是一个潜伏在人群之中的恶棍,他是一个亵渎神灵的人,他把自己的灵魂出卖给了魔鬼——不,他自己就是一个魔鬼,大魔鬼!"

申重又问:"那你要我们怎么帮你,你想解脱吗?"

老孔摇了摇头,语气依旧阴柔,却透露着一股失望:"你们连自己都救不了,还谈什么救我?这车间的地下被那个人动了手脚,布下符阵,所有在这儿死去的人,都不会得到解脱,只有不断地受着他的驱使,一直到最终融合,化在那血钢之中，才会以另外的一种形式真正消失——啊，他来了，我感觉到了，你们之中有人消灭了一个被他奴役的死灵，他感受到了，你们快跑吧，早点走或许还来得及，不然，你们也要被他血祭了。"

这个女人嘴上说得恐怖，不过还是蛮善良的，竟然催促我们离开。然而申重不这么认为，我们前来此处就是为了查明真相，至于别的，没有什么可害怕的，毕竟在这几万人的省钢，凶手难道还敢铤而走险，真的重下杀手不成？

他浑身轻松，继续盘问，刚刚在生死边缘挣扎的小鲁却没有半点安全感，上前催促，申重并不理会他，而是跟扶乩着的老孔继续聊天，小心翼翼地诱导话题。

我一开始瞧不出什么来，然而时间一久，便发现在老孔的身后竟然真是一个白衣女子。

她穿着白色衬衫、蓝色长裤，年纪不大，可能跟哑巴差不多，瓜子脸、麻花辫，模样儿挺清纯的。那女子就坐在那儿，嘴巴一张一合，而老孔这边则跟申重一问一答，聊得热切。在警告了几次之后，她竟然也不避讳什么，直接告诉了我们，她其实是四分厂调度室的女工，名叫白合，去年刚刚顶替她病故的母亲上岗，平日里活计不多，过得倒也不错，没想到几天前，下班后在浴室洗澡的时候，突然间就是两眼一黑，昏死过去，结果被人装进了模具，用钢水烫死。

原来，钢水泄漏事故那名神秘的死者，竟然是这个叫做白合的女鬼？

虽然对她的遭遇表示同情，但是想到罗大根暂时没事，我的心还是一阵跳动，有一种说不出来的高兴。这种情绪太自私了，我自然晓得，于是强忍住没有表现出来，而老孔作为引灵入身的鸾生媒介，则一脸怨恨地说道："你知道他为什么挑中我吗？"

申重摇头说不晓得，白合则愤愤地说道："生辰八字！我爹最近在给我张罗婚事，便把我的生辰八字到处散开，结果就被人盯上了——我生于农历七月十五，那人告诉我，那一天六道出、鬼门开，孤魂野鬼游走，是阴气最盛的一天，那天出生的人天生更容易见阴，不过这还不是他要整治我的理由，更重要的是他给我相过了面，认为我是咸池白虎之体，作为鼎炉最为合适……可怜我人生还没有开始，便被那恶人给弄得生生死死都不得安宁了……"

白合自怨自艾地说着话，在她前面的老孔泪水哗哗地流了下来，小鲁原先极度恐惧这个幽幽女鬼，然而听到老孔的这一番转述，不由得一阵叹息，又瞧见那女孩儿飘飘忽忽、眉目精致，不由得多了几分仰慕之意。

少年慕艾，这是正常的。然而申重还是想要找到事情最关键的地方："姑娘，你告诉我，将你们神魂拘禁起来的那个家伙到底是谁？到底什么身份？你快告诉我，到时候我给你们做主！"

凶手是谁，这是最关键的一点，这事儿弄清楚了，整个案子就算是了结了。然而就在这个时候，那个盘腿坐在地上的女鬼白合竟然站了起来，微微一晃，整个人化于一片混沌之中，而在他身前的老孔则发出了一阵令人毛骨悚然地叫声："你们不信吧？他来了，他来了，你们快跑吧，要不然就和我一样了……"

这高亢的叫声在攀到最顶峰的时候陡然断掉，而这时老孔一阵哆嗦，口鼻之间竟然有鲜血溢了出来。

在他面前的那一根红色蜡烛也同时而灭，几乎是一秒都不差。

申重有点儿吓到了，上前一把扶住了瘫软在地的老孔，问他怎么样了。这时老孔睁开眼睛，整个人显得无比虚弱，刚站起来，结果一个踉跄，差点儿又要摔倒，我们几人扶住他，还没有多问几句，他便大声吼道："走，快离开这里！"

老孔是我们这几个人里面门道最通的一位，既然他都已经觉得实在是太危险了，我们便也焦急起来。先前我们朝这边过来，是因为来料房里有一个侧门可以出去，现在想离开这里，也不会舍近求远，于是迅速越过房间里面的几条输送管道，朝着侧门冲去。然而当我们真正到了门口的时候，发现这门从外面锁得死死的，根本就弄不开。

不知不觉间，黑暗中有一只大手，将我们所有的通道都堵死了，这副架势，莫不是要将我们堵死在这儿？

既然是钢厂，用料自然都不差，那侧门无论我们怎么用力，都打不开，情形和先前一般模样，脚踹上去，几乎没有钢铁那种铮然清脆的声响，而是一种仿佛踢到了厚重石墙上面的沉闷之感。

白费劲许久，又听我讲述了在正门的遭遇之后，申重这才明白过来状况。而就在这个时候，相隔不远的车间正门处，突然也传来了一道哐啷响声，好像是有人将那铁门打开了，我们几人对视一眼，不约而同地朝外面跑去，十几步就绕过了高炉，来到前面空地处。只见先前出去找电工的保卫处马同志和另外一个同伴走了进来，而在他们的旁边，还有一个驼背老头，肩上斜挎着一个箱子。

瞧见我们四人冲到跟前来，那个马同志一边作揖，一边道歉道："对不起啊，大家！电工下班了，我们整个厂区找了半圈，这才找到一个老师傅。对了，你们怎么没事把那铁门给锁上了啊,要不是我们带着钥匙,还进不来呢。"

经历了这么多,马同志却仿佛出去遛了一趟弯儿一般,跟那驼背老头吩咐道:"杨工,这里的照明电路好像哪里坏了,您受累帮忙查一查。"

那老头好像是刚刚被人从那热烘烘的被窝里面叫出来,虽然低着头,整张脸都陷入了黑暗中,但是我能够清晰地瞧见他眼眶里面的眼屎,以及乱糟糟的头发。听到马同志的请求之后,那驼背老头朝着角落一组配电箱走去,不过就在这个时候,我朝着前方一阵猛冲,手中的小宝剑从斜下方刺出,朝着那个马同志的腹部捅去。

没有人想到我会这么做,决绝而凶狠,就算是亲口喊出这三个保卫处的同志其实就是鬼的小鲁,也被他们这装模作样、煞有介事的对话给唬得一愣一愣的。不知道是不是此处有过布阵的缘故,所以没有人能够瞧出马脚来——我们被欺瞒了半晚上,这会儿也是瞧不出来的。

然而我凭着直觉,冒着误伤好人的风险,将这把小宝剑插入了马同志的肚子里。

时间在那一刻仿佛冻结了,而下一刻,刚才还谈笑风生的马同志化作了一团扭曲的气息,带着厉啸,融入了空气中。当我一击得手,浑身一震,再想把这剑捅入另外一个人的身上时,那人朝着天空一跃,消散于无形,而正门则再次关闭,发出了一声巨大的响声:"轰⋯⋯"

车间再次关闭,我们所有人都瞧向了那个突然间多出来的人。驼背老头也抬起了头,看向我们。他意外地看了我一眼,脸上竟然露出了欣赏的表情:"手很黑的小子,不错!"

第十八章 寒光剑将出世

在很长的一段时间里，我一直觉得穿着打扮跟人的气质有着很重要的联系，然而当我瞧见这个驼背老头的时候，却发现人其实真的是可以千变万化的。真正有深度和演技的人，根本不会让你一眼就看穿，比如此刻，在说话之前，那个驼背老头就是一个半夜被人从被窝里面拉出来的可怜老电工，然而当他抬起头来、眼神放光的时候，一股让人心悸的霸气从他身上流露出来。

被人说"手很黑"，我不知道这是夸奖，还是另有所指。在我出剑的一刹那，便能够感受到身后所有人的惊讶，然而当这个保卫处马同志化作了一团黑雾消散的时候，我又能够感受到旁人奇异的目光。

我是一个敏感的人，很在乎别人的态度，而面对着这个驼背老头的话语，却突然语塞，什么也说不出来。

驼背老头个子看起来虽然矮小，背如弓形，然而当他走到我们的跟前来，双腿站定，却给人以泰山般的稳重，每一个人瞧向他的时候，都不由自主地有一种仰视的感觉。此人出场威风凛凛，目光如电，寒光乍露，我们四人竟然没有一人能够与他对视，都低下了头。而在说出了对我的评价之后，那人打量了我一番，竟然有些好奇地说了一句话："呵呵，竟然是你，没想到我们还真的有缘啊！"

这话说得我完全愣住了神，下意识地反问了一句："我们认识吗，我怎么不晓得？"

驼背老头背着手，平静地说道："你不认识我，我却认识你——后勤处锅炉房来了一个黔北大山的小子，叫做罗大根，他就是跟着我干活的，嘴虽然笨，但是人蛮勤快的，也好用，可帮了我老头子不少忙呢。只可惜呢，看到了不该看的事情，让我给处理掉了，哎，他的根骨不错，我本来打算考察完，收他当徒弟的，结果……"

"什么？你把大根给处理了？"我听到后面，目眦尽裂，也管不得此人带给我们那种巍峨如山的压力，一步踏前，大声问道，"你到底把大根给怎么了？"

那驼背老头瞧见我如此焦急，不由得笑了起来，要挟我道："小子，不如这样吧，你若想要知道自己老乡的消息，就跟着我做事，你好好干，我就把那衰货的下落告诉你。"

所谓下落，那就是说罗大根现在还没有死。

这一点确定之后，我便没有了后顾之忧，左脚一蹬，朝着前方扑去。我修道法魔功，却并无道术相辅助，全凭一双肉拳和青衣老道留下的小宝剑。先前那女鬼白合谈起此人不寒而栗，能够让一个已故之人都感到恐惧的，手段必然也是极为厉害，而瞧见他这杀人不眨眼的凶焰，我便晓得此人肯定比杨二丑还要难以对付。

杨二丑走火入魔之后，身体向来不好，一直都是靠着僵尸死气维持，早已不复巅峰状态，就连画符都难为。然而这个驼背老头是潜伏在钢厂多年的一条毒蛇，卧薪尝胆，苦忍爪牙，一旦显露身形，必然是雷霆手段。

先下手为强，后下手遭殃，若想要在这个家伙手上逃脱性命，便得趁着他还没有什么防备的时候，近身缠斗，让他没有施展手段的时间。

我手上的是小宝剑，跟把匕首差不多，一寸短，一寸险，抢的就是"凶悍"二字。

我动得出人意料，那驼背老头却仿佛能够看透我心思一般，我奋力前扑，他则轻飘飘地朝着后方退开，我冲了三两步，发现那人竟然退到了配电箱那儿。我的身后传来了申重的一声大喊："二蛋，小心那个家伙关电闸……"

这话音未落，结果便听到"啪嗒"一声响，整个厂房都陷入一片伸手不见五指的黑暗中。

我凭着印象朝前方刺去，结果落空了，那人将配电箱里面的电闸全数破坏之后，瞬间衣袂飞动，人已转移到了别处去了。

骤然的黑暗让所有人都变得慌乱，而就在这凌乱的脚步声中，那驼背老人的声音从空旷的头顶上悠悠传来："很高兴见到诸位，特别是那位叫做二蛋的小同志。我这个人呢，有一个讲究，那就是但凡死在我手下的人，我都会告诉他我的名字，以及他的死因，以便他下了幽府，或者在黄泉路上，有一个念想——我呢，叫做杨从顺，老伙计们都叫我杨大侉子，也有人会把我和于墨晗那老不死的并在一块儿，称为金陵双器。"

他停顿了一下，不屑地说道："姓于的那个家伙，就是个迂腐愚昧的老不死，跟他相提并论，是我这辈子最大的悲哀。不过呢，从他手底下流出过一把六转的雷击枣木剑，这一点比我强，所以我现在需要练就一把超越巅峰之剑，而这些则需要诸位的配合。我本来还准备再瞒几天的，只可惜你们都已经找上门来了。"

"杨大侉子？"申重低沉的声音从我左手边大约四米处传了过来，"集云社头号炼器师，据说擅长用人命来炼制法器，脾气暴躁诡异、秉性冷漠多疑，是局里面通缉榜上的重犯。没想到这样的人物竟然会隐藏在这钢厂里面，真的是大隐隐于市啊。"

申重的话语让那驼背老头略微有些吃惊，他的声音悠悠传来："嘿哟，没想到你脑子还真的好使啊。不过你们来的人，我都看过了，除了那个喝得晕晕乎乎的地中海，其他人都入不了我的法眼。至于你们几个，还是乖乖地给我做鼎炉阴灵吧，弄完今天这一波，我亲手打造的寒光剑也就可以正式出世了！"

这话一说完，我立刻感觉到一阵劲风刮起，有股阴柔的风朝左边，也就是申重的方向吹去。

这是准备杀人了吗？

我心中一紧，申重这人虽然江湖门道够多，但是他依靠的是经验丰富的头脑，而不是道门中的修行，若说打架，我或许不是他的对手，但是若有阴灵附体，只怕他也没有什么抗衡的手段。这般一想，我没有再作犹豫，快步向左移动，口中大声提醒道："申头，小心了，我来应付那东西。"

所谓那东西，其实就是事故死者的其中之一，被驼背老头凶化之后的它显示出了极强的迷惑性和攻击力。不过这些刚刚凝结成灵的东西，并不是小宝剑那锋利剑刃的对手，先前骑在小鲁脖子上面的小张，还有被我毫不犹豫就捅灭了的马同志，都是前车之鉴，所以面对着汹涌而来的我，那股阴灵只作了一个停顿，便朝着我们头顶上飘去。

我一剑刺了个空，却给申重解了围。就在此时，我突然听到小鲁在旁边朝我大喊道："二蛋，小心上面！"

小鲁吞服过鲶鱼精眼珠子，夜能视物，而我刚刚吃，效果还没有那么明显，所以他一出声，我几乎都没有考虑，就地一滚，朝着旁边避开去。只听到驼背老头吆喝道："给我将那个愣小子制住，他好像可以看到你们！"

这一声吩咐刚下，我便听到小鲁那边传来了撕心裂肺的叫声，心想惨了，我们这四个人都只是二线人员，申重擅长经验谋略，老孔和我半瓶水晃荡，至于小鲁，给他一把AK或许还有得玩，但是现在两手空空，可不就真的被人捏在手上，动弹不得了？

小鲁这尖叫声还在持续，而我又听到了两声沉闷的击打声，申重和虚弱的老孔似乎都被人撂倒了，甚至连反抗的气力都没有。

黑暗中，我感觉面前几米外突然多了一个人，正是那个驼背老头，他嘿嘿笑道："小子，我说过吧，收拾你们，我手到擒来。不要奢望会有人来救你们，这二车间的地下被我铺设了九阴聚魂阵，只要进来了，在我把握中枢之下，任谁也逃脱不出去。你根骨绝佳，不过那又怎么样，这天下间的天才多得是，多你一个不多，少你一个不少，我觉得作为鼎炉，你更合适。"

他桀桀怪笑着，伸手过来抓我，然而这个时候，一道白影飘过，竟然挡在了他的面前。

是白合，先前通过老孔之口诉说自己遭遇并且催促我们离开的那个女鬼，没想到她竟然突然出现，挡在了我的面前。这是怎么回事？我不明白，驼背老头也不明白，停住了脚步，寒声骂道："你个吃里扒外的浪蹄子，居然还敢反叛我？"

那白影子伸出手来，接着空中回荡有声："我便是灰飞烟灭，也不会让你得逞的！"

这话语气倔强，透露出了一个早夭女孩子的坚强，驼背老头却桀桀一笑，骂道："好，那我就让你神魂俱灭，让你晓得背叛我的下场。"昏暗之中，他手腕一抖，似乎弄了一串珠子出来，朝着那白影子甩去，然而就在这个时候，但听"刷"地一声，破空而起。

接着，一个得意洋洋的声音竟然从我们上面的管道那儿传来："我就说是集云社的人在捣鬼，果然是你啊。杨大侉子，好久不见？"

第十九章 饮血寒光剑，铁齿神算刘

漆黑而封闭的厂房中，突然破空声起，一道碧绿光华无中生有，将驼背老头打向女鬼白合的珠子荡开了。

听到这猥琐而得意的声音，我浑身一震，这可不就是我先前想要去找的算命先生——刘老三吗？

我瞧见那道白影仓皇无措，竟然朝着我这边扑来，眼看我们就要撞到一起，结果那玩意竟然朝着我手上的剑钻来。这什么节奏？还没等我反应过来，突然又瞧见头顶上面一阵光芒四射，接着有十二盏灯陆续亮起，将整个车间照得透亮。这会儿我瞧见了，闯入这禁闭空间中的还真的是算命先生刘老三，此刻的他笼着袖子，正蹲在空中一根粗大的管道上面看着下方。

他那杆布幡竖在旁边，有阴风吹动，猎猎作响。

这出场简直帅爆了，然而他灰头土脸的模样，也不知道从哪儿钻过来的，一副落魄相，跟这骤然出现的高手风范十分不搭。

灯光的亮起，让我瞧见了滚落一旁的小鲁、老孔和申重，也看到了驼背老头。这家伙被突然闯入的刘老三吓了一跳，人竟然已经退到了十米开外，一脸谨慎地看着头顶上的刘老三，脸色数变之后，这才寒声问道："你是谁？"刘老三得意洋洋地抬起头来，手指着旁边的那杆旗幡，对着上面的五个字念道："认不认识字？老夫叫做——铁、齿、神、算、刘！"

驼背老头一脸茫然，说："铁齿神算刘，哪个犄角旮旯蹦出来的小角色？你怎么进来的？"

刘老三站了起来，提着旗幡，沿着铁架子楼梯，转了下来，大声地说道："孤陋寡闻啊，孤陋寡闻！我们其实是见过的，杨大侉子，我师父曾经给你兄长算过命，说他戾气过重，性格无常，年少易折，当时我在场，你也在场。当时你们都不信,你看看现在,他不是躺地下面了吗?你们这家传的手艺太残暴了,邪门歪道,总是活不长的。实话说吧,我从西郊的瓦浪山过来,那儿的聚邪敛魂阵,是不是你布下的?"

驼背老头面无表情,双手反复地搓着,然后反问道:"哦,原来是麻衣世家的人,是又如何,不是又如何?这事儿重要吗?"

刘老三嘿嘿一笑,说:"这太有关系了,你知道你惹到了谁吗?对,我们这伙人学得是文功夫,推算测字,算的就是一个命,跟你们这些武行出身的人不能比,不过黄养神虽是我的师弟,但他是黄家远支,知道黄家吗?就是荆门黄家,如今黄家的人死在了你手里,莫说是你,就算是你们集云社的大档头,都扛不住的。"

"荆门黄家的?"驼背老头一脸严肃,眼睛似乎左右转了一下,然后试探着说道,"刚才出手的不是你吧,让那人出来,我见识见识。"

说话间,刘老三已经走到了地面,不理他,而是自我感觉良好地跟我打招呼:"嘿,二蛋,又见面了,是不是有一种很惊讶的感觉啊?我说过了,水库的事情还没完,这不,老夫现在就已经找到凶手了。"

刘老三似乎对先前我和罗大根并不怎么搭理他这事儿耿耿于怀,他走过来,揽着我的肩膀,洋洋得意地说道:"你知道这货是谁了吧,集云社你别听着名字文气,其实就是你们这一带最凶残毒辣的社团帮会,虽然解放后这几十年被瓦解许多,但是余孽仍在。可以这么说,你们这儿但凡出现点什么坏事儿,九成都是他们集云社弄的鬼。不过呢,今天倒是让你瞧好,老夫是怎么灭了他的!"

刘老三年纪顶了天也就四十,却老喜欢在我面前说"老夫"二字,倚老卖老,不过罗大根这事儿我有心找他帮忙,倒也乐得在旁边扮演捧哏,拱手说道:"请先生施法,将这魔枭给灭了,免得遗祸群众。"

刘老三这边得意,驼背老头却早已忍耐不住。这儿是他的地盘,整个车间的地下都被他暗中布置了法阵,哪里能容刘老三在这儿撒野?

他本来还准备将那个黑暗中的高手逼出来,却没想到刘老三根本不接招,于是厉声喊道:"你这个家伙,莫非真以为将荆门黄家搬出来,我就会怕了?你当我杨大侉子是刚出来混的是吧?今朝就将你们全部弄死,祭炼进那寒光剑里去,有了那深水怨灵和钢铁怒火的淬炼,我看到时候还有谁能够过来找我的麻烦?"

他大声喊着,身子朝高炉那儿退去,不知道要做什么。我扭头看了说大话的刘老三一眼,发现他只是喊喊号子,身子却是纹丝不动。

这个家伙，他特意跑到这儿来，莫非是来吹牛的？

刘老三给我的感觉十分不靠谱，手握着短剑，我想要再次冲上去跟驼背老头拼了，心中估量着如果我将《种魔经注解》中的魔功施展而出，能不能拼得过。然而刚走一步，刘老三伸手拉住了我，沉声说道："你别动，让那个家伙先吹一下，我倒是想要看看，他到底有什么本事敢说出这样的大话来。"

刘老三这话一说完，我就晓得他应该是另有所图了，而驼背老头毫不在乎，三两步走到了高炉旁边，脚在地上很有规律地踩了三次，手朝空中一挥，竟然凭空抓出了一把长剑来。

这长剑，剑长三尺，非金非铁非石非木，给人的感觉好像是珊瑚上面镀了一层胶质，有浓郁的血光将其笼罩，煞气逼人。

刘老三瞧见这玩意，眼睛不由得亮了起来，大声喊道："不错，以血钢为构架，以深水凝胶为媒介，虎楼石碾碎而附着其上，先是在阴气逼人的水底凝练，而后又用含血煞的现代钢铁技术熔炼——杨大侉子，金陵人称呼你为天才，可以并肩于墨晗的大师，这话倒真的不是吹捧，这把饮血寒光剑一出，只怕就算是于墨晗大师都压不住你的风头了。"

面对着刘老三的夸奖，驼背老头的脾气也变得温柔了，他轻轻抚摸着那把长剑的剑身，就像抚摸自己情人滑腻而白皙的肌肤，投入了十二分的感情，这般腻乎好一会儿，他才抬起头来，回复刘老三的话："这剑呢，目前还只能算是半成品，所有的功效都还没有完成，不过杀了你们，差不多就能够出炉了！"

刘老三嘻嘻一笑，指着驼背老头说道："剑都是有灵性的，认主人，而世界上最了解这剑的人是它的创造者。一般来说,如果用铸剑师的鲜血和性命来给这剑开光，我觉得这才算是完美，对不对？这事儿古人就有典范，如果真的这样做，我相信，这三十年内将没有人能够做出超越这把饮血寒光剑的作品，而你则将永垂不朽，警醒后人——怎么样，我给你想的结局美丽吧？"

刘老三自说自话，而驼背老头整张脸都变黑了，他将剑提起来，做了一个标准的起手式，冷声说道："这结局，我不喜欢。"

这话说完，他脚步一动，整个人就宛如鬼魅，一步竟然就跨到了刘老三的跟前来，那把剑的剑身上面有好多孔洞，一动，无数呼啸声滚滚而起，宛如万千的魑魅魍魉一齐狂啸，整个天地都化作了一片扭曲，无边血海陡然而生。我心中骇然，感觉空气在那一瞬间都凝固了，浑身僵直，动弹不得，而旁边的刘老三也是有些猝不及防，唯一能够做的，就是将手中的那杆旗幡往前一挡。

刷……

一道清脆的撕裂声骤然响起，刘老三的那杆旗幡碎成了片，漫天飞扬，而我和他则一齐往后退，我头皮发麻，朝他大声喊道："大哥，你不是信心满满，胜券在握吗？现在是咋回事啊？"

我痛苦，而刘老三的痛苦并不亚于我："我的招牌！那可是我混饭的玩意啊，没了它，我吃啥呢？杀猪的，你再不出现，老子就死了！"

这话音未落，持着饮血寒光剑大步前来的驼背老头突然停住，那把红光滚滚的长剑往前一绞，竟然被一道碧绿色的寒光缠住。

"叮叮当当……"空中发出了一阵爆响，跟打铁一般。一开始我的视线被那漫天的剑光吸引，然而过了一会儿，我才发现那碧绿色的光芒末端，竟然有一只手在掌控，凭空之间，出现了一个矮个儿男人，鼻孔外翻，满脸麻子，长相极为丑陋，然而他的身手出奇地好，与这个手持饮血寒光剑的驼背老头竟然战得不相上下，隐隐还有反超之势。

漫天的剑光宛如星光，能够将人的眼睛照瞎，高手较技，在于剑招，也在于剑势。两人在一阵交锋之后，双双后退，驼背老头握剑的手都有些颤抖，朝着那个丑汉子厉声喝道："哪里来的家伙，报上姓名来！"

第二十章 飞剑？飞剑！

这个丑汉浑身有一股浓烈的杀气，虽然无形，却能够让人从心底里感受到恐惧。驼背老头虽然以此为主场，却还是显得十分谨慎，这边郑重其事地询问，而那丑汉先是瞧了刘老三一眼，见对方不反对，这才抱拳说道："锦官城中一字剑，黄晨曲。"

他这架势作得有些假，一看就知道并不是久跑江湖的人。

我这时才发现，他刚才用来与驼背老头手中的饮血寒光剑对拼的，竟然是一把玲珑可爱的碧绿短剑，看着仿佛玉质，比我手中的这小宝剑并没有长多少——这真是厉害了，以这样的长度，竟然和对方拼得你死我活，看来刘老三这回找来的帮手倒是一个强势人物。

听到丑汉报出了自己的名号，这边的驼背老头眉头紧皱，想了好一会儿，还是没有想起西川江湖之上怎么突然多出了这么一号人物来，又问一句："阁下可有师门传承？西川之地的朱作良你可认得？"

丑汉摇头说道："我无门无派，你不用查。至于朱作良，他是鬼面袍哥会的坐馆大哥，我自然认得，不过他却认不得我罢了。"

驼背老头说起一个人名来，自然是想要攀交情的，然而瞧见这个丑汉不理不睬，根本就一点关系都不牵扯，也不给面子，便晓得有些不好对付了。不过为免得节外生枝他想要再努力一下，于是又说道："其实呢，我跟小良也算是个忘年交，他们鬼面袍哥会很多骨干成员手上都有我的作品，所以面子蛮大的。这位兄弟，你若是不插手此事，以后西川之地任你横着走，你看如何？"

他努力劝着，然而那个丑汉突然有些不耐烦起来，挥了挥手，呛声说道："嘿，驼背，你他妈的到底是干嘛的？你以为你是窑子里面倒茶壶的龟公吗？正打架呢，要砍就砍，你废他妈的什么话？"

丑汉黄晨曲不耐烦地挥了挥手，这话直接将还待攀谈的驼背老头气得不行，胡子都翘了起来，寒声说道："无名小辈，得志便猖狂，连自己是谁都不知道了对吧？老头子我不过是惜才而已，你若是执迷不悟，饮血寒光剑下再多一条亡魂，那又如何？"

对于驼背老头的奚落和讥讽，丑汉满不在乎，平静地说道："我刚刚出道，知道的人的确不多，不过多杀几个人，以后就会好了。"

他这话刚说完，驼背老头的剑就已经递到了跟前。这把饮血寒光剑虽然并未成型，却已经是峥嵘初现，拿在手里，根本就不是一柄长剑，而是如一根火把一般，将整个空间的炁场牵动，气势上十分逼人。两人再次纠缠在一块，一边是红光四溢，凶猛如潮；而另外一边，则是星星点点，疏密有致，剑尖相交，让人感觉狂风劲雨扑面而来。

这是我第一次瞧见这么高级别的拼斗，两人身形宛如鬼魅，忽闪忽现，让人连气都透不过来，不过不知道怎么回事，我却有一种十分熟悉的感觉，竟然还能够瞧出这里面的蹊跷，指着那个驼背老头，对旁边的刘老三说道："这个人的身子好像诡异得很啊？"

刘老三正心疼自己的招牌呢，听到我谈起，他点了点头，说道："一字剑呢，虽然是大器晚成，但也是正正经经学剑出身，无论是基本功，还是剑招，都有传承，是千锤百炼的架势；而那个杨大侉子，他就是个铁匠、手艺人，论拼斗的本事，十个他都及不上一字剑。不过这儿是杨大侉子的主场，你瞧他的步法，每一脚都能够踩在点子上面，阵法玄妙，他一步能当别人五六步，而你再看看他舞剑的姿势，这哪里是他在跟一字剑对砍，分明就是那饮血寒光剑在跟人对拼呢，能不诡异吗？"

果然，驼背老头完全就是被那把红光四溢的血剑给带着走的，这种不连贯不但体现在剑招之上，而且还体现在了他的脚步上，十分凌乱，好几次差一点儿就要绊倒了。

然而驼背老头隐藏在这省钢里面可不是一年两年，他费尽心思打造的主场也不是我们能够想象得到的，两人交锋良久，一字剑不但没有将优势发挥出来，反而随着那饮血寒光剑的气势越来越盛，被逼得颇为狼狈起来。我仔细看，发现一字剑的双腿之下，似乎有黑色影子拉扯，故而动作变得异常缓慢，而驼背老头一刻都不停歇，血剑之势宛如暴雨瓢泼而下，让一字剑顾头不顾尾，难堪得紧。

瞧见这场景，驼背老头洋洋得意起来，一边出剑，一边还有闲心奚落道："麻子，身上有点儿本事，你就真的不知南北和西东了？实话告诉你吧，这车间里面的血煞阵已经被我启动了，天明之前，是不会有任何人来援助你们的，你们自个儿也出不去。你且猖狂，老子一会儿就将你斩杀了，让这剑也沾一沾高手的精血。"

驼背老头笑得狂戾，手上的凶剑更加急迫，如雨落芭蕉，化作了一道道血影。一字剑有些吃不住劲儿，朝我们这边移来，大声喊道："刘老三，我日你先人板板，你不是说就一个打铁的吗，这家伙咋这么凶悍啊？"

刘老三也有点被吓住了，一边往后退，一边喊道："我哪个晓得咧，他自个儿水得很，凶的是那把剑，你本事不是蛮大吗，一剑取他头颅啊？"

刘老三这撒手不管的架势让那丑汉十分受伤，破口大骂道："算命的，虽然老子贫贱之时，蒙你一卦易运，但是这些年来，老子给你做了多少苦力，到今天，更是把命都要扔在这儿了。这情分老子还完了，以后你他娘的别找我了，知道不？"这话说得绝情，刘老三却是死皮赖脸，笑嘻嘻地说道："别啊，咱们两个人，说啥情分不情分的，朋友之间帮帮忙而已，别闹了——二蛋，你去帮忙，将那个缠人的小鬼给除了！"

他谨慎得很，自个儿不敢冒头，一脚踹在了我的屁股上面，我一个趔趄，直接朝前面跌去。

贸然闯入战团是一件非常危险的事情，尤其这交手的还是十分凶悍的高手，我刚走两步，便被一阵剑风吹得差一点毙命。不过这关键时刻，我反倒是清醒了，就地一滚，避开了腰以上的剑刃，举着那柄小宝剑，朝着一字剑脚底下的黑影子扎去。我不厉害，但是这把小宝剑十分锋利，这一晚上都已经捅了两头恶灵，凶煞之气都出来了，但见我这一出手，缠着那丑汉子的黑影竟然一扭身，下意识地朝旁边跑去。

鬼灵之物，飘飘忽忽，我也是吃了那巨型鲶鱼的眼珠子，方才能够瞧得清楚。一字剑未必得见，然而黑影一散，他立刻得以解脱，周身一阵舒畅，口中便开始念念有词起来。

此咒文细碎，宛如鼓点急落，迅速升起，而与他对敌的驼背老头显然有些慌了，手中的血剑一震，竟然发出了一道比血还要鲜红的光芒，朝着丑汉斩来。一字剑咒文已至关键时刻，满脸大汗，眼看着就要被斩中，突然有一道黑影子腾空而落，伸手一抓，这犀利无匹的光芒竟然被接了过去，一点儿杀伤力都没有。

所有人的眼睛都瞧向了那道黑影子,好奇地以为又来了哪门子的高手,却不曾想到这家伙个儿并不大,缩头缩脑,竟然是……

"胖妞!"我诧异非常,刚才受到惊吓、不知道跑哪儿去了的胖妞,竟然在关键时刻,空手接下了驼背老头那凶煞莫名之血剑鼓弄出来的绝杀剑芒。这世界到底是怎么了,我怎么感觉自己有些看不懂呢?而就在所有人都陷入思维停滞状态时,持咒完毕的丑汉子右手前伸,无名指和小指弯曲,令拇指压在该二指的指甲上,食指中指并拢伸直,朝着驼背老头猛然一指。

一道碧绿色的青芒从丑汉子的手中倏然而起,带着最犀利的呼啸声,朝着驼背老头电射而去。

电有多快?那几乎是转瞬即逝,别说是视线,就连焱场都无法把握,所以当那道碧绿色的青芒出现的时候,所有人都没有反应过来,就瞧见它下一次出现,竟然插在了驼背老头的胸口上。这剑并没有透体而过,而是将驼背老头整个人带飞了,然后稳稳地扎在了高炉墙壁之上,而出剑的那个丑汉一字剑,全身精力陡散,直接瘫到了地上,气喘如牛。

驼背老头被钉在了高炉之上,饮血寒光剑滑落下来,嗡嗡直鸣,而他的一双眼睛几乎都要凸了出来,吸了好几口气,这才艰难地问道:"飞剑?"

坐倒在地的一字剑点了点头,很认真地回答道:"飞剑!"

第二十一章 小哥赐我一死

在得知了插在自己胸口的那柄碧绿石剑，竟然真的就是传说中的飞剑时，驼背老头眼中那熊熊燃烧的斗志，瞬间就被恐惧浇灭了，整个人的精气神都垮落下来，低下头，喃喃自语道："飞剑啊！这东西的技艺都已经消失几百年了，每一次出现在江湖上，都是一片腥风血雨，能够死在这样的凶器之下，我也算是死得其所了，只可惜……"

那丑汉子缓步上前，小心翼翼地打量着这个刚才还差点要了自己性命的驼背老头，确认他口鼻之间皆是鲜血，已无任何威胁，心中不由得一阵悲凉。

我这时已经将胖妞抱了过来，浑身一通检查，发现它并无大碍，刚才去握住红芒的双手也是一点儿伤害都没有。这让我想起了两件事情来，第一，自然就是胖妞当日偷了麻衣老头杨二丑从南明古墓之中带来的护魂珠，那玩意本是杨二丑准备用来转世附身的护持之物，最是珍贵，结果就被这猴子吞服了；第二，它又将杨二丑最为得意的僵尸大个儿直接弄死了，这种死是真正意义上的死亡，魂魄全消，能够做到这地步的人不多，可以想象得到，吞入护魂珠之后的胖妞已经不是我理解中的小猴子了。再一想到当初青衣老道对胖妞的期待似乎还高过我，我就觉得这小家伙真的不简单。

就在我给胖妞检查身体的时候，驼背老头也跟一字剑对起话来。那个家伙虽然跟杨二丑一个德性，都不把人当人看，双手血债累累，但是对自己擅长的领域最是关心，趁着自个儿还能够说话，问起那飞剑的来历。一字剑是个实诚人，并不相瞒，说这是他师父所授，他师父尊号"南海剑魔"，是个化外之人，世人罕有得闻，但那手段承自南宋，这剑也是师门留下来的，据说是先辈采用了一块遗留着先古灵兽血脉的石头，雕琢许久而成。

一字剑虽然容貌长得极丑，但是为人颇为诚恳，听到他这般说，那驼背老头的眼中反而有了神采，桀桀怪笑道："嘿嘿，我就知道，这是古物——飞剑之术断层几百年了，现在怎么可能有人能够再做得出来呢？"

这话说完，他便放下了心中的执念，低下头来，用手去抚摸那石剑之上的符文，仔细感受。结果手一触动，身体竟然如同触电了一般。

这是飞剑自身蕴含的反击，非主之人一旦抚摸，皆受其害，不过他并没有放开，而是像碰触到了绝世美女的肌肤，如饥似渴地摸着，还问面前这丑汉："玩剑制器的人，哪个不想做出一把飞剑来扬名立万？我其实也是尝试着打造一把飞剑来着，可就是先人的笔记太过于晦涩，而且又没有可以参照之物——这飞剑，它内中应有剑灵才对，你是如何驱动，又是如何与之沟通的呢？"

两人刚才还斗得你死我活，现在竟然又聊起了这话题来，如逢知己，让人摸不着头脑。一字剑先前对这个驼背老头不屑一顾，但是与他制出来的饮血寒光剑交手过后，脸上也有了敬意，跟他恭声说道："内中的确是有剑灵的，这个需要以气养剑，不断地……"

他说着自己的心得，然而驼背老头已经没有时间听下去了。那碧绿石剑倏然而至，插在了他的胸口，看着伤口不大，但其实剑气早已经将驼背老头全身的经脉震碎，他已然是没有多少时间好活了。瞧见这状况，刚才一直都在后缩的刘老三大步冲上前来，一把将明显有些脱力的一字剑推开，然后俯身捡起了地下的饮血寒光剑，高高举起，大声喊道："成就如此凶兵者，为了慰藉此前牺牲的亡灵，主事者在剑成之日，必将以死祭之，这是天命所归，你应该明白这下场的，受死吧！"

刘老三将那把嗡嗡叫个不停的血色长剑举起，手腕一转，眼看就要将驼背老头枭首之时，旁边的一字剑突然出声喊道："不要啊……"

他不愿意看着这个跟他聊得不错的驼背老头这般屈辱地死去，然而刚才发出的那一记飞剑，明显地耗尽了他所有的力气，这一把推去，结果并没有阻止到刘老三的剑势，反而将那本来准确无比的一剑给推歪了。

这一歪，本来就等着一个痛快的驼背老头眼睛一鼓，发现这剑砍到了半边脖子，卡在了骨头那儿。

这上不上、下不下，半死不活的样子，让本以为能够痛快往生的驼背老头疼得半死，眼泪倏然流下，扯着嗓子开始呐喊起来。刘老三本来也是鼓足了勇气，结果这一剑没死人，他便仓皇地将手放开了，骂一字剑搞啥子鬼，吓得他半死，而一字剑则厉声问道："他不过就是个有些追求的打铁匠而已，你为何要用这种残酷

又羞辱的方式了结他的一生？"

两人原本就有些嫌隙，此刻一斗上嘴，就对骂起来，刘老三骂一字剑忘恩负义，翻脸不认人，而一字剑则骂刘老三是黄世仁地主佬。两人对掐，刘老三最后说不过了，大声喊道："这事儿说到底，还不是你们黄家的事情？我不过就是伸了把手而已。"

一字剑火气更甚，揪着刘老三的领口，破口大骂道："我是我，他们荆门黄家是荆门黄家，老子虽然也姓黄，不过我就是肉联厂一杀猪的，跟那种高门贵阀攀不上半点关系，你要是再不说人话，我日你先人板板，信不信老子以后都不管你的破事了啊？"

他说得决绝，刘老三有些心虚了，但终究还是不肯认错。这可苦了被钉在墙上的那位爷了，半边脖子被砍，自该流血而死，结果不知道是那饮血寒光剑的缘故，又或者是其他原因，反正他就是没死透，嚎叫了一阵子，嗓子都喊哑了，发现自己还没死，这两位爷倒是吵得不亦乐乎，委屈地说道："两位，你们能不能腾出点工夫来，给老头子我一个痛快啊？妈的，痛死了……"

驼背老头苦苦哀求，然而那两位爷好像吵嘴上了瘾，当做没听到。他无奈，又瞧向了我，说："这位小哥，您见笑了，给我来个痛快的，赐我一死吧？真的，哎哟，太他妈痛了……"

手上无数人命官司的邪道头目居然怕痛？我有些疑惑，不过我有心从他身上得到罗大根的下落，于是便跟他商量道："这事儿倒是没难度，只不过我那个朋友罗大根的下落……咳咳，你应该懂的。"

我话说完，他立刻急促回答道："我没杀他，那小子根骨不错，我把他交给白纸扇了，希望能够培养出一个后辈来——你别问我白纸扇在哪儿，我若是说了，灵魂将堕入深渊，永世不得安宁的，快来，痛啊……"他扯着嗓子喊道，人之将死，其言也善，我见他说话倒也实诚，也不忍他再这般痛苦，于是上前握紧了那把饮血寒光剑，感觉那剑柄温凉适度，有着一种十分默契的舒适感。

接着我的手一带，驼背老头的脑袋便轻轻松松地掉了下来，朝着地上滚落而去。

头颅掉下，满腔热血朝着空中喷涌而出，按理说这血液足以喷出七八米，却全数被那饮血寒光剑吸收了，而这把剑突然就开始剧烈地震动起来，我吓得想要甩脱，它却仿佛粘在了我的手上一样。刘老三和一字剑停止了争吵，扭头看我，但见这血剑红光凝聚已久，骤然爆发，一股血光之气凭空而升，直刺苍穹，浩然磅礴，简直就如一场神迹。

瞧见面前这番景象，刘老三激动得嘴唇直抖，拉着一字剑的手喊道："看到没有？看到没有？神兵现世，天有异象生出，这简直就是奇迹啊！"

刘老三兴奋得像个小孩儿，拉着一字剑的手又笑又跳，完全忘记了刚才还和这个又丑又矮的男人吵得不可开交。

在持续了十几秒钟之后，那道血光突然收敛，我也终于将这滚烫得跟发红炭火一样的长剑扔在了地上，向后退开，一直退后十几步，不小心就踩到了一具身体上面，低下头，却见申重一脸郁闷地瞧着我。我当时有些懵了，手忙脚乱地将他扶起来，问他没事吧。申重先前被驼背老头制住了，不过倒也没多大伤势，旁边的老孔和小鲁也都没事。

一切无事，我们走到了刘老三和一字剑面前，连声道谢，感激援手之恩，刘老三心不在焉，随便应付两句之后，将驼背老头的衣服撕下，用布包着那饮血寒光剑匆匆离开。我们送他们俩刚到门口，这时外面突然传来了剧烈的敲门声。

咚、咚、咚……

第二十二章 这是原则问题

敲门声一阵强过一阵，这让刚刚从危险之中走出来的我们，难免有些心慌。左右一看，我们二科也就只有我还有点儿战斗力，而刘老三就是个花花架子，一字剑刚才飞剑斩杀驼背老头杨从顺，也是有些脱力，我们这些人几乎没有谁可堪一战。倘若来的是驼背老头集云社的同伙，只怕我们真的就得死在这儿了。

在一阵激烈的敲门声后，铁门那儿传来了一个洪亮的嗓音："开门、开门，里面的人快点开，不然我们就砸门了啊？"

最先反应过来的是申重，他耳朵一动，伸手示意道："大家别慌，这是我们局行动处一科的罗小涛，是自己人！"

他这么一说，老孔和小鲁都听出来了，纷纷点头表示确认："对，自己人，是自己人呢……"原本显露出十二分戒备的一字剑不由得松了一口气，不过刘老三的脸上并没有露出太多释然的表情，而是颇有深意地笑道："自己人？嘿嘿，一会儿见面还不知道什么情况呢，小黄，我们走后门吧，别跟他们照面了。"

说话间他就要转身，申重侧移一步，挡在了他的面前，诚恳挽留道："刘先生，上次我出言邀请您到我们局里面做客，您嫌太远了，这一回，无论如何都不要走。您救了我们两次，怎么着我都得请您吃顿饭，表示一下谢意，您说对不对？"

我也有心让刘老三帮着找寻一下罗大根的下落，于是也附和道："刘老三，三哥、三爷，您到底担心什么，我们又不能把你吃了，一会儿出去，我请您吃大肉饺子，纯肉馅，包管香，你觉得咋样？"

刘老三一听说有饺子吃，口水都流下来了，不过他举起了手中用驼背老头外衣包裹的饮血寒光剑，说道："你们几个我都了解，为人不贪不恋，都是不错的性子，但是未必人人都如你们一般。这剑是金陵双器杨大侉子费尽毕生之力铸就而成的凶器，定会有许多人贪图——但是，这剑乃不祥之物，煞气十足，太邪，铸成时便有异象，以后定是一代凶物，或能成魔。若想让这魔剑消解煞气，这一带也就只有于老头儿能弄，所以我们才不能与你们的同志见面，以免多出事端。"

他这番解释倒也诚恳，申重是个知好歹的人，在明白了刘老三的意思之后，也没再挽留，而是朝着来料房那边指去："既然如此，我也不好留你，以后若有机会，我们再叙旧情。那边还有一个门，不过被杨大侉子封住了，他死了，说不定能解开。"

刘老三摆摆手，指着头顶上面说道："杨大侉子是个杂家，阵法也精通，人虽死，但是效用还在，即使破也要些时间。我们是从上面的气孔进来的，原路返回，虽然狼狈，不过倒也快捷。"

他与我们拱手作别，拉着一字剑朝那边铁梯走去，然而还没有上楼梯，铁门那儿突然传来一阵巨响，哐当一声，竟然被人从外面弄开了。

门一开，立刻拥进来一堆人，领头的竟然是那个自吃过饭后就一直没有露过面的吴副局长，而跟在他旁边的则是一科的罗小涛以及他手下的几个兄弟，还有钢厂保卫处的七八个人，十来个人中居然有四人佩枪，一冲进来，便将枪对准了里面所有的人，大声喊道："都别动，蹲下！快点，蹲下来！不然就开枪了！"

放声大喊的那个壮汉是一科的黄岐，罗小涛手下的大将，也是军人出身，在部队练就了一手的好枪法，指哪打哪，是我们单位有名的神枪王。

面对这一伙气势汹汹的家伙，我们几个都有些无语，然而申重到底是老江湖，立刻将双手举起来，然后踢了我一脚，让我跟着蹲下。

我明白申重的意思，这儿除了我们单位的这些人，还有钢厂保卫处的，这些人按照规定也能佩枪，而且有几个陌生脸孔并不认识我们，一旦慌乱，误伤了谁，这可都是说不清楚的事情。好在我们这儿刚一蹲下，吴副局长就走到跟前来了，将申重扶起来，然后看了一眼僵直在铁楼梯那儿的刘老三和一字剑，沉声问道："申重，刚才那一道冲天而起的寒光，到底是怎么回事？还有那具尸体……"

随后而来的一科罗小涛跟保卫处的同志解释，说这几个是自己人，那些人才转移枪口，对准了楼梯上的两人。而申重在确定局面已经稳定之后，站了起来，拦住大家道："别误会，那两个也是自己人，大家把枪都收起来。"

申重好一顿劝，然而所有人都看向了为首的吴副局长，这个腆着大肚子的中年男人眼睛转了一圈，这才悠悠说道："不做亏心事，不怕鬼敲门，既然是自己人，为什么又不肯见面，而是准备跑呢？"

这一句话便将话封死了，四把枪都指向了刘老三和一字剑。功夫再高，毕竟是肉身，刘老三他们不晓得我们的人会这么快就闯进来，被枪一指，立刻不敢动弹，万一擦枪走火，伤了性命，实在划不来。在黄岐的呼喝下，两人缓慢地回到了平地上。申重瞧见这如临大敌的场面，心里忐忑不安，又挤到了吴副局长的面前，将整件事情的经过对他解释清楚，再次表明这个穿长褂的男人就是上次在水库帮我们布阵封阴的先生，这会儿也救了我们的性命，这样指着人家不合适。

申重做这行当久矣，对于案件的脉络把握得十分清晰，表达得也明确无疑，在他这般娓娓道来下，这些人都了解了事情经过，那两个保卫处的同志甚至都已经将手枪放了下来。

但是黄岐没有放，另外一个一科室的家伙也没有放，他们有纪律，上面没发话，下面就照做不误，不会因为自己的观感而胡乱行事。

在听完了申重的讲述之后，吴副局长的脸上面沉如水，长时间的沉默之后，他点了点头，示意手下人将枪收起来，然后平静地对刘老三说道："如此说来，两位倒是拯救大局的英雄了，这件事情我们记下了。不过两位如果有空，最好能够跟我们回单位，做一个笔录，这样子，整个案子也才会清晰明了，你们说对不？"

刘老三嫌麻烦，挥了挥手，笑着说道："你们自己人其实都已经将事情经过说清楚了，我们两个不过是乡野之人，路过而已，如果没有事儿，我们就先走了。"

他并不喜欢跟官面上的人打交道，稍微应付一下就准备离开，一字剑无所谓，跟在他后面走。然而吴副局长一个眼色，罗小涛带着一科几个人团团拦在了跟前。这场面让刘老三有些意外，扭头来看吴副局长，而那地中海大叔则面无表情，一字一句地说道："人可以走，没问题，剑留下，那是证物，需要我们单位来保管！"

这话儿不但使刘老三和一字剑都变了脸色，就连我们几个二科的当事人都感觉到有些无耻。

刘老三此人虽然极不靠谱，但是他关于饮血寒光剑的解释是真的。那是魔兵器，我握过那把剑，一握紧便感觉仿佛有一种极为放纵的意志在影响着自己，无边的暴戾和仇恨疯狂涌上心头，寻常人根本无法控制，必须要消解怨气，方才不会造下冤孽。而吴副局长要把这剑留下来当做证物，未免有些太强人所难了。

刘老三担心的事儿果然还是发生了，他回过头来，凝视着吴副局长的眼睛，平静地说道："我如果要是说不呢？"

吴副局长没有说话，旁边的罗小涛却站前一步，一板一眼地说道："如果你们强行带走，我们将会以妨碍公务以及涉嫌杀人的罪名，将你们拘留。"他说得决然，刘老三和一字剑脸色又是一变，我瞧见一字剑的右手悄然无声地伸进了怀里，那里有他刚刚擦拭干净的碧绿石剑，这是一个有本事的人，绝对不会受屈辱。然而就在这时，黄岐等两人果断地将枪口对准了他。

"放下你的手！"黄岐沉着地说道，"任何有可能危害到办案人员人身安全的行为，都将被视为袭击，我会毫不犹豫扣动扳机的，别挑战我的耐心。"

一字剑并没有示弱，而是一字一句地回应道："你有本事就开枪，再来摸摸自己的脑袋还在不在！"

面对着如此强硬的态度，霸道惯了的黄岐暴跳如雷，想要冲上前去理论，然而旁边的罗小涛一把抓住了他，然后将目光投向了默然无语的吴副局长。这时所有人都等待着吴副局长的态度，而这个地中海男人还是淡然说道："笔录可以不做，人也可以走，但是证物必须要留下，这件事情是原则问题，谁都不能违反。"

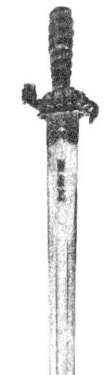

第二卷 青盲年代

第二十三章 此事只关公义

刘老三原本只是觉得颇为可笑，不置可否，然而当吴副局长缓慢说出这话的时候，他的腰杆一挺，本来显得有些佝偻猥琐的身子突然就挺立起来，一双眼睛像利剑一般锐利，直指吴副局长。面对着这样的挑衅，吴副局长无动于衷，仿佛没有瞧见一般，而旁边的罗小涛则伸出了手，催促道："你好，请将你手上的证物交给我们，谢谢你的配合。"

这个家伙也是一个能挑事儿的主，刚才一字剑与黄岐顶牛，他心中便生出许多气来，此刻见吴副局长表了态，更是得意，伸手来抓。

然而他刚一伸手，刘老三便往后退开一步，整个人就像发怒的公鸡，指着吴副局长骂道："我日你娘的，刚才杨大侉子在这里逞凶杀人的时候，你们在哪儿？钢厂领导招待得不错啊，闻着味儿，是不是上了茅台，你们喝得是不是都找不着北了？区区一个迷魂阵，连是人是鬼都分不清了，因为你的玩忽职守，你们部门负责值班的这几个人，一、二、三、四！四个，差一点就活不到明天了！结果这些事儿，你连问都没有问，一点儿关心都没有，现在瞧见有好东西出来了，就屁颠屁颠地跑过来拦截，抢回去——我是你爹吗？我凭什么惯着你啊，有本事，你自个儿破案啊，装什么大尾巴狼？"

刘老三到底是个算命的，一说话滔滔不绝，一套一套的，讲得城府颇深的吴副局长脸在那一瞬间就红了起来，原本平静如水的眸子也有寒光露出，不过他到底是领导，犯不着跟刘老三这样的家伙一般见识，退了一步，冷笑着摇头，没再说话。

他不说，自然有人替他说，罗小涛是极有眼色的人，跟着吴副局长混了有段日子了，默契得很，刘老三一开骂，他便挤上前，替领导挡刀道："算命的，别狗咬吕洞宾，不识好人心——不管怎么样，这儿死了人，这就是大事，你们俩行踪诡异，大半夜的不睡觉，跑到这儿来，本身就值得怀疑。鬼晓得你们跟那罪魁祸

首是不是一伙的？不过你们既然把自己摘得干干净净，这我们也就不追究了，吴局甚至都点头让你们离开了，但是这剑是本案至关重要的证物，没有了它，我们拿什么说服上面？"

旁边的黄岐也帮衬着说道："对啊，这剑跟你们有半毛钱关系啊，你们想拿走就拿走，哪里有这样的道理？你们这么一来，更让人怀疑目的不纯了。"

两人你一言我一语，将怒意勃发的刘老三撩拨得怒气更盛。说话间，罗小涛就准备伸手，强行从刘老三手中夺下那把饮血寒光剑来。这时突然一片碧绿荡开，罗小涛的指尖摸到了一片冰凉，低头一看，却是一把圆头石剑，正在他的前方。

这柄短剑看着十分圆润晶莹，与其说是杀人的凶器，更像是一件艺术品，然而他却能够从那剑身之上感受到凌厉的煞气。

这剑也是刚刚杀了一人，杀意凛然，罗小涛心中一阵寒意涌起，下意识地退了一步，朝着面前这个丑汉子厉声喊道："怎么着，你还打算将我们都给杀了不成？你到底是哪儿冒出来的丑八怪，是不是不想活了？"罗小涛能够胜任行动处一科科长，自然也是有本事的人物，不过面前这丑汉子锋芒毕露，真是让人有些心慌，故而说出来的话，怎么听都透着一股色厉内荏的意思。

被人喷得一脸口水，那个黄晨曲并不介意，一张丑脸反而露出了一丝冷冷的笑容："你不认识我，很正常，不过等我多杀几个人，就会知道了。"

在旁边愤愤不平的我听到这话，突然有一种想笑的冲动——我原本以为这个丑汉子刚才回答杨大侉子的话，不过是随口一说，没想到这竟然是他的口头禅。没事就说要多杀几个人来立威，这样的冷面杀手倒也是十分危险的人物。我听了好笑，罗小涛却是一脸愤慨，这样的奚落让他有些受不住，又冷声说道："好，有本事，你就把我杀了，到了那个时候，你当真就天下闻名了！"

他这是气话，一字剑却当了真，很认真地考虑了一下，点头同意道："也好，既然你愿意，那么我通往成名的道路上，就不妨让你成为其中一块垫脚石吧。"

一字剑此人相貌虽丑陋，但是名利之心极强，说话的同时喉咙蠕动，突然有一种古怪的声音从他腹中传来。

我低头瞧去，脸色大变，这声音自然是咒文，跟刚才他斩杀杨大侉子的持剑咒诀几乎一模一样，而更让人惊讶的是，他这次居然是腹语，速度还快上好几倍。认真的！一字剑刚才说的话，居然是认真的，而罗小涛显然也感受到了倏然而来的危险，他其实也是修行中人，多少也了解一些观气的法子，脸色剧变，大声喝

骂道："你敢？你杀了我，自己也跑不脱的……"

这话说起来，气势终究还是弱了许多，即便四把枪指着一字剑，也丝毫带不来一点儿安全感，而就在这个时候，突然有一个人闯入其中，挡在了一字剑的身前。

我一看，这人竟然是申重，只见这个沉稳的男人拦在了双方的中间，一边示意一字剑不要冲动，一边认真地朝吴副局长说道："吴局，这两位兄弟刚刚救了我们的性命，转眼之间，咱们就把枪口对准了他们，这样做不合适。"他说得极为诚恳，而一直装作局外人的吴副局长眉头一抬，竟然有些怒了，罗小涛察言观色，立刻指着申重的鼻子说道："申重，你知道自己在干嘛吗？你是准备要包庇嫌疑人，让他将至关重要的证物带走吗？"

然而他这话刚刚一说出口，死里逃生的二科，包括我在内的三个人，都一齐挡在了枪口之前，愤怒地看着一科的同事。

我是在申重动身之后，第一个走到场中的，带着胖妞的我，四只眼睛狠狠地瞪着一科的这帮同事，越想越气，这些猪队友，危急时刻没有出现，而到收果子的时候，却都挤在了这里。我不管刘老三拿走饮血寒光剑这行为到底有没有违反我们的办案条例，但是随口诬陷别人，还将枪口对准自己人，这样操蛋的行为也足以让我挺身而出，拦在面前了。

我所做的一切，无关恩情，无关立场，跟所有的都无关，我站出来，只是为了公义——他娘的，没有这么办事的，太欺负人了！

二科的所有成员一齐站了出来，将一触即发的冲突制止了，却狠狠地扇了吴副局长一耳光，那地中海被气得吹胡子瞪眼，再也没有了从容之色。旁边的罗小涛更是暴跳如雷，指着申重的鼻子骂道："好你个吃里扒外的叛徒，申重，还有你们几个家伙，立场有问题，阶级不明确。你等着吧，回到单位去，你们就等着卷包袱，滚蛋回家！"

面对着罗小涛的指责，我们没有一个人面露惧色，而申重也有些火了，冷声说道："这件事情，我会亲自跟李局汇报的，孰是孰非，到时候自有公道。"

申重将李浩然局长搬了出来，却把吴副局长气到了，他的眼神立刻变得阴郁无比，脸上露出了寒冷的笑容来："很好，申重，既然你提出来让李局来处理，说明你对我这个常务副局长有很大的意见啊。不过这个没关系，我们要容许同志有不同的意见嘛，我等你，到时候我倒是要看看，李局长会怎么处理此事。不过现在所有人听好了，收拾现场，把所有相关人等都带回去，如果有人阻止，将视为嫌疑人，直接抓捕！"

吴副局长终于露出了态度，强势得让人窒息，而旁边这些人早就已经蠢蠢欲动，一得吩咐，立刻都拥上前来。

我手上握着一把锋寒锐利的小宝剑，肩膀上面还有一只龇牙咧嘴的小猴子，被视为危险对象。一科的一个胖子和两个膀大腰圆的保卫干事过来捉我，我正犹豫要不要反抗，便瞧见本来就受过杨大侉子伤害的申重被罗小涛一拳打到了心窝子里，像一头煮熟了的大虾，蜷缩着直接跪倒了下去。申重对于我来说，是长辈，是兄长，是生命中一个值得尊敬的人，他受了欺负，我感觉自己的眼睛在那一瞬间变得通红，像受伤的狼崽子一样，"嗷"地一声叫，朝着前面的人冲了过去。

一科的那个胖子来自内蒙古，是我们单位有名的摔跤高手，而我当时也是发了怒，冲上前去，一挑脚，将这厮直接摔翻在了地上，但是旁边两个人则趁此机会，直接将我压到了地上。

在落地的那一瞬间，我瞧见一字剑出手了，一道碧绿即将射出，然而吴副局长却更快，提前一步，竟然将那剑紧紧抓住，旁边几人则一拥而上，将虚张声势的一字剑和刘老三扑倒在地。当时的场面一片混乱，漫天的拳脚和人影在动，我听到胖妞一声大叫，似乎朝上方跳去，心中一惊，正想拼命，然而这时车间之内突然传来一声炸雷般的响声："都干嘛呢，停下来！"

第二十四章 李局如沐春风

这炸雷般的声音一响起,最先停手的是我们单位的所有人,无论是一科,还是二科,都没有再继续。

接着是保卫处的几人,他们已经陷入了一片混战之中,手忙脚乱,然而瞧见旁边有关部门的领导们都停了手,也都站起了身。只有那刘老三还在拼命大喊道:"你们这帮孙子,还真动手啊,你们别逼我啊,真逼急了,等老子出来到你们单位布阵,天天遭火灾……"

刘老三吵吵嚷嚷,这才发现周围变得一片安静,抬起头,瞧见一个面目庄严的国字脸走了进来,所有人都不自觉地将双手贴在了腿上,低头不语。

内讧,自己人打自己人,这绝对不是一件光荣的事情,又正好被上面的人瞧见,更是丢脸。

唯一没有感觉到畏惧的,恐怕就只有出手制住了黄晨曲石剑的吴副局长。他扭过头去,瞧见这国字脸中年人,脸色有些难看,打招呼道:"老李,你怎么来了?"

来人正是我们单位的头头,从天而降的分局局长李浩然。他缓步走到了场中,平淡地扫视了一下全场,然后看着手上握枪的几人,脸色有些冷,寒声说道:"内部冲突,有必要动枪吗?"他这话一出口,黄岐和另外一人慌忙将枪锁好保险,收回套中,而另外两人在他的目光逼视下,也讪讪地收了起来。刚才的冲突,虽然都有肢体接触,闹得也凶,但大家都晓得这不过是内部之争,所以倒是明智地没有开枪。

这枪一收起,场中的气氛也变得缓和了,李局朝着吴副局长点了点头,算是打了招呼,然后伸过手来,轻易就从他手上拿过了那柄嗡嗡作响的石剑。

一字剑刚才御剑杀敌,实在有些脱力,又被吴副局长趁乱夺去石剑,双眼凶光四溢,在被人松开之后,整个人的身子绷得宛如压紧的弹簧,随时都有可能暴起。

我听过一个说法,那就是一个剑客手中的剑,就跟自己老婆一样,谁都摸不得,有这样执念的剑客才能够有大成就,而偏激的一字剑显然就有这种倾向。就在他即将发狂之前,李局并没有再多打量,直接就双手恭敬地将剑送到了他的面前。

"不错的剑,相信在以后的日子里,这把剑会在华夏大地上平地惊雷、跃然而起的。"

李局温和地笑着,态度中有一丝真诚的推崇,一字剑是个顺毛驴,脾气暴,但就是听不得软话,听见国字脸这般说起来,感觉好像是吃了人参果,满腔怒气也就消解无踪。李局这手段让我看得佩服不已。真正的大人物就得像李局这般,和风细雨,什么事儿都在片刻之间解决了。一字剑怒气消解之后,在吴副局长一脸惊容的注视下,李局又看向了旁边喋喋不休的刘老三,拱手说道:"先生可是东北道上鼎鼎有名的铁齿神算刘?"

花花轿子人抬人,伸手不打笑脸人,这道理大家都懂。刘老三久闯江湖,自然也不会对这新出来的国字脸表示出太多的敌意,大喇喇地挥手说道:"唉,别这么说,我就是在东北那旮旯混口饭吃而已,谈不上什么鼎鼎有名。"

他这话说得谦虚,但被这么一夸,脸上还是止不住露出了得意的笑容,李局又抬了一句话:"先生何必自谦?我曾经听九神堂的封先生说过,麻衣世家里面,谋算国运者众,然而真正能够有所大成、出类拔萃者,自当是不拘一格的刘先生。"

被架得这般高,刘老三骨头都轻了几两,嘿嘿谦虚几句,这才问起来者何人,而李局自我介绍了一番之后,他"哦"了一句,态度倏然转冷,然后指着周围,轻飘飘地说了一句:"哦,原来你是他们的头啊,既然这样,我也没有什么好说的了,来,手铐在哪儿?把我们两个闲人给铐上吧,免得为难你们。"

他以退为进,算盘打得极响。而李局此番前来,自然不是要惩治众人的,他先是虚晃一下,没有搭理这茬,然后又问起了旁人。

他问了吴副局长,又点了申重的名字,同一件事情,两种立场,在听完大概的经过之后,他轻轻叹了一声:"集云社,我还没来就听闻过他们的凶名,乃邪灵一脉,本以为早就被铲除干净,却没想到死灰复燃,竟然还折损了这么多条人命,当真遗憾。"李局在为那些逝去的生命伤怀,过了一会儿后,他双手抱拳,朝刘老三和一字剑长身而躬,郑重其事地说道,"浩然在这里,多谢两位的援手之情,若非你们及时赶到,我恐怕就要给自己手下的同志开追悼会了。"

他说得诚恳,看不出有假,与吴副局长行为一对比,让我们几人看得心中暖

第二卷 青盲年代

暖的，而刘老三则挥挥手，谦虚不已。

道完谢，李局问刘老三要那饮血寒光剑来一观，那家伙竟然毫不犹豫地给了。李局拿过来，将包裹的破布一揭开，立刻有红光闪耀，嗡嗡颤动，凶煞之气透剑而出。他只看了一眼，便没有再理会，而是询问道："刘先生，不知道你拿走这剑有何用途？"

刘老三言明这剑太过凶煞，易入魔道，他也没有办法，只有拿给于墨晗大师，或者消减魔性，或者封印地底，这都未定。

这话说得敞亮，刘老三双目纯净，也没有什么贪婪之意，李局便将这剑双手捧好归还，待刘老三接过去之后，他再次出言感谢，然后恭送两人离去。刘老三愣了一下，然后笑了，朝着李局拱手说道："李浩然，不错、不错，没想到有关部门中，也不是皆如乌鸦，妙哉妙哉。"

刘老三带着一字剑离开，临走之前，他竟然还拍了拍申重的肩膀，然后对我笑着说道："嘿，二蛋，你小子不错，有大造化，以后老夫若是有空，定来吃你那顿饺子，记得啊，一定要是大肉馅的，一丁点素菜都别放。"

目送着两位江湖奇人离去之后，脸色一直阴郁的吴副局长终于忍不住了，出言道："老李，你不能这么做，那把剑是魔兵凶器，倘若流落出去，定然会掀起一场腥风血雨。你这样做是不是有些太冒失了？"吴副局长在我们单位资格最老，地位也仅次于局长，脾气难免会有些大，他这么一说，搁别的地方那就是顶撞上司，然而在这里，大家都不觉得奇怪。李局笑了笑，然后指着杨大侉子的无头尸体说道："老吴，他逞凶施威的时候，你在哪儿？"

这一句话将吴副局长噎得半死，本来想摆出来的老资格，也被这无能之举弄得一点立足之地都没有了。随后李局又说道："这个人，铁齿神算刘老三，是麻衣世家当代最杰出的人物。这样的人，我们武夫是不能比的，如果有机遇，一飞冲天，谋算国运都有可能，不但你惹不起，我们江宁分局惹不起，就连我的师门都惹不起——当然，你若觉得你惹得起，你就去惹，自个儿去，别给我们分局惹麻烦就成！"

李局长话说得不重，但是不容辩驳，吴副局长再愤愤不平，也无济于事，毕竟一把手发话了，什么都算是敲定了。

至此，省钢闹鬼案也算是基本结束，我们二科大都负了伤，后面的破解车间法阵，以及遗漏亡魂处理等杂活儿，跟我们都没有什么关系了。在李局的首肯下，我们都在附近的医院接受了检查，老孔和小鲁都只是轻微撞伤，唯有申重，内脏受到了些损伤，需要住院观察几天。当我们得知这事儿的时候，不约而同地想起了罗小涛的那一拳来。

申重的伤，一半是杨大侉子弄的，还有另外一半，要算到一科科长罗小涛头上。这仇我们且记下，有机会必须还上。

我没事，杀人红尘中，脱身白刃里——拼得最凶最狠的是我，结果反倒没有什么事情，果真应了那句老话："越不怕死，越死不了。"我无大碍，在照看了他们几个之后，天蒙蒙亮，我便去找一枝花，将罗大根暂时的下落告诉了她。当得知罗大根有可能落到了一个邪恶的帮会里面时，一枝花表示了很大的担忧，不过我倒还好。每个人都有自己的命运，当初我被杨二丑掳走，别人都以为我死了，现在我不是还活得好好的吗？

人各有命，操心太多，反而是自寻烦恼。经历了一夜恶斗，我的心情反而放松下来，张知青也在家，叫妻子去买了豆浆油条，然后跟我聊天。

张知青学的是考古，跟我讲起他们的老教授，说最近风气渐变，一切向钱看，有很多人开始打起了老祖宗的主意，结果中原之地，一到夜间，野地里到处都是挖坟刨地的家伙。说到这些，张知青痛心疾首，而小妮在一旁听着，拉着我的衣角，一对大眼睛滴溜溜地看着我们，小脸上面写满了崇敬。说到了盗墓，张知青突然说道："过段时间，我的导师有一个科考计划，你能不能拨冗参加一下？"

第二十五章 胖妞，我想和你聊一聊

张知青把我当作同辈，说话一向随意，这回特意用了"拨冗"二字，可见这邀请十分郑重，我有些好奇，问他到底怎么回事。

张知青告诉我，说他的导师最近正在研究一个关于干尸和湿尸的课题。老头前几年曾经参加过马王堆的挖掘工作，目睹过马王堆那具不朽女尸的出土过程，简直就是违反了当今科学上发现的所有自然规律，这里面有很多值得研究的东西。而最近他的导师又收到了一个消息，神农架北部的一个地区可能有类似古墓的存在，现在正在申请经费和办理手续，如果能够批下来的话，将会带着他一起前往进行挖掘工作。这事儿有些危险，所以想找人陪同保卫。

马王堆的发现和出土，我也曾经在单位里听别人谈论过。听说那是一个深达二十米的方形大墓，里面的所有东西都保存完整，琳琅满目的文物、古籍和神奇的四层棺材，以及那具保存了两千多年而几如活人一般的女尸，举世震惊。老孔他们几个人私底下揣测，说这个东西应该是先秦时代的方士弄出来的，甚至还有传言，说有人在那儿获得了先秦两汉时期的修行功法，获益颇多，不过可惜的是跟我们没有什么关系。

那个时候的挖掘太乱了，据说负责保卫挖掘事务的部门也十分混乱，到底有没有人藏私货都是未知，也轮不到我们这些小人物来操心。

不过如果有机会，我倒是愿意跟当事人也就是张知青的导师讨教一下的。

对于张知青的要求，我并没有答应，也没有拒绝，而是提议倘若真的要成行的话，建议金陵大学考古系的领导跟我们单位联系一下。如果上头同意的话，到时候不仅是我，还会有其他的精兵强将，人身安全都会得到保证，不然的话，这种行动还是极其危险的。我当初曾经跟杨二丑一起到过湘西的南明古墓，晓得这里面的凶险，所以再三提醒他。

小妮现在已经十岁多了，越发的可爱，跟在麻栗山一样，她特别黏我，每次过来都拉着我的衣角，恋恋不舍，一口一个"二蛋哥"。

一枝花瞧见小妮跟我这么亲近，有时还会跟自家女儿开玩笑，说你这么喜欢二蛋哥，以后就给他做媳妇得了。小妮也点头，嘻嘻笑，她还没有到害羞的年纪，倒是我有些挂不住脸，十分羞涩。

我是见过这个世界有多恐怖的，所以凡事都考虑得比较周全一些，张知青点头说好，到时候他会跟他导师说的。

离开了张知青家，我并没有返回单位上班，昨天忙碌一夜，离开的时候申重告诉我，可以休息两天，不用去坐班。回到了宿舍，我什么也不想，倒头就睡，一觉便睡到了天蒙蒙黑，醒过来的时候，躺在床上半晌，才想起胖妞的事情来。我一个唿哨，那小猴子便咻溜一声，从窗外窜了进来，蹲在我的面前。一张可笑的小脸凑在我面前，讨好地笑，双眸晶莹而透亮，跟人一样，充满着智慧的光芒。

胖妞跟了我六七年，其实我早就发现了它的不凡。除了得到青衣老道的认可之外，这小家伙的体型这些年除了胖了些，几乎没有什么变化，蜷缩起来就比篮球大些。我早些年是习以为常了，没有在意，现在想想，我家胖妞说不定还真的是异种呢。

再想想昨天夜里，胖妞陡然而出，将杨大侉子那一道凝聚煞气的剑芒接下，我顿时就心生敬佩，坐直身子，拉着胖妞的小手，虎着脸问道："大胆胖妞，你小子究竟有多少秘密瞒着我，还不如实一一招来？要是再敢隐瞒，小心屁股受罪！"

我拉起了架势，结果胖妞瞪着一双黑黝黝的眼睛，一脸无辜地看着我，不知道我在看猴戏，还是它在看我戏。

我被它这一脸无辜的样子气得不行，捏着它肥嘟嘟的脸，气愤地说道："别跟我装不知道，你老实说，你到底是不是潜藏的特务？你看看，护魂珠转眼就被你吃了，那大个儿僵尸也被你吞了恶魄，现在那能够将人斩成两半的剑气，您老人家像揉面团一般，揉巴揉巴地就揉不见了。你倒是给我交一个底啊，要是厉害，二蛋哥以后跟你混，也是可以的……"

我叽里咕噜说了一通，胖妞还以为我在夸它呢，不好意思地捂着脸，咧开大嘴笑了起来。

得，它心思单纯，根本就不晓得我在讲什么。瞧见它这可爱逗人的模样，我叹了一口气，不管胖妞到底是什么，反正它就像我从小长大的兄弟一般，彼此的情谊

在这儿，我倒也不担心它会害我，说不定有一天，我还得靠它罩着我呢——毕竟当年在五姑娘山顶上，人家李道子对它的态度，可比对我这小打杂的强上许多呢。

一想到这儿，我就赶紧讨好这小猴子，想着以后它若是出息了，可不要忘了咱，于是跟它说尽好话。胖妞腆着肚子，听我马屁如潮，飘飘然忘乎所以。

我这一通马屁狂拍，自个儿都觉得有些起鸡皮疙瘩了，结果就在这时，我突然听到身后有一阵轻轻的笑声从墙壁那儿传来。

"嘻嘻……"

这声音阴气森森，就像三九天里突然给我浇了一瓢凉水，从头到脚全部湿透，吓得我一阵哆嗦。前番说过，我们单位宿舍宽敞，安排的是单人宿舍，以前还有罗大根在这儿暂居，这些天来都是我和胖妞两个在这儿，怎么突然之间，又冒出来一个女性的声音呢？我浑身发麻，寒毛直竖，缓缓地扭过头去……突然，我瞧见那墙壁上，竟然出现了一张惨白的女人脸孔，正对着我笑。

"嘻嘻……"她抿着嘴，好像碰到了什么抑制不住的可笑事情，眼眉儿都笑得弯弯的。

鬼啊！我当时就吓得屁滚尿流，翻滚着跳下了床铺，然后慌忙去找我的那把锋利小宝剑。结果我找了好一会儿，都没有瞧见，却听到墙上的那张女人脸孔笑着说道："嘿，小哥，你别怕啊，我是没有恶意的。"我刚醒过来不久，整个人都还有些迷糊，又是弱者心态，所以惊悸。不过听到她的调笑，觉得没那么阴森了，想着自己剑下也有好几条亡魂，胆气不由得壮了几分，双手结了一个法印，恶狠狠地回道："没有恶意？没恶意你突然跑到我墙头干嘛？"

那女人也挺委屈，一双杏眼里面莹莹有泪光，泣声说道："人家是无家可归了，这才躲在这儿的，求你别把人家赶走。"

我收敛了慌乱的心神，仔细一打量，嘿，这女鬼年纪不大，模样长得端正清纯，可不就是昨夜在二车间里面遇到的女鬼白合吗？我终于想起来了，昨天她似乎在杨大侉子的追击下，慌乱之中就朝着我这儿冲来，接着……呃，接着她不会就缠在我身上了吧？我想一想，顿时感觉霉运当头，不过这女子本质并不坏，也是个苦命的人，而且当时杨大侉子袭击我的时候，她还出来帮着挡了一下，我陈二蛋是个知恩图报的人，就冲这一点也不能对人家怎么样。

就在我脑子里胡乱想着这些事儿的时候，白合跟我讲起了她之所以会出现在这儿，是因为她的魂魄被杨大侉子的阵法束缚，不能往生，她唯有寄身于极阴之所，方才能够避免灰飞烟灭的下场，而当时一片混乱，正好我的小宝剑符合这一特质，于是就进来了。

白合哭着求我别把她赶走，至于后面怎么做，我不晓得，她也不晓得，毕竟在这个行当里，我是初哥，她刚刚做鬼也没几天，更是不懂。

两人对坐了一会儿，我问胖妞："呃，对于这位大姐姐的加入，你有什么意见？"

胖妞这小子最色了，瞧见是美女，一双眼睛眯成了缝，不停地点头。我这个人吃软不吃硬，耳根子最软了，所以白合一哀求，就同意她先暂住几天，等有机会再帮她打听打听后面到底怎么做。白合当天不停地感激我，还告诉我，说她虽然才死没几天，但是杨大侉子却通过法阵帮她把阴灵之力聚集加强了许多，最擅长幻术，我若是有需要，她也可以帮些小忙。

我没有理会她的好意，想起之前老鬼曾经提过，鬼魂之体人间常有，但不长久，盖因两界之间有阴风洗涤，没多久便吹灭了。

所以我一定要尽快找到办法让她往生。

因为多了一个生人，又或者睡得太多，那天晚上我辗转不能入睡，第二天也恍恍惚惚。第三天去上班的时候，本想找申重问下此事，结果老孔告诉我一个坏消息，说申重有可能要被调走了。

第二十六章 机关苦闷生活

这话让我大吃一惊，因为我来到金陵这么久，申重从一开始就对我照顾有加，不但教会了我很多业务上的东西，也教我如何做人，这种亦师亦友的情感，让我们之间超越了同事和上下级的关系。若说金陵之中，最让我牵挂的，除了罗大根、胖妞和张知青一家，也就只有申重了。他的突然离去让我十分不舍，联想到那日一科罗小涛所说的话，心中一股怒火就涌了上来："是不是吴副局长的报复？"

老孔瞧见我一脸怒容，便晓得我想岔了，拍拍我的肩膀，笑着说道："不是报复，是高升，省里面需要有资历的老侦查员，正好老申这段时间表现不错，李局又给了推荐，于是就准了。到省局里面去呢，不但眼界会更广，而且工资啊、房子什么的都有得谈。老申他这几年挺辛苦的，也该升一升了。"

我这才晓得申重调职是高升，这个我自然替他欢喜，不过想到要跟他分离了，心中又有些不舍。

老孔瞧出了我情绪有些低落，拍着我的肩膀说道："人往高处走，水往低处流，这是人之常情，你也别太在意了。真的英雄，重相聚，轻别离，我们别给老申拖后腿，你说是不是？"

我同意老孔的说法，又想起一事，问他申重走了之后我们二科怎么安排。老孔的脸色有些不好，沉默了一会儿，这才低声说道："人事问题向来保密，不过又是谣言四起。现在的说法是要将黄岐调到我们二科来负责，不过也不一定，我们科长也要回来了。"

我们二科的科长叫张北，据说是余扬高邮龙虬镇张家的人，这龙虬张家的祖上是漕帮的，水里的活计利索得很，后来漕帮分解化作了青洪，他们家就退隐了，不过却有祖传的手艺。这一次余扬出事，我们二科调了人手过去，张科长带着另外两个科室的兄弟大半年都没有回来。我知道申重对二科科长这个位置有心思，也知道老孔对负责人的位置有心思,结果申重高升省里,而老孔原地不动,便知道老孔心中其实也并不好受。

那天上班,二科的所有人都心不在焉的。钢厂的事情是一科在处理,我被人叫过去做了两次笔录,事儿我倒也不会隐瞒,只是关于白合这女鬼,我还是瞒下了。

就一科那些人的德性,要是晓得白合的存在,说不定要将人家弄出来研究研究,我可不敢冒险。

下了班,我立刻买了点营养品,去医院探望申重。躺在病床上面的申重并没有对我隐瞒,跟我说这次上面要得急,组织上已经跟他谈过话了,等一出院就要到省里面去报到了。

申重还记得罗大根的事情,他告诉我,说这事儿他已经跟省钢那个片区的朋友打过招呼了,他们会留意的,一旦有消息就会通知我。

他已经把二科的电话号码及我的通信地址都留给了派出所。

瞧见我一副天塌下来的样子,申重笑了,拍着我的肩膀说道:"二蛋,说实话,我很喜欢你这个小子,一个从大山出来的小孩儿在城市里不容易,所以平日里也经常照顾你。不过呢,人这一辈子最靠得住的只有自己。你是个有本事的人,以后的成就定会超出我很多,所以我也不担心你。但我想告诉你一点,一个人真正的成熟,在于他懂得取舍,懂得妥协,有时候你觉得世界不公、满腔愤慨,最好先将它收在胸中,当你真正有能力了,再来实现自己胸中的抱负!"

成熟与年纪无关,而在于你对事情的态度。

那天申重跟我聊了很多,关于机关里面的人与事,关于现在和未来,以及如何处理工作中的人与事……他像是交代后事一般,倾囊相授,也不管我听不听得懂。这些都是财富,是足以让人一生回味的经验,我听得津津有味,都忘记了时间。

离开的时候,我将白合的事情轻声告诉了申重,问如何处理她。申重原不知道此事,听后一脸慎重,让我暂时不要跟别人说,连老孔都不能,他先去找行内的人问一问,到时候再联系我。

这事儿暂且搁下,女鬼白合就一直住在了我的小宝剑中,晚上的时候,没事就出来吓人。她做鬼没多久,在认命之后,倒也感觉新鲜,整夜飘来飘去,搞得我有些精神衰弱,总感觉哪儿不对劲,新鬼怎么会是这样?二科没两天就进行了人事调整,一科的黄岐果真调到了二科,临时负责二科的日常业务。这个家伙是一科罗小涛的心腹,对二科的这些人一向都看不过眼,没事就组织大家学习上面的会议精神，然后又严查考勤，搞得大家都有些心力交瘁。

我们这个单位平日里也没有什么事儿，清水衙门，人员也闲散惯了，比如向荣大姐，她上有老下有小，买菜、做饭、带小孩，迟到早退都已经成习惯了，老孔和小鲁也都差不多，这一弄全都怨声载道，难过得不行。

几天之后，申重出院，然后到局里面来调档，中午请大伙儿在外面吃离别宴，他们几个人便满腹怨言，而我因为之前被打过预防针，倒是能够将这些闲话吞在肚子里，专心吃饭。

机关单位的人事调整都是上面决定的，下面的人再多怨言也没办法，只有苦苦熬着。不过没两天，二科的科长张北终于回来了。

但是这次回来，不但他当初带走的两个兄弟没有带回来，而且连自己的左胳膊都丢了。

当时的气氛很严肃，我都不知道这事儿，只是瞧见一个留着络腮胡的猛男去局长办公室谈话，才听到老孔说这是我们二科的科长张北。他在三楼待了一下午才来到我们二科，脸很冷，黄岐上前跟他攀谈也没有怎么搭理。倒是老孔介绍我说这是今年来的新人，本事不错，这时他才点了点头。张北待了没一会儿就离开了，不知道是回家，还是去别的地方办手续。而黄岐则跟着离开去探听消息，没多久，回来跟我们谈起了张科长在余扬的事情。

余扬发生的事情还是蛮恐怖的，情况复杂仅次于马王堆，附近都抽调了人手，张科长深谙水性，信心满满，但还是折损了两个兄弟，自个儿的左臂也断了。

黄岐说得有些兴高采烈，因为如此一来，二科不但可以安插人手，而且说不定张北的位置都不稳了，然而我们科室里面的人大多没有发言，默然以对。

一个将自己同志的牺牲作为晋升台阶的家伙，真心是让人觉得面目可憎。

那段日子我过得十分压抑，申重离开，而张科长显得十分消沉，也不怎么管科室里面的业务。黄岐虽然表面上很尊重张科长，但是背地里却不断地指手画脚，俨然一副即将登台的小丑模样。

转眼间又到了年尾，科室里补充人员，又来了三个人。其中一个还是我们巫山后备培训学校的毕业生，听过我的名声，所以见到我的时候一脸的惊诧，好像见到鬼一般。黄岐对这三个人极为拉拢，又是谈心，又是请吃饭。于是小小的二科就分成了三个派别，一派是我、老孔和小鲁三人，一派是黄岐以及三位新人，张科长撒手不管，而向荣大姐则左右摇摆——庙小妖风大，池浅王八多，这勾心斗角的事儿一多，让我感觉老了十来岁。

我不打算回家过年，而是将工资都存了起来，一部分寄回家，另外还有一部分则以罗大根的名义给他爹撑山狗寄了回去。我不敢跟撑山狗说罗大根的事情，但每个星期都会去派出所打听消息，只可惜这家伙像凭空消失了一般，一点儿音讯都没有。

说实话，我在这儿过得一点儿也不开心，行动不自由，还需要看别人的脸色过活，我总是回忆起五姑娘山上的日子，一只小猴儿、一只小白狐，还有岩壁上的老鬼和一个冷脸热心的青衣老道。

唯一让我心中觉得温暖的，就是张知青一家，健谈的张知青、热情的一枝花和对我充满依赖的小妮，是我心底里的阳光。

当然，胖妞和突然出现在我生活里的女鬼白合，也让我感觉到生活有所期待。只可惜，申重询问了好几位行内的人，对于被法阵拘过魂的鬼灵都没有什么特别好的办法，鸡鸣寺倒是有一位高僧愿意为她超度，但是白合却不愿意虚无缥缈地离开人世。

死亡总是神秘而可怕的，我们习惯了这世间，就害怕别离。

就在我感觉生活实在是太过于烦闷的时候，春节前的一天下午，步行回家的我被一个家伙拉住了，来人朝着我嘿嘿笑道："二蛋，好久不见啊，你还记得欠老夫的那顿大肉饺子吧？"

第二卷 青盲年代

第二十七章 这魔剑归你了

我一生中遇到的有趣的人很多，但是让我感觉最特别的，恐怕就是面前这个笑眯眯看着我的猥琐大叔了。

刘老三是一个性格很有特点的人，他有真本事，布阵谋局，那叫一个条理分明，然而当他跟你嘻嘻笑着说话的时候，却有一种"此人就是个江湖骗子"的错觉。这样的人很特别，讨厌他的人讨厌得要死，而喜欢他的人也喜欢得要死，所幸我是后面的一种。

能够再见到刘老三，我十分的高兴，瞧见他一身黑色中山装干部打扮，中规中矩的，便笑了，兴奋地跟他说："我正找你呢，都一个多月了，你跑到哪儿去了？"

刘老三也哈哈大笑，说："这真的是巧了，我也找你呢。怎么样，你有空吗，我带你去见一个人？"

两人聊了两句，我问他什么事儿，他不肯说，只说到地方就知道了。我想在这大街上也不好跟他讲白合的事情，于是让他等我一下，我先回宿舍带上了小宝剑和胖妞，又想起他的饭量，便在箱子里面摸了摸，把饭钱和粮票拿够了，这才回来。

刘老三看到我带着胖妞一起下楼，不由得多看了两眼，问我道："上次我就想说这小家伙的事儿了，我问你，这猴子是你的？"

我点头，说："对，也不对，它是我朋友，而不是我的。"刘老三点头，对于胖妞，他似乎知道些什么，不过到底是算命先生出身的家伙，也颇能卖关子，硬是把半截话咽了下去。

出了单位宿舍，我想带他去饭馆，他摆了摆手，说这顿先记下，他要带我去见一个人，那儿也管饭，算是有来有往。对于刘老三这人，我大体还是信任的，再说了，我也这么大的一个人了，他未必能够把我给卖了。两人出了街口，沿着河沿一直走，刘老三似乎对这一带很熟，带着我往江宁老城区的胡同里转，七走八拐倒是把我绕晕了。

我也是从巫山后备培训学校结业的，一瞧见他这架势，顿时就笑了，拉着他说道："刘老哥，你若是觉得不信任我呢，大可另外约地方，不必这般绕，你也累，我也晕。"

刘老三挥挥手，低声说道："倒不是我不信任你，说到底还是你小子自个儿惹了祸，我出于谨慎不得不防啊。"

他这话让我有些莫名其妙，停下脚步，拉着他的胳膊问道："嘿，你别吓我啊，到底什么个情况啊，什么叫我自己惹了祸？"刘老三瞧见我一脸懵懂无知，这才晓得我一点儿风声都没有收到，压低嗓子说道："哎呀，你真是个实诚人呢。这么说吧，可能是你们内部走漏了消息，有人把你亲手杀了杨大侉子这件事儿给捅出去了。你想想啊，杨大侉子是什么人，集云社头号炼器师，顶尖的技术人才，交友广泛，所以你就一战成名了。"

刘老三这话说得我一阵背脊发凉，我这明明是成全，怎么传到别人耳中，好像杨大侉子就是我杀的一样？

这强加到我身上的荣誉让我顿时就不淡定了，近朱者赤，近墨者黑，见识过杨大侉子那狠辣手段，我并不期待他的同伙会有多么仁慈善良，万一我真的被盯上了，被灭那是分分钟的事情。这般忐忑着，我浑身就不自在，结果七转八绕，我们竟然来到了一处院门口。这旧城区建筑拥挤，不过这里倒是独门独院，幽静得很。刘老三在门上敲，三长一短，接着那大门"吱呀"一声打开了，有一个留着小辫子的少年站在了门口。

"南南，你爷爷在吗？"刘老三脸上堆满了讨好的笑容，而那个留小辫儿的少年却毫不客气地一扭头，朝着房里头喊道："爷，那个老骗子又来了！"

小辫儿少年南南的话让刘老三很受伤，干咳了一阵，带着我走进了里面。这处屋子只有三间，小院也并不算大，但是院中有几棵桑树和葡萄藤、一口古井，旁边还有歇凉的石桌石凳，感觉颇为雅致。刘老三带着我走进来，看我盯着那桑树瞧，于是就笑了："你是不是觉得院子里种桑树不太好？"

我点头，说："书里面不是这么说的吗？"刘老三摇摇头，说道："家中种桑，易招鬼煞，这话自然不假，不过这风水之说对于真正的大师，却又是另外一回事……"

他正说着，从屋子里走出了一个须发洁白的老头，中等身材，一双手的手掌跟蒲扇一般大，冲着刘老三说道："少在别人面前说这口舌是非，怎么，你又来催剑了？我不是告诉你了吗？你送来的那鱼骨应该孕育出妖丹，有了那玩意，鱼骨剑才算是真正完美，要不然，做出来也会砸了我老于头的手艺。"

刘老三拉着我到那老头跟前，嘿嘿笑着说道："于叔，嘿，这回不是为了那鱼骨剑，而是他。"这家伙指着我说道："上次送那把魔剑来的时候，您不是问我用它砍下杨大侉子脑袋的那孩子吗？就是他，我这回把他给您带过来了，您帮着瞧瞧，提点两句呗。"

刘老三将我推到前面，我瞧见这个白胡子老头儿便想起了前因后果，知道他便是与杨大侉子齐名的金陵双器于墨晗，连忙拱手问好。

我称呼他为于大师，而他则摆摆手，笑着说道："这个年代，大师死得快，我不过就是个藏在小巷子里面苟且偷生的手艺人而已，你叫我老于头就好了。"他说得谦虚，不过我还是坚持着。他也不管，拉着我来到葡萄藤下的石桌前坐下，打量了我一会儿，又看了胖妞几眼，这才击节称赞道："这位小哥当真是好相貌，福缘也好，难怪那魔剑对你念念不忘，刚才还在鸣动呢——看来，降伏这魔剑的办法就在你身上了。"

我听得一脸糊涂，旁边的刘老三却霍地一下站了起来，失态地说道："不会吧，这事儿真的可行？"

于大师笑了笑，然后点头。刘老三一副饱受打击的样子，喃喃自语道："这世界真不公平，煞费苦心者，鸡飞蛋打，人去财空；机缘巧合者，什么都不用做，好东西自己就找上门来了。"说话间，那个留辫子的小孩儿给我们上了一壶茶，然后便到旁边蹲下身子，拿着小刀专心致志地削起木头。于大师瞧见我一脸懵懂，跟我解释道："小哥，今天找你过来呢，是有一件事情想要找你帮忙。不过在此之前，我还有一些问题想要请教你，不知道可否如实相告？"

我在二科混了这么久，多少也懂得察言观色，瞧见于大师一脸郑重其事的样子，便晓得他有心考较，于是恭敬地回复道："长者问，不敢辞，但有所问，只管讲来。"

于大师摆摆手，让我不要紧张，然后问我道："你的事情，我大概听刘老三说过了，他说你虽然是有关部门的人，但是另有师出，不知道能否讲来？"

刘老三眼睛很毒，跟我没有照过几次面，便已然通晓大概，而我此刻也晓得茅山宗和李道子这面大旗的厉害，便不隐瞒，说起了当年于五姑娘山求医问药之事。

果不其然，我一说到青衣老道之名，无论是于大师，还是刘老三，都肃然起敬。当得知我就打了几年杂时，刘老三更是失望地喊道："你真傻啊，当时为何不求李道子，拜他为师？你若是能够学得他的一两分本事，这天下之大，哪里去不得，何必窝在你们那个小小的地方，白受这么多委屈？"

我想起当年青衣老道的评语，于是拣好的说道："他当年曾说我与他无缘，但是与茅山有缘。"

这话说完，刘老三有些激动，拍了拍我的肩膀，低声说道："最近一直有消息，传言继青城山之后，茅山也将开启山门，重归尘世。到时候观礼，你一定要去，说不定能够被哪位长老招为徒弟哦。"这话说完，他转而又说道："你小子除了李道子那儿，还有点邪门的东西，别藏了，快一并说来吧。"

刘老三这般一说，我便晓得瞒不过他，于是又将曾经被杨二丑掳走之事讲出，在得知我因为李道子的血咒无法筑基，打底的功夫是《种魔经注解》之后，他这才点了点头："原来如此，我就说哪儿不对嘛。你修行的这门东西是最著名的嫁衣神功，修得越厉害，就死得越快，杨二丑他分明就是想要拿你当鼎炉，方才会传你的，以后能不修最好就不要修了。"

刘老三这边问完，看了旁边的于大师一眼，没再说话。而我万万没想到，那于大师在沉默良久之后，竟然郑重其事地站了起来，宽厚的手掌搭在了我的肩膀上，一字一句地说道："饮血寒光剑，从今日起，归你了！"

第二十八章 天黑了别出门

当于大师郑重其事地说出这话的时候，我虽然从先前的对话中已经有所预料，但还是大吃了一惊。

同样被吓了一跳的还有刘老三，他霍地站了起来，不可置信地看了一眼于大师，又看了一眼我，喘着粗气问道："为什么？"于大师在做出这个决定之后，显得十分平静："茅山的虚清真人对我曾有活命之恩，这孩子既然跟茅山有缘，我也算是提前还了一份人情。"这解释太简单了，刘老三有些不情愿："嘿，于叔，你这话可不对啊，那剑是我和杀猪的千辛万苦才弄回来的，你拿去送人情，是不是该问一下我的意见呢？"

刘老三死皮赖脸，非要刨根问底，于大师就怒了，吹胡子瞪眼地说道："刘老三，你是个学文的，手无缚鸡之力，这剑给你，你能拿得住？"

那家伙只是笑，也不答话。我也有些不好意思地站起来，搓着手说道："无功不受禄，我怎么好意思收这东西呢？"饮血寒光剑的确厉害，能够让杨大侉子这样一个半瓶子晃荡的家伙力压剑道高手黄晨曲，不过它剑身魔性强烈，一旦控制不住心性，反倒容易被其所伤。于大师见我也说了话，晓得不将缘由说清是不可行的，于是领着我们往里屋走。

穿过外间来到里屋，墙边有一个机关，轻轻一摸，只听到"喀嚓"一声机械响，便有一个暗梯从地下冒了出来，幽幽一阵冷风从里面吹来，让人不寒而栗。

于大师带着我们往下走，胖妞却不喜欢这样的地方，从我身上跳了下来，扭着屁股找外面雕木头的那个长辫子少年南南玩去了。

小院不大，但是到了地下室，才发现这儿的空间并不小，光我们身处的这一个大厅便足有整个院落那般宽敞，旁边还有几个暗室，想必是不同的分区。于大师的地下室里摆满了各种各样的物件，有设计别致的火炉子，也有一整套打铁制器的行头,光是那刻刀都有上百多种,琳琅满目地摆着,宽的窄的,长的短的,看得人目不暇接,赞叹不已——不愧是冠绝金陵的制器大师,这番架势就是让人心生崇敬啊。

这场面我看着新鲜,但是于大师和刘老三却是习以为常,带着我一直来到了西边的一堵墙前,停住脚步。

墙上是一整面的大理石浮雕,上面有无数贴着符箓的锁链,发黄的古籍及旗幡垂落,在正中间是那柄红光四溢的饮血寒光剑,不过此时的它多了一副银亮色的剑鞘。我瞧着有些眼熟,又过了一会儿才反应过来,那剑鞘可不就是当日我们在瓦浪山水库那儿猎杀的鲶鱼鳞皮吗?

没想到竟然被于大师制成了这么绚丽的剑鞘。

那魔剑被那些锁链死死地锁在墙上,上面还贴满了符箓,有八股白色气雾从墙壁上不断地朝它喷来。本来静寂无声,然而我一走到近前,它就突然发出了嗡嗡的响声,很像是夏夜里的蚊子叫声。于大师指着这剑,问刘老三道:"瞧瞧,我推断得不错吧,凡剑皆有灵,这魔剑对第一个用它杀人的主人有一种天生的认同感,这一点值得我们重视。炼器虽易,精品却难,这把魔剑是杨大侉子倾尽毕生心血之作,很难不散戾气地强行毁去,消解又需时日,易生事端,还不如给它找一个可以控制它的主人,变废为宝。"

刘老三并不反对,只是对我能否把握这魔剑有些异议,匹夫无罪,怀璧其罪,这事儿还是有些悬。

于大师点头,说:"这一来封印此剑的法子还需琢磨,时日还久;二来的确是要等这小孩儿有一定自保的能力,方才能够交付,不然反是祸端。"两人在征得了我的同意之后,约定三年之后,等我有一定力量了,便将此剑最终交付我手。三年后我正好十八,到时候是什么模样又当另说。谈完这些,我也没有再等,而是将腰间的小宝剑拿出来,将白合之事跟他们提起。

对于此事,两人都表示了不同程度的惊异。毕竟一般来说,这新鬼刚死,最是力弱,影响不得阳间的一切事物,就连与人沟通都只能通过阴灵附体,怎么可能与我对话?

两人一齐否定,让我有些焦急,连忙将白合催出来。这妮子也是,平日里没事就晃来晃去,事到临头却躲在剑里不敢出来。

我催了半天,气得半死,还好于大师思路清晰,说:"既然这女鬼是当日杨大侉子为了饮血寒光剑而炼，必然对那魔剑有着天然的恐惧之感，想必不会轻易同室而存。"这般说了，我们来到另外一间阴气十足的房间，这儿摆了好多的坛坛罐罐，看着像是骨灰盒，结果那门一关，白合便已亭亭而立，朝着这两位有模有样地鞠躬问好。

白合自然是能说话的，然而这问好，无论是于大师还是刘老三，都听不到。这事儿我们在沟通了好一会儿之后，才推测或许是因为我吞食了那巨型鲶鱼的眼珠子才会如此。刘老三笑了，说当日他的确瞧见我们部门的小鲁悄悄收走，不过人肉熬煮过的东西，再灵光他也不愿沾染，因为这个有因果。

"你看看，现在来了吧？"

刘老三幸灾乐祸时大肆嘲讽，不过真正想起办法来的时候，倒也毫不含糊，总共给我出了三套方案。这方案一得于大师配合，就是按照杨大侉子的思路，将白合强行融入饮血寒光剑中，做一器灵——白合之所以新鬼而能言，便是因为杨大侉子用阵法聚集前人阴灵所致，不过这法子很容易让其湮没本性，不得本我；第二套方案就是超度，这个简单，我会，刘老三会，于大师也会，就连门外那小孩儿也会，无非是法子不同，念个几天几夜，得返幽府；至于第三套，这可就有点儿麻烦了，那便是转世重修。

所谓转世重修，最为外人熟知的便是活佛转世，有佛法高深的大德喇嘛，在生命耗尽、即将圆寂之时，将一缕智慧凝聚，投身于千里之外的新生婴孩之上，而后寺院根据高僧圆寂之前的指引提示，将其从茫茫人海中找寻而出。这是佛家最高深的法门，至于别家也有，不过是高下之别，各有千秋。若是白合想转生也可，不过需要谋划诸多条件，掐算方位、时辰、人家、往来以及阴灵之脉，这事儿复杂至极，又受诸多苦难，能不做最好不做。

然而将这些选择都放在白合面前，这姑娘却铁了心地选择第三套方案。

她是花季少女，心中憧憬无数美好，又恐惧死亡，既不愿做器灵，也不愿往生，这事儿倒是不好办了。刘老三是个没耐心的人，一力劝白合超度往生，那妞儿拼命摇头，然后可怜巴巴地看着我。我陈二蛋最记恩仇，虽然她这些日子来在我房间里飘来飘去，吓得我胆子都毛了，不过想起那日她倾身一扑，心又不由得软了些，也哀求刘老三。

刘老三被求得没有法子，只得答应让我把白合以及她暂时寄身的小宝剑留在此处，他耗些心血帮忙谋算一下，贴身打造，弄出一个应对的方案来。

这提议于大师也很赞同，当我将小宝剑一拿出来，他的眼睛就放了光芒，恨不得抢过去研究一番。

　　嗯，李道子的东西，无论到了哪儿都是响当当的货色。

　　这些聊完，于大师留吃了晚饭，在物资匮乏的当下，居然还有半只盐水鸭，说明生活倒也不差。除了盐水鸭，还有些时令蔬菜，是那个留着小辫儿的南南做的，味道不错。我发现刘老三这家伙别看瘦弱，当真是个大肚汉，一桌饭他包了一大半，让人汗颜。席间我还瞧见胖妞居然跟南南很投缘，那小猴子一直黏在南南身边，还觍着脸让人家喂东西。

　　饭后，南南跟小猴子依依不舍，而这时于大师又提出一件事来，说要给胖妞做一件法器，量身定做，这两天让它先留这儿。

　　于大师出手，自然都是精品法器，我心中欢喜，又问胖妞的意见，那小家伙倒也是个自来熟，抱着南南给它雕的木猴子点头。我跟胖妞好多年的感情，自然不怕它被拐走了，于是便趁着夜色出门，刘老三没有跟着我走，不过好在我能识路，倒也没有迷路。我自认为记忆不错，但走了半个多小时，突然感觉两边的景物变得陌生起来，影影绰绰，似有鬼魂尾随。

　　我当时心中就有些慌了，因为可以凭恃的小宝剑落在了于大师家里，于是快步疾奔，结果不知不觉就跑偏了路，一下闯进了一个死胡同。

　　那死胡同黑，我到了跟前才发现，而就在我猛然转过头去的时候，身后竟然站着两个黑影，犀利的目光正冰冷地打量着我。

第二十九章 转眼就被虏获

此时天色已黑，四周一片昏暗，只远处有一丁点儿光芒传递过来。我瞧见这堵在胡同口的两个身影，左边一位身形高挑，一身白衫，脸色苍白，头上戴着高帽子，上书"一见生财"，嘴紧紧抿着，但是唇角上翘，浮出一丝神秘而诡异的微笑；右边一位矮个儿胖墩，一身黑色，黑得几乎都看不到脸的模样，同样的高帽子，却是"天下太平"这四个大字。

我的目光随后落到了他们的手上，一身白的那位手上是一根白色的哭丧棒，而黑家伙则拿着一串枷锁。

这枷链似乎是黑色的铁锁一个连一个，然而拖在地上，一点儿声音都没有。

四周的声音在这一瞬间似乎都消失了，我感觉一进入这死胡同里，就仿佛被完全隔离了这个世界。当我真正打量清楚堵在胡同口的那两位的尊容，浑身就是一僵，连一步都迈不动——天啊，这都是谁啊？瞧他们的穿着打扮，可不就是跟黑白无常一模一样吗？

我陈二蛋到底是走了什么狗屎运，竟然会遇到这么两位？

我在僵直的那几秒钟里，被阴影之中的四只眼睛凝视，出于本能，我感受到他们——哦，错了，应该是它们并非路过，而是专门过来拘我的。这判断让我浑身就是一激灵，想也没有多想，便折身朝着死胡同那儿一通狂奔。这一阵跑，我相信应该是超越了我自己的潜能，所有的一切在死亡的威胁面前都显得那么苍白无力，于是我瞬间就冲到了胡同最里面，双腿在末路尽头一蹬，朝着死胡同的那堵墙上跃去。

这一堵墙足有两米多高，对于当时的我来说已如天堑，不过不知道怎么回事，竟然一跃而上，双手抓到了墙头的野草。

双手抓到了东西，便感觉有了希望，我奋力抓着那墙头的野草，希望着能够翻过去，避开后面那两位爷的注意。我越是怕，越忍不住回头，瞧见那两个身影已经呼啸着冲来，即将到达我的脚下，然而我抓着的那野草似乎也不怎么受力，胡乱地动。这让我惊悸到了极点，越想要翻上去，越受不住力，忍不住朝上面看了一眼，骇然发现我这双手抓着的，哪里是墙头的野草，分明就是一把一把黑色的长发。

而这长发的尽头，则是一张毫无生气的女人脸，那一双木然的眼睛正死死地瞪着我，当我抬头看过去的时候，它还礼貌地冲着我笑了笑。

这笑容让我陷入了绝望之中，下意识地一拽，那脑袋便跟着我一起从墙头直接跌落下来，刚刚背部着地就感到一阵剧痛，世界一片黑暗，突然之间有一股巨力正朝着我的身上踩来。我下意识地就地一滚，在急剧的翻滚间抬头看去，只见我所认为的黑白无常两位阴神已经冲到了我的面前，正挥舞着手中的哭丧棒和锁魂链准备将我捉拿。

对方来势汹汹，反而让我感觉到一丝不对劲的地方，想着我又不是阴魂，即便对方是阴神，拿我也是没有办法的。

既然如此，那么瞧他们这副架势，难道是人装的？

这么一思量，我也生出了几分勇气，使出当年在巫山后备培训学校里面学得的下三路打法，连滚带爬，朝着那个看着下盘最不稳的"白无常"蹬去。所谓下三路，就是腹、裆、腿三处，属于格斗中比较凶残的路数，特别是裆，对于一个男人来说，一旦被狠狠击中，便有可能昏厥或者死亡，向来为正道人士所不齿。不过我们学的都是军中技击、实用招数，再配合我个子并没多高，所以这般抢攻倒也凶悍。

我一上来直奔裆下而行，断子绝孙脚、猴子偷桃术，那叫一个连绵不绝，"白无常"还真的有些招架不住，连连后退。

他这般表现倒是让我平白生出许多胆气。要知道，对方倘若真是阴神，哪里会理睬我这凶残招式，直接大手一挥，用那哭丧棒将我击打得神魂离体，然后用那锁链一捆拖走便罢。他若是避，说明是心虚，在装神弄鬼而已。然而我猜对了结果，却忽略了过程，能够悄无声息地将我引入瓮中，又将气氛渲染得如此阴森恐怖之人，又岂是我这刚学了几手三脚猫功夫的小子所能够对付的？

于是，在一阵顺风强攻之中，我突然闻到一丝腥甜，下意识地想要闭气，结果却双腿一软，朝着地上跌落而去。

我在意识消弭的最后一刻，瞧见旁边那个浑身漆黑的矮胖子正在拧一个瓷瓶的盖儿，也不知道是在打开还是在合上，不过我能够感受得到那腥甜的气息正是从瓷瓶中飘散出来的，隐约之间，我还看到颜色似乎是一片粉红，宛如桃花瘴。我昏过去后，万事皆休，当再次恢复意识，却是被一桶冰冷的水从头浇到了脚后跟，那时节可是春节的前几天，出门穿一件棉衣都嫌冷，被这冰冷透骨的水从头淋下，我便猛然醒了过来。

苏醒过来的我第一感觉就是冷，真他妈的冷，而后才发现自己被人用绳索捆得结结实实，那绳子甚至都陷入了我的皮肉之中，稍微动弹一下就感觉到火辣辣的痛。

这痛觉让我的意识迅速恢复过来，睁开眼睛，瞧见了一盏并不明亮的煤油灯，以及一个脸上长着大片白癜风的丑恶男子。

房间不大，四周都是墙，空间里有沉闷的气息，显得这空气流通不畅，我所受到的培训告诉我，这有可能是一处地下室，而面前这个白癜风，我就真的不晓得是谁了。不过我不知道，对方却并没有打算饶过我，一桶水让我彻底醒了过来，接着第二桶水又直接淋到了我的身上，这一次我直接叫出声来，感觉那冰水顺着绳子勒出来的伤口往里走，全身火辣辣的，难过得不行。

当我表现出了十二分的痛苦时，白癜风终于停止了倒第三桶水的想法，而是拖了一个带着靠背的竹凳坐下，悠悠说道："知道我们为什么抓你吗？"

这话问得十分霸道，我根本就不认识这孙子是谁，好端端地回家，就被装神弄鬼地劫到了这里，我还冤着呢。不过好汉不吃眼前亏，我装惯了孙子，不差这一回，于是摇头说不晓得。那个白癜风突然站起来，一下冲到我面前，踩着我的脑袋，恶声恶气地骂道："不晓得？你自己做了什么好事，你真的不知道？要不要我帮你回忆一下？"

话刚落，我突然听到了皮鞭子在空中炸响的声音，这是一种听着清脆却恐怖无比的动静，下一秒它便落在了我的身上。

啪、啪、啪……

皮鞭在我身上迅速留下了无数火辣辣的血痕，我抑制不住的叫声成了白癜风的助兴，歇斯底里地抽了好一阵子，他似乎累了，终于停手，然后喘着粗气说道："敢跟我们集云社作对的人不多，小子，你有种。我看出来了，你年纪不大，这事儿其实跟你也没多大关系，就问你一句话，杨从顺做的剑在哪里？"

对方身上有一种凶悍到了极致的特质，显然对杀人这活儿并不陌生，而他在一番折磨过后提出来的问题,并不出乎我的意料。

我在醒过来的这段时间里,就一直在思量这件事情,其实在此之前,刘老三就已经提点我了,说有人已经将我杀死杨大侉子的事情传播出去,会有人找我报仇。这事儿既然别人已知道了,想必也知道那剑最后落在了刘老三手上,那家伙时隔一个月才露面,一露面我就遭了灾,说不定就是被那个家伙算计了。这般想着,我心头窝火,却晓得我倘若松了口,一定不会有好下场,于是死守着嘴巴,并没有露底。

事到如今,这事儿就是一个筹码,我可不能轻易认输,屈服于酷刑之下,说不定我死得更快。

果然,我猜得并没有错,当我被抽得奄奄一息还是硬着嘴不说话的时候,那个白癜风终于停手了,嘴里咕哝一声,然后吐了一口浓痰到我的身上,离开了这里。

我趴在一摊冷水中,遍体鳞伤,心中又怒又恨,一会儿想到是不是被刘老三坑了,那小子说不定拿我做饵,引出集云社的凶蛮;一会又期望着刘老三或者我们单位的人神兵天降,救我于水火。

然而什么都没有,我就像一只无人理会的死狗,趴在那儿等死。

我被绑得严实,根本动弹不得,先是一阵冷,过了好一会儿,就开始迷迷糊糊。然而就在这个时候,突然有一阵香风传入鼻翼,我听到了一道熟悉的声音响起:"陈二蛋,看来我们又要一起过春节了啊?"

第三十章 恶鬼缠身杨小懒

这声音听着情意绵绵，让人浮想联翩，然而语气之中却充满了直入骨髓的寒冷。躺倒在地上、浑身伤痕累累的我不可置信地抬起头来，瞧见了一个绝对让人感到意外的人物，那就是诡异失踪的杨小懒。

听声音，的确是杨小懒无疑，然而我瞧见的却并不是一个窈窕少女，而是一个丰乳肥臀、妩媚风骚的女人。

她那丰满挺翘的身材和一双媚力十足的眼眸，让我很难将先前与我一同生活过大半年的小师姐杨小懒和面前这个宛如蜜桃一般成熟妩媚的大美女联系到一起。

光从身材上面来说，此刻的她比一年前整整高了一个头，胸口多了一大团——难道这段时间里，杨小懒是吃了化肥，才会这般噌噌地往上长吗？

不过就在我惊异的目光中，我面前的这个美艳女人笑盈盈地蹲下身子来，高耸挺翘的胸口差点儿就碰到了我的鼻尖，她伸出手一把托着我的脑袋，满怀恨意地笑道："陈二蛋，风水轮流转，一年又一年啊，去年我沦落为阶下囚，饱受屈辱，而你转眼就成了官方的人。那个时候的你大概是没有想到，有朝一日，你会落到我的手上来吧？"

她吐气如兰，一股成熟女人的气息直扑我的脸，让我有一种飘飘然的感觉，身上伤口的灼痛在这一刻也似乎减轻了一些。然而听到她的话，再看看这张依稀熟悉的脸孔，我不由得一阵哆嗦——哎呀，我的妈呀，这可不就是杨小懒吗？虽然我不知道在她身上到底发生了什么事情，但是光想一想杨二丑的死我就感觉自己可能逃不过这一劫了。

唐僧西游八十一难，一难更比一难强，而我这个算什么，桃花劫吗？

心中虽然慌乱无比，但我却还是能够勉强稳住心神，朝着已然面目全非的杨小懒嘿嘿笑道："小师姐，我们好久没见了，没想到会在这种情况之下再一次见面，想一想，果真是缘分啊。"

"啪……"

我的讪笑被一记狠狠的耳光打断，原本还春风拂面的杨小懒银牙一咬，直接给我来了一个大耳刮子。这耳光可不是男女之间调情的那种，狠狠一记，我一脑袋就直接栽倒在地，感觉天旋地转，漫天金星飞舞，脑袋里面像开了法会般嗡嗡作响，左边的耳朵当时就什么也听不见了。一耳光之后，我的领口一紧，整个人又被那狠毒的女人拎了起来，狠狠一扔，朝角落撞去。

"啊……"我凄厉一声叫，将受到的所有痛苦都呼喊出来，本以为会又迎来杨小懒一阵狂风暴雨的毒打，然而硬着头皮挨了半天，却并没有等到。

当我睁开眼睛的时候，瞧见这个妖艳的女人蹲在我面前，双手抱着脸，肩膀一耸一耸，泣不成声。

这状况比杨小懒暴打我一顿更让人惊讶，从认识这妞开始，我就没有见她哭过，即便是当初她被工作队捉住，也只是冷冰冰的，怎么这会儿竟然在我面前哭了起来？我坐在角落里，有些不知所措地看着杨小懒。好一会儿，她才抬起头来，凝视着我，一字一句地说道："陈二蛋，你毁了我的一生，你知道吗？"

我感受不到她话语里面的情绪，不过却十分委屈："小师姐……"

这称呼刚一出口，杨小懒就喝断了我的话头，愤怒地骂道："够了，我爹没有你这样的徒弟，勾结外人将我爹弄死，这血海深仇，你当我忘记了吗？你还好意思叫我'小师姐'？"她勃然大怒，我的火气也上来了，晓得此遭左右也是一死，于是梗着脖子，大声骂道："哼，你当我不知道你们的阴谋吗？道心种魔，这事儿我真不晓得？你爹根本就是想把我当做鼎炉，培养出来好取而代之，我若不奋起反击，此时此刻在这副躯体里面的想必就是你爹了。"

"哼，果然，你什么都知道！"杨小懒脸色冰冷，死死地盯着我说道，"我爹说得果然很对，你这个腹黑的小子装作傻乎乎的样子，其实你什么都懂。"

面对着她的责问，我闭上眼睛，也算是默认了。我二蛋是山里娃，但不是傻子，任何人若把我当做傻瓜，那他自己的智商也不咋地。

我不知道自己的下场会如何，然而杨小懒似乎并没有立刻杀我的意思，而是在旁边缓缓说道："当日我仓皇逃出，一个人在荒山野岭里吃尽苦头，人不人、鬼不鬼地过了大半年，一夜变老，心中那个恨啊，感觉全天下的人都欠我的。不过后

第二卷 青盲年代

来我想明白了，这世界上，你有实力才轮到你说了算，若没有，再怨恨又有何妨呢？我杨小懒前半辈子享受，后半辈子孤苦，有个哥哥，结果没办法找；有个远方的堂叔，结果没两天就又被人杀了——陈二蛋，你说我们到底是不是孽缘啊？"

远方堂叔，说的是杨大侉子吗？我睁开眼睛，瞧了杨小懒一眼，只见她此刻的眼里并没有恨意，反而是平静如水。

她就是一个神经病，我不知道她的脑子里到底在想什么，低声下气地说道："杨大侉子的事情真的跟我没多大关系，他当时半边脑袋都快要掉了，又死不成，哭着喊着让我帮他，我是心软受不住求，所以才出了手。至于后面的事情，我一个小跑腿打杂的，更是一点儿关系都没有。"

"二蛋，你看看我，有没有什么变化？"杨小懒突然打断了我，一双宛若皓月的眼睛直直地瞧着我。

杨小懒的节奏一向比较飘，我完全把握不住她这话里面的意图，余光不由瞧向了这大妞俯下身来时胸口露出的那深深沟壑，吞了下口水，敷衍着说道："变化啊，好像一下子长大了十来岁呢……"这话说着，我突然瞧见杨小懒媚眼如丝，那小脑袋突兀地凑了上来，双手托着我的双颊，红润而饱满的嘴唇竟然附在了我的嘴上，接着一条冰冷而绵软的东西伸进了我的口中。

我那个时候已经十五岁，什么都明白了，杨小懒这举动把我吓了一大跳，感觉舌头被人紧紧吸吮，舌根发麻，脑袋也发空。

一开始我还如在天堂，美得不知道东南西北，突然之间，心生警兆，猛地朝着嘴里面那冰冷的物件咬去，结果杨小懒先知先觉，头猛然往上一扬，避开了我唯一的反击。从迷糊中清醒过来的我，瞧见杨小懒明眸里竟然有绿光荡漾，那张明艳的脸上尽是青筋，形如厉鬼，舌头居然比寻常人的两倍还长，在唇间微微一舔，妩媚地笑着，收回口中。

这情形让我浑身发冷，刚才口中还馨香萦绕，此刻却有一股腥臭挥散不去，胃中一阵翻腾，一口苦水喷射而出。

杨小懒早已站立在离我两米开外，避开这秽物，看着缩在角落的我，冷冷地说道："瞧见了吧，当日那白莲舵主的亡魂已经上了我的身，这是我的报应。不过你放心，我会因此变得更强，当天观音洞里的所有人都会在我手上一一死去，而作为我最喜爱的二蛋小弟弟，你将会是最后一个，而我将会让你在快活中升入天堂，或者坠入地狱。"

杨小懒飘然离去，剩下我一人在黑暗中颤抖。而后两天，她并没有再露面。头天还有人过来审我，是那天捉拿我的"黑无常"，这个矮胖子又将我抽了一顿，不过我死都不肯开口，这并不是为了刘老三那个打短命的，而是因为胖妞。在得知杨小懒也现身集云社之后，我开始深深地担忧起胖妞来。

杨二丑唯一的眼睛可是胖妞挖下来的，这事儿杨小懒若是知道，非将那小猴子生吞活剥了不成。

现在的杨小懒美丽得宛若妖精，性情却更像疯子，她给我的感觉甚至比杨二丑还要恐怖。

黑无常审过我后，感觉从我嘴里面撬不出什么东西，就不再理会，扔我在这地下室里待着，死活不管。我躺在那角落里整整三天，没有人给我送过饭，我浑身湿漉漉地"享受"着寂寞和孤独。我缩在那儿动弹不得，实在没有了办法，唯有再次修行魔功。这功法虽然被刘老三称为"邪功"，但是为了维持生命，避免被饥饿和寒冷夺走性命，我不得不靠它维持。

这一打坐修行，几乎令我忘记了时间。当我再一次听到那地下室的铁门有响动，从沉寂中恢复过来，却意识到了一件事情，那就是此时此刻竟然已经是春节了。

多么吉祥而喜庆的日子，而我就要在这么一个潮湿而幽冷的地方死去吗？

铁门打开，一个竹篮子先进来，而后面那人让我吓了一大跳。

第三十一章 除夕艳福不浅

就在我缩在角落自怨自艾、顾影自怜的时候,地下室的铁门打开,有一个人提着竹篮子走了进来。

我抬头一看,愣了半天——来人倘若是杨小懒,我倒也没有任何奇怪的地方,然而我瞧见的竟然是失踪了好久的罗大根。这小子当初在省钢离奇失踪,后来我逼问临死前的杨大侉子,得知他被送往了集云社,准备当后备力量来培养。杨大侉子一死,线索全断,不过我并没有放弃对罗大根的寻找。

我万万没有想到,这小子竟然会和掳走我的那一伙人混到一起,而且瞧他这模样,似乎过得不错,个儿长高了一些,人也壮了一点儿。

更重要的是他的一双眸子炯炯有神,好像里面有光,这种情况一般都是已经开始有了修行门道,精气不受控制外放的缘故,可以想得到,罗大根已经在敌人内部有一定的地位了。他的到来让我整个人充满了惊喜,正想叫他,却瞧见他眼睛不断地朝我眨,便闭住了嘴。而正在这时,旁边有一个年轻人招呼他道:"大根啊,这个家伙死鸭子嘴硬,死活不肯招,上面说饿死他得了,你何必还给他送饭?"

罗大根朝着门口点头哈腰地笑道:"雁回大哥,话是这么说,但是今天不是除夕嘛,多少也给人吃口饭啊,对不对?再说了,这事儿可是杨姑娘吩咐的。"

那人咕哝一句,似乎在轻笑,然后催促道:"那你快一点啊,别出了岔子。"

罗大根唯唯诺诺,然后提着竹篮子走到我的面前,蹲下身来,口中念叨:"哎呀,你也是可怜人啊,有事没事被人拉在这儿受苦,连过个年都不得安生。这位小哥,你可记住了,这顿饭可是杨小懒杨姑娘赏你的,你好好吃,当作是年夜饭,心中可要念着人家的好呢。"他一边说着话,一边朝我使脸色,我知道这儿人多眼杂,罗大根肯定是没办法跟我说上话的。他悄无声息地将我双手的绳子解开,又从袖子里递出一张折得整齐的纸条,我便晓得他有话跟我讲,于是口中也回应道:

"多谢杨姑娘，也多谢您了……"

竹篮掀开，两碗白米饭，一碟咸菜，一碟炖肉，还有一小罐的水，那米饭上面竖插着一根红筷子，特别不吉利。

我算是看出来了，这架势摆明了是断头饭的节奏啊。

罗大根也就是过来送个饭，没有办法在这儿多待，打过照面就离开了。我不晓得这房间里面是否有监视的东西，身处此中，我自然晓得这些人的手段，当下也不急，先将纸条收好，然后一点儿不避讳地开始大吃大嚼起来。事实上，已经饿了快三天的我也实在没什么可挑剔的，这些饭菜几乎是倒进了喉咙里，我将那水罐大半的水都喝掉了，然后用了极大的意志才留了一点儿。

长期处于收缩状态的胃部在这一会儿终于得到了填充，我深深地呼吸着陈腐的空气，将这些食物转化成力量，分散于身体各处。

第二卷 青盲年代

我在这儿待了三天，若是常人早就已经崩溃了，然而我之所以能够一直活到现在，是因为修行了魔功使我对自己的身体有一部分控制力，方才没有那么不堪一击。我坐在角落假寐，耐心地等了好一会儿，判断应该没有什么人在旁监视之后，小心翼翼地从贴身之处将罗大根递来的纸条一点一点抽出，然后借着门缝处的一点儿微光看去。

这房间里面光线昏暗，所幸我曾经吃过那巨型鲶鱼眼珠子，倒也能够看出罗大根写在纸条上面歪歪扭扭的字。

罗大根文化不高，字写得也特别丑，不过表达倒没有什么问题。他通过纸条告诉我，说他也是刚加入这儿不久，跟了集云社大档头朱建龙做弟子，不过那大档头是个收徒狂人，总共收了二十八个弟子，绰号朱家班，他是最不受重视的一个，没有什么地位，就跟这儿打杂呢。三天前就听说我被人抓了，而那些人并不晓得他和我的关系。罗大根让我稍安勿躁，他到时候就算是拼了老命，也要将我救出去。

纸条的意思大体如此，最后他让我把纸条吞下肚，免得被人发现了。

瞧见这吩咐，我便晓得罗大根在敌巢之中，倒也是学了几分谨慎，于是毫不犹豫地将这纸条往嘴里塞，忍着不适将其吞下了肚子。

之后我就躺在了一处相对比较干燥的地方，思考着如何逃离虎穴，如何摆脱这凶残的集云社。我想得越多，心中就越发地恐惧起来。对手显然并不是乌合之众，无论是杨大侉子，还是将我提溜至此的"黑白无常"，又或者是白癜风和杨小懒，都是远比我厉害的角色，更何况还有罗大根口中的朱建龙和他麾下的朱家班，在这群鲨鱼之中，哪里有我这等小虾米的活路。

我越想越气，老子在二科待得好好的，本来第二天就等着领年货，虽然不能回家，但是却也可以去张知青家里蹭一顿年夜饭，要饺子有饺子，要肉有肉，还有热情的张知青一家人。结果刘老三那孙子一出现，假作好心地邀我吃一顿饭，竟然生出这么多的麻烦来。

那个家伙是不是故意设计让我被人抓到，好引蛇出洞，将这些潜藏在群众之中的集云社给一网打尽啊？

这个想法从开始就一直浮现在我的心中，起初我并不愿意相信刘老三会这般龌龊，然而越到后面，却越希望这背后有他的谋划，因为只有如此，我才有可能获救，要不然我也没有几天好活的了。死亡对于任何人来说都是一件可怕的事情，虽然对我来说已经习以为常，但这并不代表我不害怕。时间一点一滴地过去了，我待在这个小小的地下室，什么也不知晓，周围是死一样的寂静。

大概到了晚上，盘腿而坐的我心中一动，抬起头向不远处的那扇铁门看去。

几秒钟之后，一声很轻微的吱呀声传来，铁门缓缓打开，我先是瞧见了一条修长的美腿，接着杨小懒带着一阵香风走进了囚室。来人并不是救兵罗大根，这让我无比失望，而来的是杨小懒，负负并没有得正，我感觉自己的心似乎在往深渊滑落。

杨小懒走进来之后，瞧见我情绪不高，不过这也在她的意料之中，于是款款走到我面前，蹲下身子，一双眼睛凝视着我，半晌，她才淡淡地说道："你不想对我说些什么吗？"我愣了一下，转而想起了罗大根早上的吩咐，于是勉强地挤出了一丝笑容，说道："谢谢你的关心，断头饭我吃得很饱。"

杨小懒凝视了我的眼睛好一会儿，没有看到一点儿惊慌，若有所思地问道："你消息满灵通的，送饭的跟你讲的？"

这妖女竟然一下就联想到了罗大根，这让我有些吃惊，不过我却稳定住自己的情绪，指着旁边的碗筷说道："将筷子竖直插在饭上，这是临死前最后一顿的习惯，我读书少，但并不是不懂。看来你们对我已经有决断了对不对？什么时候处死我？今晚，还是明天？"

"明天早晨，集云社的大档头朱建龙会亲自过来，如果不出意外，他们会让新入社的那个小子交投名状，处死你——我跟王斌他们争取过了，但是没办法，他们认为你是杀害我堂叔的凶手，只有将你三刀六洞，方才维护社中威严。我救不了你了,也实现不了答应你的诺言,不过我倒是有一样东西可以给你。"

杨小懒一点一点地朝着我这边移动,我瞧见她的眼中有一团烈火,燃烧自己,也燃烧别人,心中没来由地一阵慌乱,不安地问道:"你要干什么?"

杨小懒穿着厚厚的棉衣,此刻一件一件地脱下来,平静地说道:"朱建龙那老色鬼明天过来一定会对我下手,老娘这身子还没有沾过男人,也不能便宜了那老乌龟,既然没有实现对你的诺言,今天就便宜给你吧。"说话间,杨小懒已经脱得只剩内里一件小衣,猛然一扑过来,骑在我的身上,开始扒我身上的衣服。

杨小懒身上有恶鬼,昨日夺走我的初吻,唇齿间有一股腐烂的死气蔓延,常人不可闻,但是吃过鲶鱼精眼珠的我却是晓得,自然不愿。结果一番挣扎,这女人竟然放浪地低下头来,抱着我的脖子一阵狂吻,我到底是血气方刚的少年郎,被这么一弄,一种前所未有的情绪顿时弥漫全身,下意识地紧紧抱住面前这个女人的娇躯,手便要揉过去。然而就在我们两人即将成就好事的时候,铁门外突然传来了一声大喊:"不好了,杨姑娘,出事了!"

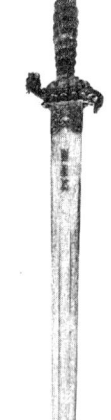

第三十二章 社友莫慌，我来助你

当时的我脑袋昏昏沉沉的，那是我人生十五个年头里完全没有遇过的情形，感觉杨小懒口中的热气一吹到我的耳边，浑身的血液都开始燃烧起来。然而在这个时候，那铁门外的大喊让我倏然回过神来，身子一缩，就朝着旁边滚开去。杨小懒也没有心思过来抓我，而是朝着门外喊道："张雁回，我在审问犯人呢，到底什么事情，不能过一会儿再说吗？"

外面那人焦急地大喊道："杨姑娘，是白纸扇让我过来叫你的，外面来了一个拿剑的麻子，很厉害，已经伤了我们好几个兄弟了，白纸扇让你赶紧过去助拳呢。"

外面的人正是白天罗大根送饭时的那个看守，他语气焦急，仿佛天都要塌下来了一般。杨小懒听到，也没有再拖延，一把将我的左胳膊拽过来，俯下身子狠狠地咬了一口。这妞儿是真咬，我立刻感到了一阵剧痛。然而此刻的我却并没有在意这细节，因为从看守的描述，我发现了一件事情——拿剑的麻子，这特征可不就跟一字剑黄晨曲相似吗，难道说是刘老三过来救我了吗？

杨小懒咬完我，一嘴鲜血，一口白牙，朝着我妩媚地笑了一下，意味深长的眼神剐了我一眼，接着转身离开。

随着铁门再一次轰然关上，我从地上一跃而起，将捆在我身上的绳索解了下来，揉了揉手脚，感觉血痕处一阵火辣辣的痛，然而心脏在不断地跳着，源源不断地朝全身传递强大的力量。这是修魔带来的后遗症，那就是劲气洗刷经髓，肉体力量变得强大，恢复能力也强。我将罐子里存着的水一口饮尽，感觉全身热烘烘的，口渴得很，摸摸脖子，先前那股若有若无的死气又传了上来。

我移步到了铁门前，悄无声息地拉了拉，发现这门从外面锁住了，我暗中发力，一次、两次、三次，丝毫不动。

我感受到了这铁门并非人力可以打开，心中就谋划了一会儿，接着往后退开几步,大声叫了起来:"哎呀,哎呀,要死了,快来人啊,我这血流不止了,快来人啊,要死人了。"我扯着嗓子喊,身子却绷得紧紧的,就等着那人一打开门,我就直接冲上前去一拳撂翻。然而我喊了半天,外面才幽幽回了一句话:"要死快点死,利索点儿,省得明天还要弄死你!"

那人防范心极强,根本不搭理我这茬,而且我这么做,也算是打草惊蛇了,弄得我哼也不是,不哼也不是,颇为尴尬。

随着时间一点一滴地流逝,我开始烦躁起来,一来是担心一字剑说不定弄不过集云社的人马,二来还担心对方要是见势不妙,先下手为强,斩草除根,那我可惨了。这般纠结着,外面突然传来了一声惊呼声,接着戛然而止,我心一跳,沿着铁门摸过来,在停顿了几秒钟之后,我听到有钥匙转动的声音。

来人很紧张,连试了几次钥匙都不对,弄得我小心肝儿一阵扑通,还得全神戒备,猜度着来人到底是谁。

叮——铁门终于开了,接着有人推开了一条缝。我早就等待良久,一把将那门抓住,朝里面一拉,一个身影就跌落进来。来人倒也机灵,晓得这儿会有攻击,就地一滚,在我还待继续的时候,他大声叫:"陈二蛋,你娃住手,是老夫!"我认识的人里面,自称"老夫"的就只有刘老三一人,我低头看,瞧见地上这家伙果真就是刘老三。他瞧见我停手了,嬉笑着爬起来,拍着我的肩膀说道:"嘿嘿,我还以为你被辣椒水、老虎凳伺候着呢,没想到生龙活虎的,日子过得不错啊!"

他不说还好,一说我就想起了这几日的怨恨,顿时一把揪住他的衣领,闷声喝道:"我日你爷爷的,这事情是不是你搞的鬼?"

刘老三虽然身形敏捷,但到底是个算命的,比不得我们这些武夫子,我一用劲儿,他就有些喘不过气了,连着拍打我的手让我放松些。瞧他这难过的样子,我想到他自个儿的身手也不强,还跑到这么危险的地方来救我,也算是有点儿良心,这才放开他的衣领,恶狠狠地说道:"没有下次,要不然,我……"

我的狠话都还没有撂完呢,眼尖的刘老三却发现了新大陆,指着我的脖子笑道:"嘿哟嗬,这是什么?天啊,二蛋,这是什么?这不会是刚才从这儿走出去的那个美女给你留下来的吧,我闻闻,啊,好香啊。"

刘老三这猥琐的样子让我一阵恶寒,也顾不上追究他给我挖坑下套的事儿,匆匆朝门外走去。

出了这房间,我才发现外面有个大厅,中间一条长桌子,两个人倒在了地上,

在尽头处有一个旋梯，那儿就是出口。来不及打量太多，我回过身子，拉着刘老三问道："外面什么情况，你赶紧跟我讲一讲。"身处敌营，刘老三此时其实也非常紧张，跟我说道："现在外面的大部分人都被杀猪的吸引过去了，不过这儿是集云社在江宁的一处巢穴，人手非常多，我怕杀猪的有点顶不住，所以我们得赶紧逃，要不然大家都得陷在这儿。"

这家伙是个无聊之人，明明这么急迫，他还非要拉着我说脖子上的红印，我没有再理会，而是让他赶紧带路。

刘老三此人也是个珍惜生命的家伙，贼眉鼠眼地打量了一下，然后率先朝着旋梯那儿冲去，我瞧见那人的脚步很碎，但是每一步都好像踏到了最合适的地方，就仿佛打鼓，行走得十分有节奏。他这一手叫做罡步轻功，走的是那先天八卦结合的洛书九宫，疾如水火，鼓舞风雷，变泽成山，翻地覆天，不求施法，专司那逃命和躲避之术，最为巧妙。然而当他一冲上那楼梯口，突然横空伸出一个拳头，朝着这家伙的脑壳砸来。

刘老三早已是如临大敌，全神贯注，这边偷袭一来，他立刻避开了，往下方跳来，我跟在后面，瞧见来的正是前日审问我的那个黑无常。

黑无常膀大腰圆，一脸肥膘，瞧见了刘老三和后面的我，又瞥见了地板上躺着的那两个同伴，不由得冷笑道："白纸扇说那个麻子在不停地拖时间，必然是另有目的，而这地牢之处最是嫌疑，让我过来瞧一眼，果然就抓个正着。你们两个家伙倒也狡猾，不过在我郭道子面前，就全部白瞎了。"

黑无常从身后掏出一根黑色哭丧棍，得意地抖了一个棍花。

这长棍发出一声"嗡"响，手劲倒也了得，不过听到他这名号，我和刘老三对视一眼，都忍不住笑。刘老三朝我喊道："小子，李鬼碰到李逵，这人还得你来教训。"刘老三害怕那人的哭丧棍，但是听到那人的名字，我心中也有火气，天下间能够叫做"道子"的有且只有一个，世上哪里冒出这么多鸟人来？我脚步如飞，再次冲上了楼梯，来人冷哼一声，朝着我当头一棍打来。

对于棍法，我并不陌生，毕竟我的好友哑巴努尔是巫门棍郎，耍得一手好棍法，我也跟着受益，学会许多。瞧见他当头打来，我脚步一错，避开锋芒，然后抱住他的腿，想要将其往下面扯。然而我到底还是低估了对手，没想到那厮下盘极稳，根本就挪不动，反而回手过来，要拿棍头戳我。

若要拼命，我并不怵这黑胖子，当日之所以被他们擒住，主要是中了暗算，吸了迷药，而如今发现暂时动不得他，于是我翻身朝下闪去。

黑无常郭道子守在楼梯口，一夫当关，万夫莫开，当真厉害。就在这个时候，突然又跑来一人，瞧见了这堵门的门神，一声大吼道："社友莫慌，我罗大根过来助你！"来人化作一道黑影，从上往下扑来，郭道子并不在意，却不曾想这人走到身边时，手上突然多了一把锋利匕首，神不知鬼不觉地捅到了他的后腰处。

后腰连肾，痛得连心，郭道子一阵惊慌，脚底一空，直接滚落下来。刘老三最能痛打落水狗，抄起墙角一块板砖冲上前去，噼啪一阵抽，那黑胖子顿时昏迷过去。

罗大根在上面叫我，而刘老三则一脸戒备，不知道罗大根为何会出现在这里，我来不及跟他解释，只是说一句"自己人"，便匆匆跑出了地下室。

重见天日，星光点点，我发现我们置身于郊区的一处大院落里，前方灯火通明，似乎还有搏斗之声，而在前面的走廊上，那个留着辫子的少年南南正在张望，瞧见我们出来，使劲挥手，让我们翻墙离开。为了救我，刘老三还真请了不少人，我心中感激，匆匆赶到墙边。然而这时突然听到一声喊，扭头瞧去，却见那个放风的少年竟然被突然出现的白癜风一把抓住脖子，高高地举了起来。

第二卷 青盲年代

第三十三章 魔猿莫睁三只眼

那留着小辫儿的少年南南是炼器大师于墨晗的孙子，看来也是被刘老三诓骗过来帮忙的。望风这活计并不困难，没想到的是那白癜风身手竟然这么好，突然就出现了，一把就将南南制住。刘老三自视甚高，却叫于大师为"于叔"，十分尊敬，而南南是于大师的亲孙子，当下也不敢抛下不管，停住了脚步，怒目而瞪："王斌，你他妈的别拿孩子撒气，有种冲我来！"

白癜风走到院子里，环视四周，视线最终落到了罗大根的身上，冷冷说道："罗贤坤，朱老大对你不错，没想到你竟然吃里扒外，做出这等事情来！"

面对着这样的责问，罗大根并没有反驳，而是移动身体走到了我的身后。我没想到罗大根竟然真按照刘老三的吩咐改了这么一个文绉绉的名字，瞧见那白癜风一副想要将罗大根吃了的模样，便冲上前来，冷声哼道："白癜风，你们就是帮不法之徒，人人得而诛之，大根他这是弃暗投明，不想跟你们这伙败家玩意一起玩耍罢了，你牛逼个屁啊！"

通常来说，人对于自己的缺陷最是自卑，向来不喜欢别人谈论自己的缺点，白癜风也是一样，一听到我这话，脸上顿时狰狞起来，眼睛眯成了一条缝，大声说道："你这小子不但扛打，而且还牙尖嘴利，当初我直接弄死你就好了，省得跑出来叫嚣。"

我毫不客气地说道："去你娘的白癜风，你记住了，你欠我的债，我会一笔一笔地要回来的。"

我们两人撂着狠话，毫无意义。刘老三却一脸愁容，瞧见南南被白癜风举得高高的，脖子被紧紧掐住，双手不断摇晃，一双眼睛都开始翻起了白眼，进气少出气多，知道南南也坚持不住了，于是出来打断了我们的对骂，小声求和道："王斌，你是集云社堂堂白纸扇，脸面最重要，没必要难为一个小孩。你先放下他，有什么条件我们都可以谈，行不行？"

刘老三轻声软语地求饶，让白癜风有了一些缓和，他将南南放下来，掐着这小孩就像掐小鸡仔一般，然后寒声说道："跟我集云社讲条件，嘿，过江龙，我还真是少见呢。刘老三，我知道你，麻衣世家这一代最杰出的人物，好好的东北三省不待，跑到我们金陵来捞过界，没拜码头我们也就不说了，毕竟井水不犯河水，但过分的是，你们竟然将我们集云社首席炼器师给杀了，这可就有些不地道了吧？"

刘老三瞧见白癜风暂时没有为难南南，这才说道："白纸扇，这话儿又是两说了，本来这事儿跟我也没啥关系，不过杨大侉子他惹了不该惹的人，杀了我师弟黄养神——荆门黄家，你知道这代表着什么吗？官面上的那人我们就不说了，你们集云社不是还有一上家吗？我听说那人可是有望成为右使呢，他虽然表现得大公无私，但若是那人有半点怨念，只怕这样的大人物，别说是他杨大侉子，就连你们大档头朱建龙也是惹不起的吧？"

听到刘老三说出这般牵连，白癜风的脸色一变，皱着眉头说道："这么说，你们倒是做了好事，帮我们清理门户咯？"

刘老三瞧见白癜风这般通情达理，脸上浮现出了笑容，点头说道："然也！"

然而他这稍微显露出了一点儿得意，那白癜风却骤然翻脸，怒骂道："你这泼皮，当真以为我们集云社是泥捏的啊，现在的江湖一片混乱，谁他妈的管得了谁啊？不给你点颜色看看，真以为能够跟我谈条件了？告诉你，三件事情，第一，把杨大侉子做的那把剑给我乖乖交出来；第二，把这小子和罗贤坤那叛徒留在这里；第三，你他妈的给我磕三个响头，再给我滚回去！不然就算是会招来你们麻衣世家和九神堂的报复，我们集云社也接着了。"

白癜风陡然翻脸，刘老三有些无所适从，他若想跑，后院的这片矮墙也难不倒他，不过他若是把我、南南都留在这儿，估计也没有脸在江湖上混了。

瞧见刘老三脸色一瞬间变得极为难看，白癜风伸出舌头，嗜血一般地舔了舔嘴唇，然后威胁道："我数三声，你要是不照着做，先看这个小孩儿死去——我数了，一、二……"他念得并不缓慢，刘老三整个人都有些僵直了，然而就在白癜风准备数"三"的时候，突然间一道黑影从天而落，跳到了白癜风的脑袋上，伸手便是一抓。来者何人？胖妞也！但见这小猴子从房梁上一下窜了过来，像当日对付杨二丑一般，将白癜风抓得一脸的血。

胖妞爪子尖锐，一来就朝着双眼抓过去，这家伙出手果断，白癜风下意识地

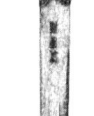

就将南南扔开，伸手来挡。

那个留着小辫子的南南也不是什么善茬，他在被抛出去的一刹那，脑袋一转，小辫子竟然朝白癜风的脖子甩去，"啪"地一声，竟然带下了一大块皮肉来，只可惜没有割到大动脉，要不然白癜风立刻就垮下来了。不过作为集云社的白纸扇、排名前几的大人物，哪里能够被这点小事难住，但见他双手一托，将胖妞甩到了一边，接着他狠声喊道："我集云社潜伏这么久，江湖上的威名淡得连几个小屁孩都敢来招惹了，看来不杀几个人，是没有人把我们放在眼里了啊。"

他双手往上一举，突然间这院落红光四起，黑雾弥漫，周围的那些院墙都消失了，只见几杆旗幡孤零零地耸立，再远处则是一片翻腾不休的血海。

天地之间，一片混沌，唯有我们这几个人在这儿耸立着，相互对峙。

刘老三的脸上也开始变得严肃起来，缓步走到了我们面前，缓缓说道："天地烘炉，八卦为方，左右摇摆，禁锢中央，这是集云社传闻已久的歃血阴灵阵吗？"

白癜风嘿嘿一笑，点头说道："你们既然打到了我们家里来，自然要做些大餐给你们尝一尝。关门打狗，好叫你们晓得，这集云社并不是你们想来就来、想走就走的。"他这边说着话，身后的朦胧之中突然浮现出一个黑影，朝他骤然扑去。

黑暗之中一点绿芒骤然升起，眼看着就要捅入了白癜风的后背，结果此人脚步一错，竟然平移到了五米之外。而那黑影扑了个空，一个踉跄出现在我们面前，却正是满脸麻子的一字剑黄晨曲。

跟在他后面的还有十来个人，除了高个儿白无常，还有其余男男女女，皆是凶相毕露，精光冒出。

不过我并没有瞧见刚才匆匆而去的杨小懒。

这些人冲到前面来，围在了白癜风的身旁，有的询问，有的看向了我们这边，发现罗大根居然也在我们的阵营中，纷纷喝骂。一字剑也受了些伤，衣衫之上有好多血痕，脚步踉跄地走到我们身前，拿剑指着刘老三骂道："我日你先人板板，老子又被你当枪使了，让我一个人在前院扛住这么多集云社的精英成员，你真当老子是铁打的？"

大战临头，内讧是最忌讳的事情，刘老三赔着笑脸哄一字剑："老黄，嘿嘿，你别这样，今天我们要是端了这个巢穴，你以后在江湖上的威名不是又盛了几分吗？"

瞧见众人将我们团团围住，一字剑从怀里掏出一包止血粉，洒在了自己的伤口上,大声喊道:"你说的援军在哪儿呢?"

这话还没有说完,白癜风那边立刻有了反应:"嘿呀,还有援军啊?兄弟们,操家伙赶紧上,把这些家伙料理了,我们好过年呢!"这一声号令,众人各站一处方位,鼓动手中的物件,一时间这空间立刻变得模糊,鬼影幢幢,凶险便倍增了几分。首先中招的是罗大根,敌人对叛徒最是仇恨,空中伸出一把铁钩子,朝着罗大根的肚子掏来,想要将这叛徒的肠子掏尽。罗大根学过些功夫,千钧一发之际,终于退开了关键一步,结果裤子给一下撕开,被那铁钩弄成了碎片。

罗大根虽然光着腚逃了一命,但接下来的战斗却更加艰辛,我手无寸铁,问刘老三要我的小宝剑,那家伙却说东西在于大师那儿,他也没办法。

没有武器,便只有靠一双手来硬扛,在这里的所有人中,除了一字剑这个用剑高手,便只有我勉强算是打手,于是硬着头皮朝前顶。对方可都是正规的修行中人,特别还有白癜风、白无常这般凶厉的角色,我们不由得步步后退。接着我被白无常飞来的一根铁锁链套在脖子上,猛地一拽,人就往地上摔落,旁边有一人想上前补刀,然而这时,一个小东西拦在了他的面前。

那人瞧见就是一只小小的猴子,不由得哈哈大笑道:"一只小猴子,还想拦住我?"

就在他张狂的笑声中,胖妞额头上的那个肉疙瘩突然微微一动,艰难地往外面翻了开来。

轰——

第三十四章 冥火魔身，铜钱破阵

　　胖妞当日吞噬了南明墓中盗出来的护魂珠之后，额头之上就长了一颗瘤子，罗大根还曾戏言，说这家伙可不像它的祖宗孙悟空，反而像是杨戬。

　　当初我们都以为是戏言，但此刻胖妞额头上面的肉疙瘩艰难地翻动，两张粉嫩的皮往外一开，竟然真的睁开了第三只眼睛。

　　那眼睛自然就是护魂珠，又或者说，是融合了胖妞血肉的护魂珠。私底下不算，这是我第一次正式瞧见胖妞将额头上面的肉疙瘩翻开来，露出里面玻璃珠子一般的第三只眼。因为是侧面，我瞧得并不真切，而先前嘲笑胖妞的那一个壮汉浑身莫名就是一僵，一股寒气直往脊梁骨上面涌。

　　几乎没有缓冲时间，胖妞的第三只眼睛中陡然射出了一道橘黄色的光，那家伙整个人就化作了一团黑色的火焰。

　　这黑色的火焰一点儿也不灼热，将这么一整个人都点燃之后，不但没有散发出半点儿热度，反而像是一大坨冰块，寒风呼呼，整个空间的温度都降低了好几度。

　　"冥火！天啊，宋泳，你要小心！"白癜风倒是一个见多识广的家伙，瞧见胖妞第三只眼弄出来的火焰有些特别，大声朝着离我最近的白无常提醒道。

　　被黑色火焰灼烧的那个人脸上充满了惊悸，嘴巴张得大大的，然而他的声带已经被那火焰灼烧破坏，根本发不出一点儿声音来。不过这种无声且无法言喻的痛苦，更能够向别人传递一种强烈的恐惧，瞧见这张被黑色烈焰吞没的脸孔，以及化作虚无的青烟，所有人都下意识地往后面退了一步。别人倒也无妨，那白无常往后一退，我就被生生拖了一大截，这状况让胖妞怒不可遏，它陡然抬起头，像大猩猩一般身子前倾，仰天一阵大吼："嗷、嗷、嗷……"

　　胖妞这一番愤怒，突然间，有一个巨大的黑影子从它的身上倏然浮现出来。仔细一看，此物几近人形，浑身绿毛，尖嘴猴腮，手长过膝，皮肤上面有沙糖橘一般大小的密集脓包，胸口和下体等主要部位皆有兽骨遮护，独目单眼，宛如蜘蛛一般的复眼，凶煞莫名。

　　这黑影子身长足有三米，巨大无比，伸手过来，一把就将白无常手上的锁链抓住，微微一扯动，那白无常便有些猝不及防地朝一边跌落。

　　白无常跟我交过手，那劲力一般人根本比不过，二般人都不行，此刻却像一个蹒跚学步的小孩，被胖妞身后幻化而出的黑影一把拽了过来。不过他到底是个极为厉害的角色，即便有些意外，但还是稳住了身形，使劲儿一扯，没有被拉过去，于是很光火地将那锁链扔开，朝着旁边跑开。他反应速度极为惊人，却不曾想蹲在地上的胖妞也跟着一跃，直接冲到了这人跟前。

　　胖妞的本体并不大，蜷缩起来跟一篮球差不多，然而第三只眼一睁开，身后幻化而出的黑影足有三米，身高手长，一把就将此人抓了起来。

　　这东西虽是黑影幻化，却宛如实质一般，将白无常抓起来后，往天空一抛，自个儿朝着上方一跃，接着再次抓住了他，然后张嘴一咬，直接将此人的脑袋咬了下来。

　　"嗷……"

　　杀人过后，胖妞的一声叫喊当真是把威风鼓荡充足，将场中所有人的心思牵绊。我仓皇地从地上爬起来，将脖子上勒得紧紧的铁锁链取下。原本胜券在握的白癜风一干人等也是大骇，为首的白纸扇更是调兵遣将，全数朝着胖妞攻击而来。仅仅胖妞一个并不算厉害，但是这小家伙额头上的眼睛一睁，虽然并没有再冒出吓人的冥火，却好像坐入了坦克的驾驶员，直闯敌营，横冲直撞，竟然莫有能与之抵抗者，就算是最厉害的白癜风也无法掠其锋芒。

　　胖妞这突然之间的暴起，虽然不知道缘由，但是却给我们这边的人减轻了许多压力。

　　此刻的它凶猛得宛如恶魔，却并没有伤害我们这一方的任何一人。就在它追着场中另一方满地乱窜的时候，刘老三也蹲在了角落，在我们几人的护翼之下，用一副铜钱谋算着破阵的方法。

　　他这一副铜钱卦象总共有九枚，分属不同朝代，一边根据周围的情境排列，一边口中念念有词，显然是在高强度地破解。

　　胖妞突然狂暴，但是这并不代表着我们能够对集云社战而胜之。在短暂的慌乱之后，那白癜风到底是此间大拿，仔细一打量，便瞧出了漏洞，双手一挥，立

刻有三人站位，与其结成了四象阵法，将胖妞牢牢围在中间，其间有呜呜鬼啸之声萦绕其上，与其较力。胖妞身后的那黑影子虽然强悍，但到底不是实物，当白癜风召集人手布置了对应的步罡斗阵之后，竟然步步都受限制。瞧见此景，那家伙更是从身后取出一面令旗来，朝着胖妞的身上招呼道："这猴子身上的投影并不长久，兄弟们，只要再坚持一两分钟，便能够守得云开见月明了！"

白癜风眼光毒辣，胖妞此刻也真的有些难以为继，被一众人等围着，施展不开，唯有嗷嗷大叫。我瞧见这状况，也顾不得危险，再次上前，结果旁边的一字剑一把抓住我的手，冷静地说道："小子，你还不够强，上去不够塞人家牙缝，就在这里好好守着刘老夫子。硬仗，还是看我一字剑的手段吧。"

这个丑汉说完，手中的碧绿石剑微微一晃，再次朝着前方冲去。

在此之前，一字剑以一己之力硬扛住了此处集云社所有的高手，还斩杀数人，不过他到底不是神仙，在赫赫战绩的背后是累累的伤痕，他能够坚持到现在已经是勉力了。然而在这个时候，他却义无返顾地再次站了出来，冲进了集云社一干高手之中。白癜风是集云社此处巢穴的首领，也是集云社的白纸扇，手段颇为了得，更重要的是他能够一眼看穿复杂的局势，一字剑在前院吸引众人注意的时候，他便已经来到后方；而在胖妞大肆冲锋的时候，他却选择了退守，以柔克刚。此等人物最是难缠，瞧见一字剑冲上前来，他大声指挥，让人拖住这个杀气凛然的家伙。

不过即便他指挥得当，却不料一字剑太过凶猛，竟然三步并作两步闯入阵中，与胖妞会合。

眼看着两者并立、傲视豪雄，却不料胖妞果然如白癜风推测的一般，嚎叫一声后竟然瘫软而下，倒在了地上。一字剑与这魔猿并立，本待并肩而战，不料竟然是来收尾的，他慌忙将胖妞揽于怀中，结果被前后两处杀招击中，一口老血吐出，朝着我们这边跌落而来。

兵败如山倒，眼见我们这边两位可以凭恃的靠山相继倒下，白癜风一阵狂笑："好，看你们现在还如何猖狂？来人，将这伙闯入分社的毛贼给我抓住，老子要用这些人的鲜血来扬我集云社的威名，免得蛰伏日久，江湖人都忘记我们的凶名了！"

白癜风一声令下，诸人纷纷冷笑着走上前来，仿佛我们就是那案板上的肥肉。然而就在这个时候，一直在用铜钱排演破阵的刘老三猛地跳了起来，哈哈大笑道："成了，妈的，居然是这样！"

他一边大喊，一边毫不停歇地将这九枚铜钱射向了不同的方位，速度之快简

直就像是开枪一样，而每一枚铜钱落在准确方位的时候，一种蓬勃的炁场变动陡然发生，这是一种莫名的律动，看似短暂却宛如一场华美的音乐会般漫长。

终于，随着最后一枚铜钱的到位，我们的耳中突然传来一声类似玻璃破碎的声音，接着周围那无边黑暗全部消退，屋子还是屋子，墙还是墙，全部都还原了。

刘老三做到了，他将集云社最为闻名的歃血阴灵阵给生生破掉了。

然而破了阵，不过是解除了禁制，我们能逃过此劫吗？

我心中担忧，白癜风却笑容不减，大声招呼周围的兄弟将墙头占领，不要让我们跑了。这一声令下，立刻有两个身子轻巧的社员飞身上去，刘老三一声哀嚎，说："那家伙还没来，这回惨了。"不过这话还没说完，墙头的那两个集云社员就一下子栽倒了下来。我扭头看去，却见一脸淡然的李局出现在墙头，朝着刘老三满含歉意地说道："刘大师，大过年的找人手花了些时间，抱歉！"

第二卷 青盲年代

第三十五章 琳琅真人苏冷

来人正是我们单位的头儿——李浩然李局长，他朝刘老三表达着歉意，一派温和，然而抬起头来扫向院落中集云社一伙人的时候，双目凛冽如冰。

尽管这院中还剩下近十人的集云社高手，但在李局的眼中，这些人就跟死人没有什么差别。

这白癜风其实就是集云社的白纸扇王斌。所谓白纸扇，就是旧式帮会之中的一种暗语——坐馆大哥就是大档头，又唤作龙头；下方就是二路元帅，又作长老数人；再往下便是红棍、白纸扇和草鞋诸人。这红棍，顾名思义，便是当家打手；白纸扇则是负责社内财务以及出谋划策的狗头军师；至于草鞋，则是对外联络的行走。这三种职位一般都是平级的，不过集云社中，白纸扇的地位要略高于红棍和草鞋。

这是为何？其实也不难猜，现代社会，掌管了钱财便已经足够证明其地位了，更何况王斌此人精于谋略，擅长阵法，是个不可多得的技术型人才。

有本事的人难免心高气傲，向来都有些小瞧旁人，但见墙头突然多了这么一个家伙，白癜风先是一愣，继而怒极反笑了起来："看来我们集云社真的没落了，什么阿猫阿狗都冒出来，真当我们这儿是公共厕所了。"他的脸色一冷，旁边的手下脸上就挂不住了，有一个光头巨汉一声怒吼，一个箭步就冲到了墙角。此人手上有一根长索，蚕丝编织，末端束着一个西瓜大的铜锤，耍得极溜，手腕一抖，那铜锤便宛若流星，朝着那墙砸去。

"轰"的一声巨响，那墙塌了半边，而李局则顺势从上方跳了下来，还不忘朝后面拱手喊道："苏师叔，有请。"

但见一个鹤发童颜的青衫老道从虚无之中一步跨来，也不知道他使了什么手段，便见一个青丝拂尘陡然散开，缠在了那个光头大汉的脖子上。这个老道长着一张娃娃脸,看着就像个小孩儿一样,不过他出手却并不仁慈,拂尘一拉,一个头颅便冲天而起,漫天的血雨喷出几丈高,落下来的时候,竟然像遇到屏障了一般,从他的身边滑落,一滴都没有沾到身上。

怵场,竟然已经强大到这种地步,连落雨都沾不得半分,修道修至这样的境界,怕已是行当中高手的境界了。

被我拽到身前的一字剑双眼骤然眯紧,竟然不去看白癜风等人,而是瞧向了这个跟李局一同前来的娃娃脸老道士。我们自己人都纷纷侧目,而作为敌人自然是如临大敌。白癜风一个闪身,本来想要将手下抢出,却晚了一步,只能做出全神贯注防御的姿态,打量了好一番,这才缓声说道:"阁下好身手,不知道来自哪个码头啊?"

他套着话,那人倒也坦荡,淡淡一笑道:"龙虎山苏冷,你可识得?"

这边报了姓名,白癜风直接就倒吸了一口冷气。我分不清楚这里面的门道,也不知道来人的身份,扭过头去,听到刘老三压低嗓门跟我说道:"这苏冷的道号叫做琳琅真人,在龙虎山是能够名列前五的大拿——前五,你有概念吧?官方最活跃的顶级道门,便只有龙虎山一家,而龙虎山派驻首都的长老,实力连前十都排不上,天晓得这位到底是因为何事,竟然会出现在此处。"

我对于这宗门之类的事情并不熟悉,也不晓得在龙虎山排名前五到底有多厉害,只晓得这名字一撂出来,原来不可一世的集云社一干人等集体歇火,除了一两个愣头青,其余人的眼神直接就朝着退路寻摸而去。

不过这并不是压垮骆驼的最后一根稻草,毕竟琳琅真人只有一个,大家伙打不过,分头跑总是能够跑得脱几个的,然而就在他们这般小心思刚刚浮出来的时候,周边一阵响动,我瞧见一科的罗小涛,我们二科的张北以及黄岐、老孔、小鲁等人都冲进了院子,几乎能佩枪的人都拿着黑黝黝的铁壳子,对准了场中的人。

"不准动,举起手来!"黄岐是个大嗓门,每次喊这句话的时候都能震天响。然而场中的集云社众人并没有如我们所想象的一般举手投降,而是爆发出了一声巨大的厉喝,各自朝着空隙处逃去。

敌人反抗的意志如此坚决,我们这边也就毫不客气。黄岐作为单位里第一神枪手,毫不客气地扣动了扳机,随后小鲁等人也乱枪齐射,手枪射程虽短,但是在这种并不宽阔的空间里倒也够用了。不过速度实在是太快,为了避免误伤,大家还是有些谨慎,没有尽数射杀,对于冲将上前的人,三两个围着,争取将其拿下。

白癜风逃生的意志最为坚决，他身法好，左脚一蹬，人便越上了房梁，刚要转身撤离，却瞧见原本站在院墙前的那个娃娃脸老道，竟然就挡在了他的身后，而当他暴起反击的时候，那人更是宛如鬼魅，与其在极短的时间内交手几十回合。白癜风自己是个全能高手，近战并不怯弱，然而越打越惊，感觉处处受制于人，根本就找不到一丁点儿发挥的地方，而且越往后，那节奏快得根本就停不下来，因为只要他一停下，那狂暴的攻击立刻骤然而至。

白癜风到底还是没有能够跟上节奏，被琳琅真人一记窝心脚踹中心口，直接从瓦梁上滚落下来，旁人一拥而上，将其拿下。

白癜风身为集云社的白纸扇，在金陵这一带也是凶名赫赫之辈，连一字剑都不能与之力敌，然而在短暂的时间内，竟然就被那琳琅真人制服，让人对那龙虎山一般的顶级道门不由生出许多敬畏来。随后，战斗依然还在持续，不过首恶已除，在这般严阵以待之下，倒也没有人能够逃脱。这时的我已经不再关心什么战况，而是从一字剑怀里，将昏迷过去的胖妞接了过来。

瞧见缩在我怀里呼呼大睡的胖妞，我的心中一阵柔软，我不知道这小家伙的身上到底发生了什么变化，但是却深深晓得，它是为了我才忘死作战的。

我紧紧搂着胖妞，不管旁边的风云变幻。这时大局已定，李局走到了我的面前，将我扶了起来，温言说道："二蛋，自你失踪之后，局里面一直都在寻找，还好有铁齿神算刘帮忙，这才将你找到。怎么，你身上的伤这么重，要不要紧，我找人把你送到医院去看一看？"

这大过年的，谁愿意到医院待着？我莫说没多大的事，就算是真的受了重伤，也接受不了，宁愿明天再说。估莫伤情之后，我摇头，说不用。

我这伤势看着吓人，但是没有伤到筋骨，李局长是个明眼人，倒也没有坚持，而是跟旁边的刘老三、一字剑等人招呼。

当初申重瞧见刘老三断阴布局的本事，热情招揽，然而身为一个单位的领导，李局对这事儿却看得十分清楚，晓得刘老三、一字剑这等奇人虽然一身本事，但对这公门中人却还是保持着一定的距离，并不热切，跟他能够有些联系，倒也是看在他人不错的份上。能够保持良好的关系，这已经达到了李局的目标，寒暄两句，便回首过来，将那娃娃脸老道介绍给我们："这是我师叔，琳琅真人苏冷！"

面对这等高手，我们都不敢矜持，纷纷上前点头问好，只有一字剑没有表现出太多热切，一双铜铃似的牛眼睛睐着，仔细地瞄着苏冷。

　　高手之间总是有一种气场在，一字剑虽然还没有达到琳琅真人的境界，但是心中却有一股熊熊燃烧的好胜之心。琳琅真人也瞧见了，平和地说道："年轻人，你的剑不错啊！"一字剑年纪足有三十多，加上长得丑，说是四五十也有人信，平日里向来自恃甚高，被琳琅真人这"年轻人"一叫，顿时就有几分不舒服了，冷声哼道："剑是不错，人更不错。"

　　他这强硬的回答让那来自龙虎山的高手略微有些意外，忍不住再看了他一眼，点头，也不知道是称赞还是讥讽："后生可畏，后生可畏啊！"

　　李局瞧见这气氛僵硬，便插言继续介绍，先是刘老三，然后是南南，又把我介绍了一番，言语之间颇多赞赏。

　　这刘老三是麻衣世家的出色之人，南南是于大师的孙子，这些也就算了，我根本就是李局麾下一个无名小卒，他却用上了"天之骄子"这几个字，着实让我有些汗颜。琳琅真人眼界何其之高，只是应付两句而已，然而就在此时，他微微一偏头，瞧见了旁边的罗大根。

　　罗大根在刚才的战斗中，裤子被人绞得粉碎，这会儿稍微安全些，正光着腚四处找可以蔽体的裤子呢。这模样着实狼狈，然而琳琅真人瞧见到处晃荡的罗大根，眼睛陡然一亮，朝着李局问道："浩然，那一位是？"

第三十六章 龙虎山罗贤坤

李局没有见过罗大根，一时间有些茫然，不知道如何介绍。

我想起了罗大根那集云社大档头朱建龙弟子的身份，害怕他被那些人牵扯进去，于是赶忙将这前因后果——讲明，并且跟李局拍着胸脯保证，罗大根当初进集云社真的是被逼的。而且他在知道我被关在这儿之后，就冒着巨大的风险毅然前来救我，就这一点便说明他跟集云社这伙穷凶极恶的歹徒没有一点儿关系。

虽然没有见过，但是因为牵扯到省钢悬案，李局晓得罗大根这个人的名字，也知道他与我是从小一起长大的伙伴，便没有再追究，而是回过头对自家师叔说道："苏师叔，这位小弟倒也不是坏人。"

"哦，不是集云社的人啊，这就好，这就好，"琳琅真人兴致盎然地看着罗大根，招呼他过来道，"你且过来，让我瞧一瞧。"

罗大根光着腚，本来就已经羞死了，正想着偷偷摸摸找块布给遮着呢，结果琳琅真人这一句话将他直接弄成了场中焦点，顿时就想找个地缝钻进去。不过这个家伙在山里面打了那么久的猎，眼光倒也是极好的，瞧见场中所有的人中地位最高的便是这个娃娃脸的老道士，一听吩咐，便乖乖地走上前来，还羞答答地伸手往下面挡去。琳琅真人也是一个急性子，顾不得旁人的眼光，走上前去，根本不容罗大根拒绝，便上下其手好一阵摸。

罗大根年纪比我稍微长一些，这个年纪的男孩子什么都明白了，然而这男女之间是享受，男男之间怎么都感觉别扭。不过好在琳琅真人并没有观察太久，脱下身上的长袍，将这孩子包裹起来，然后亲切地说道："小子，你天赋异禀，浪费可惜，可愿与我一起回山中修行？"

罗大根虽然被号称"收徒狂人"的集云社大档头朱建龙收为弟子，入了行当之中，但干的一直都是打杂的活儿，也不明白这里面的门道。这话问得他一阵晕乎，没了主意，目光游离了一阵，向我可怜巴巴地求助道："二蛋……"

在场的所有人里面，罗大根最信任的便是我，这并不只因为我是他的老乡、他儿时的挚友，而是因为在这大大的世界里，我们两个才是真正同病相怜的孤独者，只有彼此依偎，才能够在外面这个世界里生存下来。龙虎山到底有多厉害，这个我已经听得耳朵都要出茧子了。在人们的描述中，天下间成规模的顶级道门中，龙虎山、茅山和青城山是三处不可不提的存在，而后两者一直隐世，唯有龙虎山，自南宋以来便一直接受官方招揽，时至今日，势力已经冠绝群雄。在这样的宗门之中，琳琅真人能够名列第五，拜这样的师父，怎么算罗大根都不吃亏。

至少，比在集云社这么一个泯灭人性的地方要好得多，也比在省钢锅炉房里面吃煤灰好。

我朝着罗大根报以最肯定的答复，脑袋点得快要掉下去了。罗大根也不是笨人，晓得这机会是千载难逢，当即就跪倒在地，朝着琳琅真人结结实实地磕了三个响头，大声叫道："师父在上，受弟子罗贤坤一拜！"他这般行为倒也超越年纪，琳琅真人苏冷看得喜欢，摸着罗大根的脑袋笑道："小子，我们龙虎山拜师可没有这么简单，要上告历代宗师，下传江湖道友，光明正大，宴请亲朋，复杂着呢。不过呢，你这一拜，我们师徒倒也算是结缘了，为师暂且收下你这弟子。至于仪式，回山再补！"

说着话，他从腰间解下了一块系有红色中国结的玉佩，送到罗大根的手上，说道："这是为师的见面礼，你且收着。"

罗大根有些不懂路数，愣在当场，接也不是，不接也不是，旁边的李局拉了他一把，让他将东西收下，还笑吟吟地说道："罗师弟当真好福气，苏师叔的这鱼龙玉佩伴随多年，可避百邪，众鬼退怯，是了不得的法器。你且收好，日后入了山门，可要勤奋用功，也不枉费苏师叔这一番美意才对啊。"

瞧见李局一下子就将罗大根认做了师弟，三人好是一番热切，我的心中就不由得有些泛酸。

我自八岁在五姑娘山遭遇李道子，便算是入了行内，然而李道子并不肯收我为徒，反而是用精血将我封印，而后杨二丑是想拿我当鼎炉借以自用，磕磕绊绊来到金陵，整日在办公室中勾心斗角、耗费青春。相比之下，罗大根起步虽晚，但先是朱建龙，又有龙虎山苏冷，算是一步登了天，连我心中的偶像李局都与他称兄道弟，真的是让人羡慕不已。

这边战斗基本已经结束，统计战果，现场十二人，六人被击毙，其余人等都是死战不退，各有伤势，不过所幸抓到了为首的恶徒王斌，且无一人逃掉，算是大获全胜。

这边收拾妥当，李局问我是回局里，还是去医院，我瞧见刘老三朝我眨眼，想起我跟他还有几笔旧账没清，便说跟那家伙走。李局没有阻拦，又看向罗大根。大过年的，罗大根虽然新拜了师父，却还是想跟我一起，琳琅真人对于这一点倒也没有什么限制，说他大年初五才回山，给这新收的弟子放几天假，处理一些家事。

如此一商量，众人皆忙，而我则跟刘老三、一字剑、南南和罗大根一起离开。李局长想得周到，竟然还给我们安排了一辆吉普。

不过这也是应有之理，饱受三天折磨的我浑身伤痕累累，一字剑也是一身鲜血，反倒是刘老三，本事不大，伤口却是一个都没有，让人啧啧称奇。这吉普是小鲁在开，我倒也没有什么好防备的，挤在后排掐着刘老三的脖子问，这事儿是不是他挖好的坑给我跳。刘老三打死也不承认，不停唠叨着他这几日找寻我的辛苦，反倒是一字剑，用药止血之后一言不发，生怕说漏了嘴。

集云社所在的巢穴在郊区，进城时已是新年，不过当我们到达于大师的小院时，热腾腾的饺子却是刚刚出炉，南南引着我和一字剑去沐浴更衣，顺便帮我们俩上药，至于胖妞，被南南小心地放在了他的床上。

热水是备好的，我和一字剑在淋浴间里坦诚相对，我瞧见这个跟我差不多高的丑男人一身横肉，那肌肉像岩石一般坚硬。

我们两人都不是什么能言善辩之辈，一时间也有些尴尬。我看着一字剑毫不在乎地用水清洗着伤口，没话找话地说道："黄大侠，你这伤没事吧？"我和一字剑认识，但没有怎么说过话，这称呼让他脸上的肌肉一抖，不习惯地说道："又不是旧社会，叫什么黄大侠？你跟刘老夫子是忘年交，直接叫我老黄，或者一字剑便好。"

一字剑长得丑，性格也偏激，但是对朋友倒也不错，我跟他谦虚两句，也没有客气，聊了两句伤势，我突然问道："刘老三总是坑你，你干嘛还跟他在一起啊？"

这话题有些敏感，一字剑愣了一下神，这才说道："我啊，在遇到刘老三之前，不过就是个杀猪的屠户，虽然有个铁饭碗，但是因为长得丑，总是被人看不起。后来经过刘老夫子的指点，跟了一位奇人学艺，练得一身本事，只可惜那奇人撒手人寰之后，我又得一个人闯荡江湖。我这个人脾气臭，没几个人喜欢，也没有人瞧得起，后来闯了几次祸，也是刘老夫子帮忙收的尾——他曾经跟我说，跟他混，以后这江湖之上，顶尖的高手中必有我的一席之地，我也信了，就这么混着呗。"

一字剑说这话，我顿时就感觉这人真蠢，刘老三这样的江湖骗子，说的什么大话他都信，活该被玩死。

沐浴更衣后，重新来到小院，大家都在等我们吃饭。于大师是靠手艺吃饭的，从来不愁吃喝，虽然当下物资不丰富，但桌子上鸡鸭鱼肉倒是都有，酒也有——茅台陈酿，于大师说是黔州的一个朋友送的，当做酬金。有好酒，而且又是死里逃生，大家喝得都很开，连受伤的我和一字剑都忍不住喝了两杯。刘老三好酒，但酒量不高，几杯下了肚，人就飘了起来，拉着我的胳膊，嘿嘿笑道："陈二蛋，我告诉你，你大难临头了，知不知道？"

我不知道他在说什么，只以为他醉了，想扶他回房休息。然而他却又灌了一杯酒，接着猛然一瞪眼，朝着我的脖子上一喷。我感觉酒液沾身，一阵灼烧般的火热从脖子上传来，手一抹，竟然是那黑乎乎、散发着恶臭的浓浆。

第三十七章 口嚼大蒜夜话长

这情况让我瞬间就不淡定了，一把抓住刘老三的胳膊，问他到底对我做了什么。

我这当然是胡搅蛮缠，喷这一口酒，怎么可能将我脖子弄成这般模样，这终归还是我自己的问题。不过我当时也是急得不行，没有了办法。这时所有人都围了上来，罗大根瞧见我的脖子，吓了一大跳，大声喊道："二蛋，你脖子上怎么有这么多淌黑血的印子？"他这般一说，我顿时就想起了大战之前跟杨小懒的那一场贴身缠绵，接着我又想起了后面那一场战斗，杨小懒从始至终都没有露面。这到底是怎么回事？

我心中有鬼，自然不敢当着众人的面说出此事来，只有将喝得醉醺醺的刘老三拉到一旁，压低嗓门问道："到底怎么回事？"

刘老三睁开一双醉意蒙眬的眼，打着酒嗝，脸上浮现出坏坏的笑容，说道："呃，你给我老实交代，你跟当初走出房间的那个女人到底是什么关系？"他瞧着仿佛醉了，眼眸深处却还是有光芒浮现。我晓得这个老家伙的八卦之心肯定在熊熊燃烧，不刨根问底是决不罢休的，于是告诉他，那个女人就是我曾经提起过的杨小懒，也就是邪符王杨二丑的女儿。

我说的是实话，没想到刘老三却嗤之以鼻，摇头表示不信："你娃哄鬼咧，当老夫不晓得是吧？那杨小懒才十六岁，而从地牢里走出来的那女人，足有二十五六，你当人是西瓜咧，催点肥料就噌噌往上长啊？"

我见刘老三不信，便将此事的来龙去脉给他讲清楚。在得知杨小懒曾经被一埋葬了白莲教舵主的墓中老鬼附身之后，刘老三这才勉强相信，接着沉吟："如此说来，倒也可以解释她为何一年时间的变化就这般大，也晓得你脖子上面的这鬼啃黑印是为何来了。"这个家伙是算命出身，没事就喜欢藏着话头，我没办法，求他破解。刘老三推三阻四，过了好一会儿，他才给我开出了条件："帮你解开这鬼啃黑印倒也不是什么麻烦事，不过情分归情分，生意归生意。我刘老三对你真不错了，忙活到头，那饮血寒光剑居然就这么给你了，若以后你发达了，可得帮我办三件事情才行。"

这家伙当真是想像使唤一字剑那般使唤我，我心中不愿，跟他讨价还价道："三件太多，一件行不行？"

我本以为那家伙寸土不让，却不料他嘿嘿一笑就答应了，反问了我一个问题："嘿，二蛋，你小子不错啊，这么小就有女人缘。那我问你一个事儿，那女人啃你的时候，爽不爽？"

这人别的事儿倒也还好，唯有一提起那男女之事，满脸的猥琐，让人十分难以接受。

不过想到他的厉害之处，我便没什么隐瞒，老老实实地说道："嗯……爽！"

刘老三瞧见我这般老实，一拍大腿，哈哈笑道："行，二蛋，冲着你这实诚劲儿，老夫今天就给你打个五折，给你讲一讲了——那杨小懒呢，之所以会变成这般模样，是因为她身体里面多了一头恶鬼，吸食她的阳气，加速了她的衰老，以至于一年之内长了近十岁，如果她再这样下去，恐怕活不过四五年，就会阳气枯竭而死。不过女人嘛，先天还是有优势的，特别是像她这么漂亮的女人，只要豁出去，倒也不愁——她这次来找你，恐怕也是看中了你的童阳之身还未破戒。此事并不复杂，只需吞服半斤生大蒜，然后姜汤熬煮过后擦拭身体，阴气自然便会消解。"

我心中郁闷，大蒜能够驱腥去邪，生姜能够活血化瘀，这都是最基本的法子，就是这两句话，让我欠了刘老三一个承诺。

难怪那个家伙答应得这么爽快呢，说不定我去问于大师或者一字剑，人家随口便会告诉我了。

刘老三吩咐完，自个儿跑到于大师的房间睡觉去了，旁边的南南倒是肯帮忙，去弄了一大堆的大蒜来，还去厨房帮我煮熬姜汤。这少年话语不多，手脚却十分勤快，让我感觉跟我那哑巴哥们挺像的，也讨人喜欢。当时已经到了后半夜，大人们相继睡去，而我和罗大根则在葡萄藤下面的石桌前坐下，一边剥蒜，一边聊天。

对于未来，罗大根有些彷徨，他曾经在集云社待过一段时间，晓得这江湖行内并不平静，稍有差池就会殒命，这跟他之前的生活天差地别。不过今天那个琳琅真人苏冷的表现，也让他憧憬不已，幻想着有朝一日，自己也有如此的身手，衣

锦还乡，却也是风光无限。他心中忐忑，惶恐不安，嘴里面的话便多了起来，一会儿忧心忡忡，一会儿又浮想联翩。

我先前虽然有些羡慕、嫉妒，但是看到罗大根有一个好的前程，也是替他高兴，安慰了好一会儿，再想想自己，心中又有些难过。

此去经年，罗大根已是名门子弟。而我呢？我陈二蛋身负十八劫，能不能活到十八岁都还是一个谜呢。

我心中伤怀，口中又嚼着大蒜，泪水都往心里流，拉着罗大根说了好久的话，那话啰哩啰嗦，至今已然记不清楚，大概的意思便是"苟富贵、勿相忘"。罗大根信心满满，拍着胸脯说自己进了龙虎山之后，一定好好混，到时候把我也接过去，他当龙虎山老大，然后给我个一字并肩王坐一坐，就像隋唐演义里面的靠山王杨林一样。

那夜我和罗大根谈了很久，畅所欲言，说的话抵得上我在单位的一个月，后来回想起来，那个时候的我们都好单纯。

那是我跟罗大根最后一次促膝长谈，他并没有再多待，次日中午，因为琳琅真人有急事返回龙虎山，他甚至都没来得及与我道别，便离开了金陵。而后我因为伤势，也获准不用上班，直接搁宿舍里休息。我也是个闲不住的人，没事就整天跑于大师那儿。不过我去那儿，一不是惦记那把让许多人眼红的饮血寒光剑，二不是要跟刘老三拉什么关系，主要是跟一字剑黄晨曲讨教些功夫。

我认识的所有人里面，一字剑绝对不是功夫最高强的，也不是手段最厉害的，他虽然能耍得传闻中的飞剑，但基本上一剑过后，腿都软了，不是逼急了，轻易不会使出来。但是我却不知道为什么，跟他特别投缘，而他也肯指导我一两手功夫，让我不只是凭着一股热血和蛮力上前争斗。

那天在集云社的经历给了我很大的刺激，如果一个人没有本事，那么谁都能够欺负你，不但生死不在自己的掌控之中，就连节操这玩意都保留不住。我先前心尤畏惧，没有怎么修习《种魔经注解》，不过这回即便有人拦阻，我也得咬着牙上了——因为之前我在金陵闲适无忧，但是杨小懒和集云社的出现，让我顿时就感觉到危机重重，一点儿也不敢马虎，即便修魔会有后患，此时也顾不得了。

刘老三把这些看在眼里，但他除了劝，也没有办法，不过他总是对一字剑说道："这个家伙，以后若是真成了一个魔头，你可得为民除害。"

一字剑嘿嘿笑，不怀好意地看着我的脖子，仿佛随时都有可能飞出一剑，取我项上首级。

刘老三是个极为聪明之人，对于我的小心思，他多少也能够把握得清。有一天他拉着我到角落，问我道："你是不是觉得你应该比你朋友罗大根强许多，为何那琳琅真人收徒，选他不选你？"他这话简直就问到了我的心坎上，我问他为什么，刘老三嘿嘿地笑了起来："当初我给他摸骨，一抓那裤裆，便晓得他跟龙虎山天师道有缘。这是为何？龙虎山分属正一教符箓宗，与符箓三山中的茅山和皂阁山不同，他们一直都是国师之位，历来最重双修之法，就本钱而言，你真不如你那兄弟。"

刘老三一席话说得我哑口无言，较劲的心思也就淡了许多，不过依旧辛苦修行《种魔经注解》，希望能够在杨小懒接下来的报复中得以幸免。

不过我整日惶惶不安，杨小懒却并没有来，反而是一天我返回宿舍，门房大爷告诉我，说申重白天来找了我两回，让他转告我，明天早上还会过来找我。

申重调到省里去了，虽然我们还在一个城市，但是彼此的联系却算是断了，我不知道他找我这么急是为了何事，于是第二天也就没有出去。申重如期而至，告诉我一个让我十分意外的消息——金陵大学组织科考队奔赴神农架，请求配合，省局抽调了精干小组护送，而刚到省局不久的申重奉命组建，这次是过来招揽人手的。

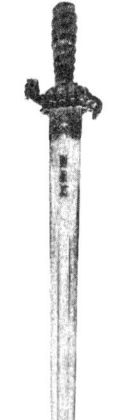

第二卷 青盲年代

第三十八章 分离不过是另一种的开始

那年代，百废待兴。申重由我们二科上调到省里没多久，便获得了机会，负责牵头这个任务。

这是申重领到的第一个任务，自然是极为尽心，不过这事儿能够落到他的手上，只能说明一点，那就是上面其实并不重视，也没打算投入什么力量，一切都需要靠申重自己。对此，申重表示了十二分的无奈，不过当局已经被余扬那边的事情闹得十分心烦，他也没有办法再去找上级闹，于是思考了一番之后，跑回了老单位寻求支援。

申重告诉我，当接到这个任务的时候，他脑海里面想到的第一个人就是我陈二蛋。

他永远都记得一个刚刚加入科室的新人，冲入黑漆漆的水库，与一条巨大的鲶鱼精怪搏斗并将其杀死，这样的人才是他的工作组最需要的。申重讲起此事的时候，我心中并没有一点儿得意，因为我后来得知，那鲶鱼是杨大侉子通过阵法将怨魂注入而产生的精怪，这里面还有很深的纠葛，只可惜我们并没有再深入去挖，否则说不定就能够找出许多尘封已久的往事来。

比如集云社的大档头朱建龙，我们或许能够顺藤摸瓜将此人找到，并且送入监牢。

面对申重的要求，我并没有表现出明确的意向，而是问他整件事情到底是怎么一回事。申重告诉我，这件事情其实是金陵大学考古系的程老提议的——程杨程教授是考古系的国宝，精通秦汉至南北朝的历史，还曾经参加过几年前长沙马王堆的考古工作。而此次的科考工作，据说是由马王堆中得到的线索，两者有一定的关联，如果成功，必将对我国的考古工作有极大的促进作用。

马王堆的出土牵扯出十分复杂的事情，乱象纷纭，据说还有人为此付出了生命。而此时距马王堆考古结束不久，如果消息传出去的话，说不定又会引起轩然大波，到时候就需要我们出手将局势稳定下来。

申重的解释是这样的，不过我总感觉这也就是一个响亮的口号而已，上面若真的重视，这位老大也不会千辛万苦地跑回原单位来招兵买马了。

由此可见，上面对金陵大学这一次的请求并不是很在意，说不定派出申重也只是走一个过场而已。

我心中明了，问申重的打算是什么。他瞧见我一脸平静，也晓得骗不了我，苦笑着说道："我是从江宁这儿调上去的，如果去别的地方要人，说不定人家根本就不理会咱。我之所以能够去省局，其实还是因为李局的大力推荐，所以我呢，有事情找娘家，从我们江宁分局找些人，再去部队上面弄点人来，到时候有人有枪，就没有多少好害怕的地方了。"

我想了想，然后问申重："金陵大学那边有没有把考古队的名单报上来，有没有一个姓张的……呃，他叫什么名字来着，一时忘了，反正就是一个三十来岁的男人，应该就是那位程杨教授的学生。"

申重眯着眼睛想了一下，这才回答道："嗯，还真有这么一位，听说是个头脑很厉害的角色，本来没有他的，后来程老准备把他当做衣钵传人，于是将他带上了。"张知青是小妮的父亲、一枝花的丈夫，跟我也算是半个朋友，他既然要去，那就算是为了一枝花娘俩儿，我也得争取一个名额，要不然我自己都有些不放心。

申重在我这里得到了确定的答案，非常高兴，接下来他将去接触我们二科的几位同志，也会找一科的熟人。这事儿也还只是在筹备，真正出发可能要到三月中旬，那一段时间我们单位应该不是很忙，所以暂时有人手可供借调。

申重离开之后，我带着胖妞再次前往于大师家，却没想到正好碰到过来与于大师告辞的刘老三和一字剑。

刘老三当初赶来金陵，是因为他师弟黄养神在金陵郊区瓦浪山水库离奇死亡，他过来调查，而如今事情已经真相大白，罪魁祸首杨大侉子认罪授首，就连知晓些内情的白纸扇和一众喽啰都死的死、伤的伤，他总不能挖地三尺，将集云社的大档头都给弄出来吧？事情基本上算是解决了，所以他来与于大师祖孙辞行，跟我也打一个招呼。

刘老三并没有透露自己的去向，也没有给我留下联络地址，区区一句"有缘再会"并不能够表达我们之间的情谊，他过来将我紧紧抱住，笑道："二蛋啊，你要

加油啊，一定要强大起来。到了那个时候，饮血寒光剑用起来，当真是无人可敌呢。但那时你可别忘记了，你欠我一个承诺。"

都到了这档口，他也没有忘记提醒我对他的诺言，这言语让本来满腹离愁的我顿时就笑得不行，指着他的鼻子骂道："滚，滚得越远越好！"

话是这么说，但刘老三的离去还是让我的心中骤然一空。这家伙表面上看着十分不靠谱，然而走的时候还是给我留下了一个东西。那是一张纸条，上面写着一个耗费大量精力做出来的推算，这东西与我无关，却与寄居在我小宝剑里的白合有关系。因为那个鬼妞儿倘若想选第三套方案，便需要与纸条上罗列出来的诸多款项一一对应，方才能够真正实现她的愿望。

所有人对刘老三的离去都没有表现出太多的伤感，然而当他和一字剑的背影真正消失于小巷子的尽头时，我们的眼睛都不由得一阵发酸。

无论如何，刘老三都是一个让人恨不起来的可爱人物，我想我一定会想念和他在一起的日子的。

刘老三离去后，于大师给了我一个新鲜玩意，准确地说，这东西应该是给胖妞的。当日胖妞额头上面的第三只眼睛突然睁开，爆发出来的巨大力量让小辫子少年南南震撼不已，心中也生出了许多仰慕之情，后来一直缠着自家爷爷。而于大师在被无数次纠缠之后，从自己的家当里面找出了一些神秘的东西，费尽周折，终于将此物做了出来。

这东西就是一个由特殊金属制成的圆筒，平日里就挂在胖妞的脖子上，若它发狂，睁开额头上面的第三只眼，那么这东西便能够将外放的气息收敛起来，化作一根炁场铸就的棍子，上捅天，下立地，十分神奇。

不知道是不是天赋，胖妞对棍子之类的东西最为擅长，当初跟努尔学的时候也有模有样。不过它后来一直都没有再睁开第三只眼睛，无论旁人如何努力，都动不得分毫。这圆筒是一件小东西，充满了别致的理念和简约的风格，胖妞喜欢得不得了，向于大师和南南又是鞠躬又是作揖，模样十分滑稽，根本瞧不出当初手弑敌手的那残暴和刚烈。

刘老三离开金陵后，我便没有继续赖在宿舍，而是返回了工作岗位。然而不知道是因为我离开太久，还是另有变化，我总感觉有些不对劲。我很快便发现，在科室里有着二老板地位的黄岐总是迟到早退，原本总是处心积虑地找问题针对我们的他竟然明知故犯，往往半天都见不到人影。

私底下，对于黄岐异常的表现，我还是十分好奇的。听向荣大姐说，黄岐好像正在跟一个女孩儿搞对象，所以经常没在岗位上。

我以前不喜欢上班，大部分的原因都在黄岐身上，而现在办公室里很少见到此人，倒也是一件极为愉悦的事情，便感觉日子也没有那么难熬了。时间转眼到了二月末，先前我们一直都在忙集云社的事情，然而事情并没有进展，存活的几人虽然都被关了起来，但是他们什么也不知道，所有的事情都是由白纸扇一人操作的，若是想要一网打尽，必须得用雷霆手段。

只可惜大家还没有将方案讨论出来，被抓的集云社众就都在同一个晚上相继毙命，连社内有头有脸的白纸扇都未能幸免。

这事发生之后，几个科室的负责人都相继被叫入局长室谈话，而我也被人事的欧阳叫了过去。

第三十九章 三月上旬工作组

局里出了这么大的事情，而且还是最让人忌讳的杀人灭口，我几乎不用打听，都能够想象得到上面的震怒。

整整一个早晨，楼里面都能够听到李局和吴副局长办公室传来的咆哮声，我们行动处的处长唐曦，以及一科罗小涛、二科张北、后勤科的皇甫凌云，这几个中层干部被轮番训斥，仿佛天都要塌下来了一般。同时以李局为首的内勤自检小组也立刻成立了，对此事进行调查。不过目前被叫去谈话的都是各科室的头脑，连下面一级的副科，也就是负责人都没有涉及，所以当人事的欧阳过来找我说李局有请时，所有人都诧异地看向了我。

我心中无鬼，倒也不慌，来到李局的办公室，瞧见这个国字脸的威严男子一脸凝重。

他心情不好，不过并没有迁怒于我，而是心平气和地让我坐下，然后问我道："小陈，怎么样，最近工作得还顺心吗？"

在这风口浪尖的当下，领导突然找我谈心，让我有些摸不着头脑，勉强说了两句。他瞧见我一脸紧张，好言宽慰道："最近局里面的确是出了些事情，也的确让我们大吃一惊，不过跟你没什么关系。这次找你过来呢，是因为省局那边发来了一个借调的公函，具体的事儿我相信申重那个家伙已经跟你通过气了，所以我想要了解一下你自己的想法。"

李局时间宝贵，说话从来都是直截了当，而我没有思想准备，一时间愣在了当场，瞧见我支吾半天没有回话，他笑了，轻轻地敲着桌子，对我说道："小陈，你知道新进的这几批人里面，我为什么最欣赏你吗？"

我摇头，表示不明白，李局看着我，微微笑道："我欣赏你，并不因为你是我那新来小师弟的儿时伙伴，在我的字典里面，人情有，但从不体现在工作之上。在我看来，我们国家、我们单位，人从来都是多的，天才者多如过江之鲫，但是真正能够做事、能够倾尽全力搏命的人不多，而我在你的身上看到了这样一个特质。龙游浅滩遭虾戏，虎落平阳被犬欺，每个人都有低潮，但你却有一飞冲天的资质。江宁分局这儿，事情有，但不多，作为一个单位领导，我爱才，但是作为一个长辈，我还是希望你能够到更大的舞台。所以，对于这次借调，我是持赞成态度的。"

李局说得言辞恳切，这么一番好夸，将我说得心里暖洋洋。我之所以努力工作，遇事打拼，不就是为了这么一份认同感吗？

李局在表达了赞同的意见之后，事情就简单很多。省局的借调令三月初才生效，距离现在还有大半个月，不过李局批准我上班时间不用太固定，如果有事也可以不用来局里——过年之后，分局的首要工作是自查，到时候人人自危，他不希望因为这事儿影响到我的情绪。再说了，真正的修行者如果案牍劳形，实在是走不远。这事儿他会通知到我们二科张北那儿的，让我不要担心。

晕晕乎乎地回到二科办公室，我还在为李局的另眼相待而感到兴奋，说实在的，我这个人别的不好说，就是一直都很幸运，无论是巫山后备培训学校的戴校长，还是江宁分局的申重以及李局，对我都是照顾有加，虽然总是会碰到一些看我不顺眼的人，但跌跌撞撞总能够囫囵个儿地一路走下来。

局里出了这么大的事情，人心惶惶，黄岐也在办公室，瞧见我回来，便上来开玩笑："嘿，我说二蛋，李局不会是通知你下午去内勤自检小组报到吧？"

我瞧见他眼神恍惚而闪烁，又想起这些日子来他的狐假虎威、狗仗人势，心中顿时一阵恶心。反正我要走好长一段时间，再说这借调虽然关系还在分局，但是看李局的意思，好像是想让我去更大的舞台，既然如此，老子干嘛要理会这种人，于是恶狠狠地盯着他说道："李局说我们内部有奸细，问我是谁，我说就是你，黄岐！瞧瞧你这段时间，整天不见人影，一看就没有什么好事。"

我也就是随口一说，黄岐顿时就暴怒起来，伸手过来抓我，大声喝道："你狗日的敢诬陷我，你不想活了？"

黄岐这般作态，倒是有些色厉内荏了，论枪法我没他强，不过说到打架，我虽然年纪小，却能够甩他一条街，随手拨动三两下，他便直接倒在了地上。这家伙是个狗脾气，从来没有人跟他这么较过劲，顿时就不依不饶，还要来挠我。这时张科从外面回来，一通呵斥，他才悻悻停歇。我回了座位，旁边的老孔便轻声问道："二蛋，李局找你是不是因为省局调人？"

申重能找的人手就这么多，我一个，老孔肯定也算一个。我点头，问他去不去。老孔摇头，说申重倒是找过他了，不过他没有答应。

我有些疑惑，而老孔则摇头苦笑道："二蛋，我有什么本事，自己晓得。再说我年纪也大了，不能跟你们年轻人比，拖家带口的冒不起险。"老孔闭口不谈，我感觉他这理由其实也有些牵强，不过每个人都有秘密，我也没有必要刨根问底。说完李局的安排，老孔还告诉我一个消息，说到时候小鲁应该会跟我一起去，他毕竟是年轻人，也有些受不了黄岐这个家伙了。

我们两个谈着，电话响了，张科长接起电话听了两句，郑重其事地点头，完了之后，他站起身来宣布了李局对我的决定。

有了李局的吩咐，我也没有再装模作样地坐班，中午在饭堂吃过饭后，我便返回了家中。

胖妞依旧没在，这个家伙那日惊艳亮相，恢复过来之后，还是一胖乎乎的小猴子，得了于大师帮忙炼制的那圆筒也没用，就吊在脖子上当个挂饰。不过这个家伙可比我有名，出门一打听，我便晓得它又去了附近的机关幼儿园，陪着小孩儿玩耍。我闲着无事，走过去找它，到了地头，瞧见一群小萝卜头儿围成一个大圈儿，而中间那个上蹿下跳的家伙，可不是胖妞吗？

城里人没怎么见过猴子，特别是这么通灵的家伙，不过这些小萝卜头跟胖妞已成朋友，围成这般模样倒是有些稀奇。我走近一看，瞧见胖妞不知道从哪儿拿了一根树枝，正在那儿耍棍呢。

我以前也见过胖妞耍棍，不过就像是小儿游戏。然而此刻，但见它舞棍风风，耍的竟然是一个源自少林的套路，名唤猿猴棍法，诸般棍法雷霆惊出，倘若忽视其外貌，俨然就是一方名家大拿在舞动行走，让人感觉一口气血憋在胸口，恨不得大声呼唤一个"好"字出口，方才罢休。

这个跟着我好些年头的小猴子，现如今竟然已经这么厉害了？

我没有去打扰胖妞，而是在远处默默地看着胖妞将这一整套棍法犀利地耍完，心想倘若是我自己，在胖妞暴起的时候，只怕也扛不住这一通揍。这么一想，我便决定以后出任务的时候都带着胖妞，即使被人误会也没关系，到时候有劫难，我也能够有一个帮手在旁边。另外，刘老三虽然将白合转生的方法给了我，但是我仔细一看，的确有些难，机遇难得，而白合在我小宝剑中的这段时间里，是不是也可以帮点忙？

那个女鬼据说是杨大侉子用九阴聚魂阵凝练而出的,还有一些本事呢。

这么想着,顿时满满的安全感。

二月中下旬我都没有怎么去局里面了,集云社白纸扇一干人等离奇死亡一事从最开始的沸沸扬扬,到后面竟然被压了下来,接着就是一系列的人事调动,吴副局长和一科科长罗小涛相继调离江宁分局,随后又是一阵洗牌。不过这些跟我没有什么关系,三月初我接到调令,前往省局工作组报到。

老孔说得没错,小鲁果然跟我一起,不过让我意外的是黄岐居然也一同前往。

有车将我们分局的三人拉到了西郊的一处大院里,申重亲自在门口迎接我们,我和小鲁跟他很熟,言语之间十分热切,而黄岐则在旁边默然不语。申重领我们进了院子,直走而入,来到了一处很大的办公室,给我们介绍工作组的其他成员。工作组目前包括申重在内已有六人,四男两女,成员很杂,来自各处。正介绍着,门被推开了,一个戴着黑框眼镜的短发女人走了进来,环视一圈,问道:"我是戴巧姐,请问谁是申重?"

还在跟我们说话的申重回过头去,看着这个年轻的短发女人,顿时笑容就堆积到了脸上,忙过去握手:"巧姐,老局长跟我打过招呼了,欢迎,欢迎啊!"

第四十章 抵达神农架林区

这个新来的女人年纪并不算大，估计也就二十来岁，不过这利落短发、黑框眼镜的装扮，硬是将她原本青春的气息生生压下，给人的感觉就好像四十多岁、暮气沉沉的大妈。不过这并不是我们好奇的地方，我们好奇的是申重对这人的态度。

他是这个工作组的负责人，刚才还在"拿腔作势"，没想到这个女人一进来，立刻露出了可以说得上是谦卑的态度，这就有些值得琢磨了。

而申重这般热切，那女人却露出了一脸不怎么乐意的笑容，压低声音说道："申队长，我父亲是我父亲，我是我，请不要因为他的原因给我任何照顾。"

她说得郑重其事，而申重则有些尴尬，讪讪笑道："话是这般讲，不过将门虎女，你的名声在外，一等一的高手，工作组有你的参与，那可真的算是如虎添翼，我的工作也会好做许多了。"申重的话语之间极为推崇，这话让人听着舒服，这个叫做戴巧姐的年轻女人则微微颔首笑道："我来这儿也是组织安排，至于后面怎么做，全凭你做主，一切以你为主，不用担心太多。"

戴巧姐看着蛮有本事，而且为人也十分平易近人，申重如释重负，又将她好好夸了一番，然后领着她过来与我们介绍道："这位同志姓戴名巧姐，是个了不得的人物，一身手段，刚刚加入我们单位，大家认识一下。"

戴巧姐与我们见面表情淡然，有一种不经意就流露出来的优越感，而我从刚才的对话中晓得，她是申重老上级的女儿。

所谓老局长，莫非就是戴校长？若是如此，这个带着黑框眼镜的女人可就是戴校长的女儿了。

办公室中十人集聚，便是申重领导小组的大部分人马，而据申重介绍，到时候行动开始，还会从军区派一个班，也就是十位战士过来进行加强，然后组成工作组最终的阵容。除了那些不用管太多事情的战士之外，我们人员已齐，申重给我们介绍起了此次任务的特殊性来。

事情还要追溯到很久之前的马王堆汉墓出土工作。位于长沙东郊的马王堆汉墓是在二十世纪七十年代的第一个年头被人发现的，那时当地驻军准备在那儿建造地下医院，结果施工中经常遇到塌方，而用钢钎进行钻探时，从钻孔里冒出了呛人的气体，用火一点立刻化作神秘的蓝色火焰，后来经过勘查考古，被确定为一处墓葬群，埋藏着汉初长沙丞相轪侯利苍以及他的妻子、儿子。

马王堆汉墓的发掘，出土了三千多件珍贵文物，这里面有五百多件制作精美、纹饰华丽、光泽如新的漆器，也有大量绢、绮、罗、纱、锦等丝织品、鼎器、铁器以及各类珠宝金银若干，不过最为珍贵的是三号墓中出土的大量帛书，包括《易》《老子》《战国纵横家书》《养生方》等汉初学术与方术文献，涉及占卜、星相、医术、房中术等诸多内容，相传这里面有最为宝贵的先秦两汉方士修行法门。

财帛固然动人心神，然而对于修行者来说，能够接触到这两千多年前的修行法门，那才是最为重要的事情。据说当时有人为这些法门起了争执，最终动了手，闹出了许多是非。

而作为马王堆考古工作的成员之一，金陵大学考古系的程杨教授根据当年出土的两幅古地图，经过多年的潜心研究和对比，终于发现了另外一处墓葬群落，如果能够将其确定并且挖掘出来，定然是一件堪比马王堆汉墓群落发掘的大事件。当然，这也只是程老的一面之词，只有最终确定下来，上面方才会投入真正的人手和力量，而我们这一次，主要还是护送和保护科考队能够顺利地进行确认工作。

即便如此，上面对于此事还是体现了足够的重视，不但我们这些人被从各地抽调而来组成工作组，而且上头交代，程老交代的一切事情都由我们去地方上进行协调，力保此次的科考工作得以顺利实施。

谈完了此事的背景，申重一脸的凝重，环视着我们所有人，然后一字一句地说道："这件事情关系重大，一旦被证实，必将引来无数人的窥探觊觎。从今天开始，所有人都不能私自与外界联系，把紧口风，统一行动，任何将工作组的事情透露给外人的行为都将受到最严厉的惩戒。我希望各位明白一点，那就是马王堆当初的混乱绝对不会存在，有些人也不要产生侥幸心理。"

宣布纪律之后，工作组的气氛便显得有些凝重，不过我们也晓得，这件事情倘若真的得到证实了，必然引起轩然大波，很多江湖中人一旦知晓，便有可能像闻到鲜血的鲨鱼一般寻味而至。

申重一开始就将此事的重要性给我们讲明，而后便是封闭式训练，进行团队默契的训练，也让我们这些从各处抽调而来的人员彼此熟悉。这段训练让我印象最深的就是那个姓戴的年轻女人，模样平平的她竟然是修行者，也是我们这个小组里面实力最为雄厚的人。她精通咒诀，无论是画符还是布阵，都有一套手段，按理说她这样的人来做领导最为合适，只不过她也只是刚刚加入我们部门，还不足以担当大任。

除了戴巧姐之外，还有两个修行者，一个是来自余扬的丁三，另外一个是来自建邺的谷夏。

前者是出身河帮的水性高手，一身的暗器功夫；而后者祖上则是搬山道人，精通各类盗洞挖掘之事。工作组中年纪最小的我也受到大伙儿的关注，一来是因为我肩膀上面一直蹲着的那肥猴子；二来也因为我这些日子以来的修行，使得我整个人都有些精气外露，一双眼睛锋利如刀。

队伍的磨合在继续，我在这里有申重这老领导的照料，而且为人也算和善，不与人争，倒也跟众人保持了良好的关系。

一个星期之后，金陵大学考古系里，以程杨教授为首组成的科考队也准备齐当，总共有九人，六男三女，这里面除了两个助教和一个行内好友老孙之外，其余的都是程老的学生，其中便包括了小妮的父亲张知青。我们在这处西郊的大院中见过面，程老便马不停蹄地跟申重磋商起考古的工作进度，而我则找到张知青谈起了此行的事情。

我在工作组的事情，之前就跟张知青通过气，他也表示了期待，如今在此见面好不高兴。张知青是程老的得意弟子，晓得很多不为人知的事情，他低声告诉我，具体的地址是程老和那个行内好友参照马王堆的古地图确定下来的，为了确保安全，除了他们两人之外没有任何人晓得，当然也不会告诉我们这边。

这事儿我倒不操心，听说就在神农架北部那一片区域，至于具体的方位，我跟着大部队就是了。

科考队并非空着双手，还有许多便携式的勘探设备，这些都被程老带了过来，而他与那名白胡子的行内好友孙策符、申重以及戴巧姐几位领头的干部开了一下午的会后，当天晚上便宣布了行动计划，我们将于次日奔赴鄂北，开始此次科考工作。大家憋闷了一个多星期，终于成行，几乎都欢呼起来，与我一个房间的小鲁甚至整晚都没有睡着，第二天早上睡眼惺忪。

我们是被三辆绿色军车从金陵一路拉到鄂北的,与我们同行的还有省军区抽调的十名战士。

路况不好,我们在军车的后厢颠簸了两天,方才到达了鄂北靠近神农架林区的一个小县城,我们在那儿休整一天,采购了足够的物资之后,又来到了林区北部的一个乡。到了这儿,就没有可供车行的公路了,申重拿着介绍信,在当地一个村子里暂时落下了脚。大部队在此歇着,而程老则带着人先行进山,勘测地形。

他带的人并不多,而我就是其中一个。

第二卷 青盲年代

第四十一章 离奇失踪，山中夜行

神农架位于鄂北省西部边陲，东与鄂北省保康县接壤，西与西川巫山县毗邻，南依兴山、巴东而濒三峡，北倚十堰、房县、竹山且近武当，林区方圆面积足有三千多平方公里，是一处极为广阔的山区。我虽然曾经在神农架南部待过半年，但几乎都是在观音洞活动，所以也说不上有多熟悉，不过我是山里娃，走惯了山路，并不会很吃力。

我们这个工作组主要的工作是配合科考队的一切行动，程老要进山勘察地形，申重需要在村子里整顿不能陪同，便派了戴巧姐和我跟着一起来，同行的还有程老的朋友老孙以及张知青。

一行五人早晨进山，在此之前老孙已经来过这儿，带着我们一路往山里走，来到一处两个小山包旁的密林中时，已是中午，烈日高照。老孙六十来岁，就比程老小一点儿，虽然也被叫做孙老师，但并不是学术界的人，一路行来，我总能够从他的口中听到一些风水学的术语，如此可见，老孙应该跟刘老三差不多一个行当，不同的是，一个看风水，一个则给人算命。

程老年岁颇高，而且在学术界中的地位也是常人所不能及的，所以性格上难免有一些古怪，行走的时候，除了跟老孙聊起古墓地址，与旁人基本都没有什么交流。而平日里口才甚佳的张知青，在自己的老师面前也显得格外沉默。

我人小，也没有什么好忌讳的，时而跟张知青聊两句，时而又跟戴巧姐搭几句话。戴巧姐也比较沉默，不太能言，我认识她这么些天都没有怎么见她主动跟人说话，之前想问她跟戴校长是不是有些关系，也一直没有成功。不过即便如此，我还可以和胖妞玩儿，这小猴子一进山就跟鱼进了水里一样，欢乐得很，一下跃上枝头，在林间穿梭不停。

胖妞有灵性，我也不担心它走丢，任它跳来跳去。程老这会儿有了兴致，找我问了几个问题,在得知小猴儿就是我的伙伴时,他竟然和当年的青衣老道一般,意味深长地说了一句话:"嗯,这小猴儿不错,有时候人还不如这畜生。"

终于到达了目的地,程老和老孙两人在这两个小山包之间的凹地来回巡视,不让我们靠前,两人不停地讨论着,一会儿指着旁边的树林,一会儿又指着天空,然后从包里掏出帛书的拓本来,根据上面的描述和抽象到根本无法辨识的地图,一一指明,说到激烈的时候,甚至还会大吵,接着又让张知青从背包里面掏出一个古怪的铲子,在他们选定的地方挖出几个坑来。

挖坑是个苦力活儿,张知青即便下乡种过地,一个人也有些气喘吁吁,我想过去帮忙,却被程老制止了,让我和戴巧姐在远处待着便是了。

我认出了张知青拿着的那铲子,跟当初冒充探矿队的那些领导所用的几乎是一样的款式。

这东西叫做洛阳铲,那时的我已经知道了,这东西是用来盗墓挖坟的著名工具,配上白蜡杆子,甚至能够知晓十几米的地下到底埋藏着啥。我们这次前来,轻装简行,并没有带什么大型的勘测设备,因为我们只是先行确定,如果真有,到时候立刻将现场保护起来,然后申请经费进行挖掘工作。保护科考队成员的人身安全是我们的责任,然而面对着程老有意识的疏远,戴巧姐还是表现得有些不满,在远处冷脸看着,并不上前凑趣搭手。

张知青汗水淋漓地在这山凹子下面总共挖了四个坑,程老和老孙一个一个打量,每一处的泥土都仔细翻看,那老孙甚至还抹了一把泥往嘴里面送,也不知道他这么咂摸能够尝出什么滋味来。

太阳偏西,我们带着四份泥土回去,程老绝口不提关于古墓地址的任何事情,小心翼翼地防范着。我一点好奇心都没有,帮着张知青背土,一路走在前头。回来之后,程老找到了申重,几个领导在屋子里商量了好久,也不知道说些什么。

这些麻烦事儿自有领导们操心,而我则在一个老乡家里找到了小鲁,他今天无所事事,蹲村口晒了一天的太阳,瞧见我,乐呵呵地问吃了没。我和小鲁之间往昔还有些竞争的劲儿,不过自从黄岐来到我们二科就同仇敌忾了,彼此之间倒也亲近了许多,再说当初在省钢那儿,我还救过他的性命,关系自然有所不同。

闲聊两句,小鲁问我,说:"这些人到底是为什么会这么重视这事儿?"

埋在土里面的东西又不会长腿跑了,早一天挖、迟一天挖,这个有什么区别,弄得这般如临大敌,还真的有些人心惶惶呢。

此行的意义，在出发之前申重就已经给我们统一过思想了，不过小鲁这人一向觉得死物不如活物，那些从土里面刨出来的东西，以及所产生的历史意义，跟他半毛钱关系都没有。这几天工作组紧张的气氛让我们所有人心中都好像压着一块大石头，私底下的怨言也颇多。这些牢骚话我也懒得附和，又闲扯了两句，我问起黄岐，小鲁告诉我，说那家伙不肯与我们为伍，今天一整天都跟那些战士们混在一起。

天已入夜，有人送来晚饭，是托老乡做的白面蒸馍，我们吃完之后也没有再多谈，工作组有纪律，不准私自外出，所以就早早地歇了。

不过这一觉并没有睡好，半夜的时候，外头突然传来命令，说要紧急集合，这话可真的是要人老命了。我们这屋子里的五个人都开始骂起娘来，没想到传话的人更凶，直接在外面拉起了枪栓，大声喝道："所有人立刻起来，到村口的晒谷场集合，再啰哩啰嗦就动枪了啊！"这话说得所有人都醒了，枪乃凶器，当兵的一般都不会说这话，一旦说出了口，就说明他们真的就有这种心思了。

我和小鲁慌忙起床，草草将衣服穿上，跟着屋子里的其他人一起急急忙忙地朝着村口晒谷场跑去。到达的时候，发现大家都在，四周燃着几只火把，将程老、申重几个领头的脸照得无比严肃。

场中大部分的人都是刚刚醒来，不知道发生了什么事情，不过一报数才知道少了一个人。那人是科考队的，程老的一个学生，叫做张快。

我对这人完全没有印象，小鲁倒是记得，告诉我，说是一个戴着黑框眼镜、老老实实的男学生。这人失踪了，到底怎么回事，无人知晓。而领头的几个人一脸严肃，当查清楚失踪的人就是那个张快时，程老和申重进行了再一次的讨论。他们起初还能够压低嗓音，然而说了几句，双方的火气都大了起来，我们在旁边也听得到几分，大意是程老害怕会有风声走漏出去，被人捷足先登了，我们需要立即出发前往山中，而申重则以安全为重，认为夜里赶路太危险，不如等到天明再走。

从村子到我们白天到达的那个小山包，路程远不说，关键是还有几条溪水，夜里走的确不太安全，然而程老却抓住这个问题不放，一定要立即出发。

为了坚定自己的决心，他甚至很强势地对申重说道："此次行动，一切以我为首，如果你执意违抗我的意愿，那么我自己带人进山。"

这话让申重完全无语了，也没有再跟这个倔老头争辩的心思，犹豫了一阵之后，吩咐所有人将大件的行李暂存村中，留四名工作组的成员在此看守，其余人等则立刻进山，前往被程老唤作"双包丘"的地点。这吩咐一下，大部分人顿时就怨声载道，不过这事儿上面既然有了命令，就必须遵守，于是大家伙儿便在手电筒和火把的照耀下，开始朝着山中行进。

在山里面，白天行路和夜里行路是两个不同的概念，工作组的这些人都还好，程老带领的科考队就惨了，走得磕磕绊绊的。没多久，程老和申重等人临时决定，将队伍分成两截，老孙和戴巧姐领头，带着五名身体素质不错的队员先行，而他们作为大部队随后赶到。

我白天跟着程老去过双包丘，所以也被列入了先行名单，除此之外，还有张知青、小鲁、工作组的谷夏以及一个当兵的。

程老十分焦急，嘱咐几声之后，我们匆匆前行，一路小跑，终于在两个多小时之后跟跟跄跄地到达了双包丘。然而还没有等我们靠近，就发现白天张知青挖出来的那几个坑中，竟然有十几朵蓝幽幽的火焰，在那山凹子里上下飘浮着。

这场景，在黑暗中显得格外诡异。

第二卷 青盲年代

第四十二章 老鼠会又现行踪

瞧见那朵朵绽放的蓝色鬼火，领头的老孙将手一挥，让我们所有人都将身形隐藏起来。

出发前，程老再三嘱咐，我们此行一切都以老孙的意见为主，这一点绝对不可以动摇，所以老孙一吩咐，我们都将身子蹲在了草丛中，不敢动弹。我因为吃过那鲶鱼眼珠子的缘故，视力好，看得很远，瞧见那莹蓝色的火焰悬空浮起，而在下方，似乎还有好几个人影伏在地上，鬼鬼祟祟的样子。我心中估摸着，这几个人恐怕就是程老所担心的那些家伙，也就是专门的盗墓贼，这半路截胡，倘若让他们成功了，明天早上过来的我们只怕就要哭了。

这样的家伙我也见过，无论是湘西凤凰的地包天，还是洛阳老鼠会，都是这个行当的。随着现在的风气逐渐变得开放，金钱在人们的生活中越来越重要，这些人也就开始把发财的主意打到了这地下的老祖宗身上来，挖坟刨坑，无所不用其极。不过这盯着科考队的目标而下手的，只怕是有着更深层的企图才对。

我心中考量着，以为老孙会让我们几个上前抓贼，没想到他在沉默了一阵之后，竟然扭过头来，问我们带了几把枪。

此行前来神农架，除了军区分配的士兵，工作组里面也有人配了枪，小鲁一把、谷夏一把，这两把都是六四式警用手枪，口径小，威力也还算不错，而另外一个跟来的战士则配备了一把军用微型冲锋枪。总共三把枪，上战场是不够，不过对付区区盗墓贼却已经是完全掌控场面了。我本以为老孙会吩咐大家对那蓝火下面的黑影示警，却没想到他竟然告诉我们，对准那些黑影射击，格杀勿论。

说实话，这事情若发生在战场上，大家估计都会毫不犹豫地执行了，但是和平年代，贸然开枪杀人，这事儿实在是有些让人不能接受，而且老孙根本就不是我们的直属领导，没有人会贸然地犯这种险。所以老孙一说出这话，三个佩枪的人都愣住了，没有一个人照着他的话去执行。

老孙对于这种情况显然也有所预料，于是转头看向戴巧姐，让她执行命令。

不过这戴巧姐虽然被申重任命为副队，但她并不是一个很好的领导者，天生的沉默寡言没有给她带来好人缘，也得不到认同。小鲁和谷夏枪都没有掏出来，沉默以对。至于那个战士正好就是之前提过的两个参加过南疆战斗的其中之一，见过血，但是心里面有阴影，枪口也朝着下方。老孙有些狠厉的决定让我们这个先遣小队有些僵持，而就在这个时候，那几个黑影消失了一两个，看模样，似乎下到了地里。

老孙有些急了，没有再与谁商量，而是一把夺过了那名战士的微冲，快步上前，几乎都没有怎么瞄准，就朝着山凹子那儿射了一梭子过去。

我在巫山后备培训学校也学过射击，瞧见老孙这老头儿开枪的姿势竟然很标准，而且微冲射程并不远，但是这一梭子扫过去，还留在外面的两个黑影却一下就倒了下去。一轮射击过后，老孙一点儿也不做停留，从矮林子中一跃而起，端着冲锋枪就向前冲去，我们也没有再含糊，紧紧跟在了身后。彼此之间相距不过百米，一下子就冲到了跟前，但见在蓝幽幽的鬼火之下，有两个全身漆黑的男子倒在了血泊当中，而白天张知青挖出来的那几个坑中靠最右边的一个，侧面已经被人挖得黑黢黢的，成为了一个可容一人爬行的盗洞子。

老孙匆匆来到了这洞口，朝着底下望了一眼，大声喊道："里面的人出来，不然我们就扔手榴弹了！"

他这是威胁，护送任务用不着手榴弹这么夸张，虽然我们也带了炸药，不过这些都留在了村子里，但这话倒也是挺有力度的，因为这洞口一炸垮，里面的人失去了出口，空气闭塞，立刻就活不成了。然而里面的人并没有听信老孙的话，而是传来一阵窸窸窣窣的声音，似乎更往里去了。这洞子黑漆漆的，连转身都不易，老孙也不敢直接冲入其中，而是回过神来，在血泊中的那两具尸体上面翻了翻。

转眼之间，人便死在了我们眼前，这变化太快，我和谷夏都还好，但其余的人当时就有些不自在了，投向老孙的目光之中多少都有了些防范。

老孙并不理会这些，他从这尸体的脖子上翻出了一个铜牌子，上面栩栩如生地浮刻着一个尖牙利嘴的小老鼠，用手电筒一照，那小老鼠的眼珠子现出凶光，似乎都还能够转动。瞧见这东西，他重重地捶了一下地，恨声说道："妈的，就知道老鼠会的人会插手此事，那个家伙为了这件传说中的魔简，当真是变得越来越聪

明了！"

旁边没人知道老孙在说什么，然而我却抓到了一点儿——他自言自语中的那个"老鼠会"。

老鼠会，其实就是一个十分专业的盗墓组织，他们最早起源于十三朝古都的乡野，活跃于中原一带。据说最鼎盛的时期，曾经给东陵大盗孙殿英提供技术支持，将慈禧墓盗了，在此后的一段时间里，老鼠会一直依附于孙殿英的军队，做官方的买卖，后来孙殿英落了势，老鼠会也在战乱中遭受重创，仅剩一些骨干返乡，淹没无声。不过近年来听说老鼠会的大头目俞麟频频活动，又有重出江湖之势。

这些都是我在二科无聊的时候查到的，这就是特殊部门的好处，别的地方当做机密的东西，在我们这儿只要有心，多少都能够查阅到一些的。

老孙这么一说，我就晓得他为何如此担心了，此事若是有老鼠会插手，说不定就真的有被截胡的可能，毕竟那是一帮专业的盗墓团伙，所能够掌握的手段远远要比我们了解的还要多。我能够理解老孙的急躁，但是旁人看到的却是老孙在胡乱杀人，戴巧姐自恃身份，伸手拦在了老孙的面前，严肃地说道："孙老师，这些人犯了事情，自然会有我们来解决，你这样贸然杀人，只怕会很麻烦的。"

老孙瞧见被老鼠会捷足先登，心中一股邪火，此刻又被这个黑眼镜女人拦住，顿时就有些愤怒了，指着戴巧姐说道："麻烦的恐怕是你，这件事情若是搞砸了，到时候你们这些家伙全部都吃不了兜着走。"

老孙的态度让在场的所有人都有些不满了，连我也有些不高兴，要知道我们此番前来，只不过是给科考队提供安全保障，而科考队主要的工作是发掘古墓和文物，而不是杀人逞凶。真正论起来，老孙这行为实在有些越权了，即便他是程老认可的临时指挥，但是说到底，连程老都不是我们的直属上司，他发这通脾气实在是好没道理。

场中的气氛有些僵，老孙却根本不顾，打量了一下还在漂浮的蓝色鬼火，口中念念有词道："……十三朵冥火，藏祸胸子沟，预言是对的，如果真的被他们放出来，只怕这整一片区域都会遗祸无穷啊……不行，不行，我要阻止他们！"

他口中似乎在念着某种古文，神情变得越来越焦躁，不时还看了看天，又看了看那黑黢黢的盗洞子，整个人都变得神经质起来。

老孙这般模样让人十分担心，不过好在大部队应该再有半个多小时就会到达，所以我们也没有太操心，在这儿等待就好。然而我们这般打算，那老孙却并不消停,他在一阵默念之后,竟然转身跳下土坑,准备朝着那个只能容一人爬入的盗洞钻去。他这行为把我们都吓了一大跳,离他最近的戴巧姐一把抓住了他的手,大声阻止道:"孙老师,你不能进去,这里面太危险了!"

张知青在这里跟老孙最熟,也劝他:"孙老师,要不然等一等我老师他们吧,这洞口不大,一会儿我们在这里点堆火,就能够将里面的人熏出来了。"

我们都在劝,然而老孙却将刚才从那战士手中夺过去的微冲对准了我们,大声喝道:"你们根本什么都不懂,不要拦着我,要不然我开枪了。"

话都说到这个份上了,我们也都僵直着身子不敢动,生怕神经质的老孙扣动扳机,将我们都给"突突"了。被这枪指着,戴巧姐的脸阴晴不定,眼看着老孙的情绪越来越暴躁了,她放开了他的胳膊,偏头跟那战士说道:"同志,给他一个弹夹。"

老孙接过弹夹,一句话不说就往里面钻。而就在这个时候,我肩膀上面的胖妞一阵吱吱乱叫,我抬起头来一看,却见先前那十几朵游离不定的鬼火竟然在空中化作了一张诡异的笑脸。

第四十三章 要么你去，要么它去

所谓鬼火，通常的说法是动物骨骼里面所含的磷自燃成火，不过在我们这个行当之中却有另外的解释，那就是人的灵魂在这个世界上的投影。

当然这些并不重要，一般来讲，野地里面出现的鬼火，没有人知道它们什么时候出现，也不晓得它们什么时候消失，这是一种无意识、不可控的现象，不加理会其实是最好的选择。然而这个时候，那些随风飘荡的莹蓝色鬼火竟然凝结成了一张诡异的笑脸，朝我们发出了无声的嘲笑，这可就真的有些吓人了。

最早发现的是胖妞，但最先反应过来的却是戴巧姐。但见她将手一伸，在半空中画了一个圈，这一个圈有零有整，接着在中间又画了一个"S"型。

太极，一字划分阴阳。

戴巧姐的指尖处呈现出一抹浓密的鲜红，那是沾了朱砂之后的效果，而当她弄出这么一招来的时候，那团游动不停的鬼脸竟然微微一顿，消失了。

这手段让人啧啧称奇，我不晓得这到底是一个什么原理，但却知道申重让她来当副队长是很有道理的。

这个女人很强，比我强，比申重强，比工作组绝大部分的人都强。

我仔细琢磨一会儿，竟然找不出能够跟她对抗的人。

鬼火构建而成的诡异脸孔瞬间消失了，而老孙也钻入了盗洞之中，听那动静，已经走了一段路程。我的目光落在了旁边的一处土丘那儿，老鼠会的人在小半天的时间里，已经在这儿打出了一条极长的洞子，这本事让人啧啧称奇，而那些土便是从盗洞里面运出来的。

或许在别处还有土，不过瞧这分量，便晓得这盗洞若是往下，足有三四十米。

没有人想到老孙走得这般坚决，戴巧姐在将那鬼脸驱散之后，脸色阴沉了几分，左右看了一下，目光落到了胖妞身上。

在犹豫了几秒钟后,她终究还是说话了:"小陈,你这猴子可通人性?"

我点头,给了她一个肯定的答案,没想到这女人接下来却欣喜地说道:"是吗?那好,你让它也下洞子里面去,一旦发生任何情况,便上来跟我们汇报。"戴巧姐算盘打得极响,这盗洞里面还有老鼠会的人,贸然闯入生死未卜,除了老孙这疯子,无人愿去,所以才想让胖妞去冒险。

在她的心里,一只小猴子的性命自然没有人的性命珍贵。

然而,她的看法我却不同意。

胖妞在我的心中独一无二,说句不客气的话,这些跟我相处才十来天的工作组队友,他们的性命或许还不如胖妞珍贵。

戴巧姐和我因是否让胖妞进洞发生了激烈的争执,她是个不太懂得领导艺术和回旋技巧的人,当自己的要求得不到满足的时候,顿时就火冒三丈,指着我肩膀上面一脸无辜的胖妞说道:"我就是让它去看看情况,如果有事儿就出来报个信好了,这样子很难吗?"

这女人是那种很容易将自己的想法强加于别人身上的人,在感觉到自己说话不好使了之后,直接祭出了绝招:"要么你去,要么它去,你自己选吧!"

我们单位虽然不像军队一样等级分明,但好歹也算是纪律部门,公然违抗上级的命令,这事儿还真的不好解释,回去之后,即便申重罩着我,恐怕也得被穿小鞋,混不下去。所以当戴巧姐直接祭出"官大一级压死人"这大杀招,我就真的没脾气了。不过就这样屈服,自然不是我陈二蛋,于是在停顿了几秒钟之后,我坚定地说道:"好,我去!"

当我做出这个决定的时候,旁边的张知青和小鲁拉了我一把,劝我不要下去,这根本就是茅坑里点灯笼——找死。

不过当我瞧了那个怒气勃发的女人一眼之后,心中也生出了一股怨气。想着我陈二蛋当初在巫山后备培训学校的时候,好歹也跟萧大炮、巫门棍郎齐名过,哪里能受得了这等气,于是一咬牙,也跳下了那土坑。

我那个时候才十五岁半,人还没有彻底长开,这盗洞是按照成年人的体型挖掘而成的,对于我来说竟然还显得有些宽敞。我带着一个手电筒,匍匐着朝里面摸了进去。

我进洞,一来是争一口气,二来也是经过考虑的,毕竟这个盗洞里面如果只是老鼠会的人的话,我未必会怕一群挖地的土夫子。

进洞之后，我第一时间将小宝剑拔了出来，轻轻一弹剑锋，立刻有一泓寒光浮现于剑尖。

接着白合出现在了我的前方，睡眼惺忪，打着呵欠问我："干嘛，这儿黑乎乎的，到底是哪儿啊？"阴灵需要睡觉吗？答案自然是否定的，无论是生存状态还是生理机能，这种东西跟拥有实质身体的人类都是天差地别、完全不同的。然而白合这小妞整日一副没有睡醒的样子，让我十分好奇，一问才知道，她以前在省钢的时候上班太累，连个囫囵觉都没睡过，现在在补觉呢。

好吧，这个当初将我们吓得一愣一愣的女鬼，就是这么一个自欺欺人的傻瓜。

不过再迷糊，她总是能够派得上用场的，我将她唤出来就是为了帮我领路，免得中了埋伏，这一夫当关万夫莫摧的气势，我还真的需要先知先觉才行，要不然就有可能死在这儿。

我进来的时候，胖妞也想挤过来，不过我为了做给戴巧姐看，让它在洞口等着我。

有白合在前面探路，我便暂且放下了些心神，一点一点地往前移动，没想到这倾角往下的洞口没走多远便出现了一个向下的竖井，下方除了几处可供攀缘的口子，再无他物。这竖井并非尽头，从这里面的痕迹来看，却足以判定老孙从这儿下去了。

我最主要的责任并不是查探此处的墓藏，而是保护好科考队的人，而老孙是科考队里除了程老之外最重要的人物，他的地位和那两名助教以及其他学生是不一样的，我既然已经冒死进来了，自然是要完成任务的。

我朝着下方的竖井喊了好几声"孙老师"，听着回声挺空旷的，显然下方还有很深的空间，不过让我郁闷的是，老孙没有回应我。

我和老孙相继进入，这前后间隔的时间很短，也就几分钟。按照这个竖井的深度，老孙下去应该是有难度的，他走得肯定不快，那么到底出了什么问题呢？

短暂的沉默后，我感觉到老孙的处境有可能不好，他当初不顾任何阻拦，急吼吼地进来，甚至还将枪口对准了自己人，到底是为什么呢？

难道就是眼巴巴地跑到这儿来送死吗？

肯定不是。不过这死一样的沉寂让我心中生出不好的预感来，忍不住打起了退堂鼓。就在我准备折身返回的时候，却听到那竖井下方传来一声微弱的呼救："救我，求求你，救我啊……"

这呼救声让本来都已经准备抽身离开的我顿时就没了去意，将耳朵贴在洞壁处仔细听，这回听清楚了，还真的是老孙的呼救声。

原本生龙活虎地冲进来，就是想将这些准备截胡的家伙一网打尽，然而让人没想到的是，老孙出师未捷身先"死"，直接就受了伤。我转身困难，不过还是向洞口外的人说了此事，结果话还没有传出去，我又听到了老孙的一声尖叫。

这是只有惊悸到了极点，方才会发出的叫声。

我让白合下去瞧一瞧，没想到这个女子却大摇其头，告诉我这洞子里有一种东西，让她感觉到十分不舒服，甚至连外面都待不得了，唯有进入我的小宝剑中，方才能够得以避免。

白合罢工，钻回了小宝剑里。我听到老孙叫得凄惨，也没有再停留或者折返的心思，而是爬到了竖井跟前，仔细打量了一下，找到了一个东西。

一根麻绳，贴着井壁垂落而下，我拽了拽，还挺结实的。

我几乎没有多考虑什么，直接将这婴儿手臂般粗细的麻绳拽在手上，然后开始往下方滑落。

这事儿我以前在观音洞的时候经常做，这会儿倒也没有太费事，借助着绳索以及竖井壁上面的脚踏，很快便从上方下来了。然而我这边刚刚一落地，便感觉到脚下不对劲，低头一看，却瞧见刚才还在奋力呼救的老孙竟然已经躺倒在了血泊中。

不会吧，他这是摔死了吗？

我的手停留在老孙的鼻子之下，温度犹在，然而口鼻之间已无气息了。

整件事情充满了古怪，我一瞬间就想到了消失在这坑中的那几个黑影。是不是他们捣鬼将老孙杀害了呢？我的脑子一转，就想到此处，然而也就在此时，我的后背被一根坚硬的铁管子指着，接着有人压低嗓门说道："站起来，小子！"

我浑身僵直，不敢动，小心地站了起来，然后将双手举起。

在我身后顶着我后背心的，就是老孙先前夺来的那把微冲，稍有反抗，对方必然会一搂火，而我则会化做蜂窝块。

千钧一发。

第四十四章 不是烂泥，是肉泥

我刚刚将双手举起来，手上的小宝剑便从后面被夺了过去，接着有人朝着我的屁股踹了一脚，我受不住劲，骨碌一下滚落在了地上。

我的手电筒掉落在了地上，不过却还是有光，这光是一盏油灯散发出来的，我眯着眼睛看过去，心中却是惊讶万分，这灯竟然是之前地包天给我展示的阴阳灯，也就是那种一旦有阴灵近身，立刻火焰闪烁的神奇灯具。

而在这灯光照耀下，我瞧见竖井尽头是一处狭窄的石室，周围站了六个人，虎视眈眈。

拿枪顶在我后背的那个家伙是个光头壮汉，眼睛闪烁不休，充满杀气。不过旁边还有一个面目通红的家伙，拿着一把血淋淋的短刀，冲着旁边一个汉子喊道："三哥，我宰了他，给王二和吴哥报仇？！"

老孙那一梭子连杀他们两个人，老鼠会的这些家伙都是本乡本土的同乡以及亲戚，感情最是深厚，这回一开张就死了人，自然是气愤不过。然而我抬起头来，瞧向他们为首的这个汉子，不由得一阵惊讶，直接喊出了声："马领导？"

我这一声让那个汉子走上了前来，低下头，疑惑地打量着我道："你是谁？怎么知道我姓马？"

此人正是当年去我们麻栗山谎称勘探矿产的勘测队领导，后来在麻栗山北界遇到了杨二丑，结果刘领导被杀死，而这个马领导跳河逃生，却没想到竟然会在这里出现。我心生一计，朝他喊道："马领导，是我啊，我是麻栗山龙家岭的陈二蛋！"

我大声喊着，马领导的眉头紧皱，想了好一会儿，才从我脸的轮廓中瞧出了个大概，笑了笑："嘿，想起来了，你是麻栗山里面的那个小孩儿吧？竟然长这么大了。"

我站起身来，嘿嘿笑道："是啊，是我，就是我呢。"

我还待上前套近乎，结果马领导一下就翻了脸，又是重重一脚，直接将我踹到了墙上。这个家伙当日根本不是杨二丑的对手，然而这一脚踹在我的身上却是重得很，我一腾空，后背传来一阵巨大的力量，喉咙一甜，双眼都有些发黑。

瞧见我软绵绵地躺倒在地，马领导冷笑道："咱们是有些交情，不过我的兄弟刚刚死了，总得有人负责对不对？"

我哭丧着脸，大声叫屈："我冤枉啊，我跟那些人不是一伙的，我就是来我舅家玩，这些人说帮忙挑担子进山给钱，我就来了，刚才下来也是被他逼的……"

我这边说得情真意切，自己都不禁佩服自个儿的演技，然而马领导却不买账，在旁边连连冷笑，我有些莫名其妙，却见旁边走出了一个剃着小平头的男子。虽然没有见过几次面，这人也将眼镜摘了下来，但是我还是第一时间认出了他。

这个家伙就是昨天夜里离奇失踪的程老的学生，那个叫做张快的老实男孩。

有他在，我再厉害的演技都施展不出来了，低下头不再说话，心中不由得后悔起此行来。张快毫不留情地揭穿了我，然后掏出一把刀子比在我的胸口说道："说，现在外面什么情况？"

落入敌手对我来说是早就习以为常，我当然知道"要节操就没有性命"的道理，连忙将实情讲出："程教授在得知你离开之后，立刻召集所有人进了山，我们现在这里的只是先遣队，后面的大部队马上就赶来了，你们要走得赶快。"

我一副为他们考虑的样子，马领导却嘿嘿笑道："你们是来得快点儿，至于后面的人，哼哼，半里坡那儿还有人帮着料理，红魔的徒弟可不是那么好惹的，简单一个鬼打墙就可以将这些人弄得团团乱转，天亮之前是不会有人过来烦我们的！"

他笑完，脸色一冷，头一偏，朝着手下吩咐道："好了，送他一程！"

光头壮汉提刀上前来，我心脏剧烈跳动，没想到这伙人当真是杀人不眨眼，一点儿缘由都不问，顿时全身就绷得紧紧的，准备劫持这个光头壮汉，跟这伙人周旋。而就在这个时候，角落处传来了一个阴柔的声音："等等。"

这人的声音很低，几不可闻，然而原本摩拳擦掌的光头壮汉却一僵，停止了动作。我顺着瞧过去，只见到角落里有一个将全身包裹在黑袍子里的男人，他一说话，场中立刻就是一静，显示出了他超然的地位来。所有人都看向了他，而黑暗中那一双眸子发亮，平和地说道："一会儿要下墓了，让他先走，帮我们趟一趟路也好。"

光头壮汉刚准备替兄弟们报仇，却被中途阻止，有些不满，正想出言反驳，结果那人一挥手，直接说道："一切都是为了把活干好，这个你们是专业的，自己评估一下，找到那东西之前，到底会不会死人？这小子反正都是要死，临死前贡献一点剩余价值，岂不是更好？"

黑袍子这般说了，马领导考虑了一下，点头，然后冲着我说道："小子，你不要耍花样，要是有任何异动，这枪可不长眼。"

这话说完，光头壮汉过来推我，让我朝左边的一个通道走去。

古墓凶险，这个我也是有过经历的，心中虽然有一万个不乐意，但是被枪指着，却也不敢不走。而后面的马领导则在吩咐一个小矮子："张鼎，这人死透了没有？"小矮子回答说弄死了，妥妥的，马领导还不放心，吩咐道："办事仔细点，再补一刀。"

后面的人说着话，而我被赶在了前面，被人拿枪逼着一步一步地挪，这洞子里空气沉腐，让人透不过气来。我左右打量，发现老鼠会果然专业，这半晚上的时间里，他们竟然挖出了这么长的一个盗洞来，而且瞧见这前面的坑道，已经露出了厚厚的白膏泥。这玩意是地下墓穴的外包裹，黏性甚强，渗透性极低，一旦堆积得厚实均匀，封固严密，就能形成一个高标准的恒温、恒湿、缺氧的无菌环境。

只有在这样的环境中，尸体才能够长久保存。

墓葬在人类文明的历史中，是一件十分神圣而庄严的事情，人们相信死亡并不是终点，而是另一个起点的开始，所以手握权力者便想要将此间的辉煌延续到另外的世界。而还有一种信仰，相信人是可以永生的，通过墓葬祭祀的方法，可以让人获得新的生命。

而所有的这一切，都是需要保存完好的尸体作为承载工具。

这些都是巫家的理论和手法，而后被诸门各派发扬光大。不过一般有能力实现者非富即贵，既然投入了这么多的资源，对于那些图谋不轨者，更是有许多缜密凶险的手段用以防范。

所以，盗墓绝对是一件凶险至极的事儿。

我被一路逼到了左边通道的尽头，这儿正蹲着两个家伙，小心翼翼地商量着什么，跟在后面的马领导问道："老云，咸颖，怎么样，查清楚了吗？"

有个胖子扭过头来，笑道："三哥，那个老家伙找得还真准，这儿应该就是真正的软侯墓，破了这一层墓壁，我们就能够进去了。"

"云篆，有把握吗？"那个黑袍子跟了上来，略有些紧张地问道。

那胖子笑了，拍着胸脯说道："毛爷，你放心，我们老鼠会做事向来都是有谱的，这样的汉朝墓我经手的就有五处，失不了手的。"我瞧见黑袍子和科考队的叛徒张快走在一起，而其余六人则以马领导和胖子云篆为首另成一伙，便猜想到黑袍子和张快应该是雇主，而老鼠会的人则是被人请过来助拳的。

胖子信心满满，胸有成竹，他跟旁边的助手咸颖一起，合力在这通道尽头的墙壁上布置了一个精铁打制的机关。这玩意前头是锋利切刀，上面还文有符文，后面是摇杆。两人轮番上阵，只见那切刀一阵寒芒闪动，坚硬的石壁竟然在短时间内就被削得跟烂泥巴一般，没多久就被他们弄出了一个篮球大的硕长圆孔来，接着对面似乎传来了一阵落空声，这坚硬的墓壁竟然凿穿了。

整个过程不到十分钟，黑袍子感叹道："不错，工欲善其事，必先利其器，你们这'钻山甲'，当真是好东西！"

胖子将那隧洞扩大一倍之后，小心地将这一副机关收入木箱中，嘿嘿一笑："老祖宗留下来的玩意，当年挖慈禧的东陵，可就是靠这玩意进去定点才炸开了大门呢。"几人说着话，那隧洞里面突然吹来一阵风，冷飕飕的，所有人都不由得打了一个哆嗦，而这时马领导则瞧向了我，面无表情地说道："你，下去。"

我根本没有辩驳的机会，就被那枪指着脑袋，从刚刚挖出来的隧洞一点一点地往里面爬。这段路程大概有三四米，我一点一点地挪进去，结果后面的人嫌我慢，蹬出一脚，我一急直接踩了个空，就滚落了下去。

这隧洞离地半米，我倒也没有摔疼，只不过一落地，就好像摔到了什么东西上面，用手一撑，恰如陷入了烂泥之中。

呃，不对，这不是烂泥！

是肉泥啊！

第四十五章 临仙遗策

"啊……"

我摸着地下那软烂的肉泥，忍不住发出了一声巨大的惨叫，而头顶上的隧洞那儿则传来了马领导的喊声："怎么了？怎么了？"

我没出声，而是忙不迭地爬起来，扭头去看，却瞧见我正好掉进了一个巨大的石鼎中，而这鼎的里面正好是一大坨黏稠不化的油膏，厚达一尺，我刚才撑着时触感软绵柔滑，竟然有一种肉泥的感觉。不过即便是油膏，也透着一股子腥臭的气味，让我很怀疑这玩意的出处，于是双手攀着那石鼎的边缘朝上面爬去。

我在这石鼎中忙着，上面的隧洞则传来了一阵慌乱之声，我听到了拿着阴阳灯的小矮子惊慌喊道："啊，好浓重的煞气，这灯要熄了！"

"别进去，先别进去，等那个小子出声——姓陈的，下面什么情况，快点说，慢一点儿，一会立刻弄死你！"

上面一片嘈杂，我也只当做听不到，翻上那石鼎，瞧见这儿竟然是一个巨大的墓室，面积比我们单位的会议室还要大上一倍，而高度则有一丈多高，在墓室的中间以及四角，有微微的光亮传来，是昏黄的颜色，像夕阳。

我眯着眼睛看，发出这微光的是拳头大的珠子——夜明珠？

我身处的这石鼎在墓室的边角处，同样的石鼎在墓室里面还有三个，分镇四方，而在墓室的正东方位置，则有一座巨大的棺椁，感觉比一辆吉普车还要大上几分，黑漆素棺，微微的光照之下，显得十分威严肃穆。除了这棺椁，旁边还有许多木俑及石雕，大量的铁器、漆器和木箱、竹箱堆放在墙壁两侧，使得这宽阔的墓室显得十分拥挤。

石鼎高约两米，我从上面翻落下来，没想到脚底全部都是油膏，结果脚底一滑，整个人身体失衡，又跌倒在了地上。

这地上铺着方方正正的青石砖，我滚了好几圈，前面突然出现了一个深池，一股呛人的气味从里面散发出来，说不上臭，就是让人感觉难受，好像口腔里面的黏膜在这一刻都糜烂了一般。我赶忙屏住呼吸，低头一看，这深池长两米、宽两米，离地面半米处，有浓黑如墨的液体，似乎还泛着些血光，原本还宁静无波，然而此刻，似乎因为墓室被打开的缘故，貌似有气泡由下而上地冒出来，不断翻滚，好像烧开的水。

这深池里面的液体到底是什么？闻着这气味，似乎有些硫磺的气息。

我还在想着这问题，结果听到"哎哟"一声叫喊，扭过头去，瞧见又有人顺着那隧洞朝着墓室里面爬了下来，跟着掉进了刚才的那石鼎里面，接着我听到那个光头壮汉的声音："三哥、老云、毛爷，这儿没事，那个小兔崽子逗我们呢。"

第二卷 青盲年代

我听到这声音，心叫不好，四处一打量，发现这墓地左边斜角处和正对着那巨大棺椁的方向有两个通道，如果我撒腿逃开，是否能够逃脱他们的追杀呢？

正琢磨着，那光头壮汉身手矫健，已经准备从石鼎上面翻滚而下，我知道自己如果落在了这伙人手上，必然就是一死。

我心一沉，直接翻身滑落进了这个深池之中。这池中的液体翻滚不休，似开水一般，然而我一下去，却一阵冰一般的阴寒。水很深，即使踮着脚，也能够漫到我的脖子处，那气味冲得我有一种要晕过去的想法。不过我还是咬着牙，闭气，左右一打量，瞧见这下面竟然有一个凹口，正好可以容一个人头。

我悄无声息地移动过去，听到了光头壮汉翻身下来的脚步声，接着他气急败坏地大声喊道："那小子不见了！"

"不见了？"陆续有人从上面翻下来，我用心数着，这伙盗墓贼总共有八人，除了留两人在上面照应，防备我们的人进洞之外，其余的人都跳了下来。马领导厉声喊道："不可能，找！"

这话一出口，立刻就有人朝我这边跑了过来，我心中一紧，暗想糟糕了——我刚才掉落到那石鼎里面的时候，双脚上面沾满了油脂，而下地一滑，一通乱滚到深池边，这些都是有痕迹的，这痕迹就像黑暗里面的明灯，我如何躲都是躲不过的。

想到这儿，我不由觉得口中发苦，看来老子陈二蛋真的要报销在这儿了。不过也无妨，就算是要死，老子也要拖一个人下水，要不然我怎么会甘心呢？

我双拳捏得紧紧的，听到那脚步声一点一点地靠近水池，接着有人喊了起来："唔，这是什么味道，好冲啊？"

墓室里夜明珠散发出淡淡的光芒，我瞧见有两个人的倒影出现在了那黑乎乎的液体上，先前说话的是科考队的卧底张快，而那个叫做毛爷的黑袍人则说道："小快，你可知道这是什么吗？"

两人竟然没有发现我留下的痕迹，反而说起这池里的水来，我不由也心生好奇，竖起耳朵听。张快说不知道，而毛爷则解释道："长沙国丞相轪侯利苍是西汉时期最有名的方士之一，据说他曾经在神农架遇到过天外飞仙，得授《临仙遣策》一书，只要假以修行，便能够存活千年。虽然后来利苍终究还是没有活过百年，但是他却凭着这书中法门，成就了绝顶的名声。不过我跟你讲，《临仙遣策》此书，说是临仙，实际上却是求魔，明朝白莲教中的圣典《夷数佛帧》和《四天王帧》据说都是此书残卷，后来的厄德勒据说也沿用此经，只不过一直没有得到全本，而这深池则是无数巫门传说中提到过的育魔池。"

"育魔池？"张快轻轻念着这三个字，而毛爷则肯定地说道："对，这玩意的作法只有《临仙遣策》有载，据说在墓地里面放置这个，那么墓地主人的灵魂就不会溃散，在积累成百上千年的时间过后，当力量达到极限，便会破茧而出，孕育出一条崭新的生命来！"

他稍微停顿了一下，然后斩钉截铁地说道："我毛旻阳花了二十年的时间终于找到了长沙马王堆汉墓，然而盗洞都差不多挖好了，却被姓黄的那个老家伙截了胡。不过那儿终究不是正墓，今天在这里看到了育魔池，那《临仙遣策》也必定就在此处！"

他说完，兴奋得难以自抑，这时那胖子走到了这边，问他们俩道："有没有瞧见刚才的那个小子？"

黑袍人摇头说没看到，而张快则好像指向了一处出口说道："他是不是跑到那边去了？"

胖子应了一声，然后朝着别处跑去，我心中莫名生出几许讶异来——这么明显的痕迹，他们都看不到吗？这怎么可能，难道是毛爷和张快这两人在替我掩护吗？这也不对啊，若真的如此，以胖子那么精明的人，怎么可能也没有发现这地上的痕迹呢？

难道说……在此之前，有什么东西将我所有的痕迹都抹除了吗？

这么一想，我顿时浑身发凉起来，而这时也有些憋不住劲了，忍不住又吸了一口气，感觉肺里面都辣麻麻的，整个人都不自在了，头昏昏的，恨不能直接栽倒到水里去。

　　我感觉我就要坚持不住了，这时马领导走了过来，征询黑袍人的意见道："毛爷，你看，那小子找不到人影了，时间紧迫，我们也不知道您的那位兄弟能够挡得了多久，我们是不是现在就开始找那东西？"

　　对于我这个小人物，黑袍人是一点儿都不在意的，他同意了马领导的建议，然后说道："先找那东西，传说中它大概是一块玉简，不过也不一定，帛书、竹简都有可能，我只要这个。至于其他的珠宝文物，你们自个儿选，能拿多少就拿多少，不过有一点——若是找不到那东西，你们也是知道我和我后面那人的手段的。"

　　马领导答应了一声，然后说道："你就放心吧，我们是专业做这个的，只要东西在这里，那就飞不走。我建议先从那个棺材开始找——那棺材是套棺，我估摸着有三副，每一层都有至宝，而你要找的，必定就在第三层里面。"

　　"要开棺？"黑衣人并不惊讶，而是沉思了一番，然后说道，"开馆可以，不过这里面的讲究你们晓得吧，别诈尸了——副墓的事情你知道了吧？万事小心为妙，不要打猎的被兔子咬了，晓得不！"

　　马领导笑道："瞧您说的，咱们老鼠会干这个行当都有几百年的历史了，点灯开馆，封绳禁墓，这法门我们都懂！"这边保证完，他朝着旁边一声招呼道："嘿哟，升棺发财了，兄弟们，走起来哟！"

　　随着他一声招呼，下到墓室的这四人便开始跳了起来，口中念念有词，大概过了五分钟，一声暴喝响起："升棺！"

　　我听到一声轰响，应该是那巨棺被人开启了。而就在此刻，我突然看见面前的池水涌起一股暗流，中间处出现了一个小漩涡。

第四十六章 四层套棺

混沌漆黑的池水中央幻化出一个旋转不定的漩涡来，我吓得浑身冰凉，再加上这液体那刺鼻的气味，整个人差一点就要缩进这黑漆漆的池水中去。

然而漩涡在旋动了好一会儿之后，竟然像是肥皂泡泡一般，鼓出了一个椰子一般大的气泡来。

黑色的水泡表面光洁如镜面，浮出了水面数寸，那个时候的我吓得浑身都在颤抖，生怕这里面突然露出了一张脸孔死死盯着我瞧。不过我上一秒钟还瞧见自己那苍白的脸，而下一秒，那气泡一旋动，竟然将墓室里面的景象投射到了这球面上。

虽然气泡是球形的，镜面有些失真，但是多少也能够瞧见上面的情形。只见下到这墓室里的，除了刚才站在池边的黑袍人和张快之外，还有马领导、胖子老云、光头壮汉和那个叫做张鼎的小矮子，四人站在那巨大棺柩周围。

他们启棺，最上面的棺材盖子被那胖子四两拨千斤地甩了下来，摔在地板上面发出重重的响声。

那樟板上面有机关，一被打开，立刻有一层红色雾气朝上方喷出，而胖子老云早有准备，从怀里掏出一件黑色的碳巾，在空中兜了一阵，然后一个翻滚跳了下来，那棺柩的四面木板居然也在同一时间掉下。

胖子老云将手上的丝巾丢在地上，上面竟然凝结出了许多银白色的汞液，在地上不断地滚动晃悠。

巨大的响声过后，一阵耀人的珠光宝气出现，我瞧见了五光十色的珠宝，有鸽子蛋般大小的珍珠、夜明珠，有碧绿翡翠，有精美的金器和散落一地的红蓝宝石、奇石、欧泊、水晶……除了这些之外，还有许多漆器和造型优美的铜器。

我敢打赌，这是我这辈子见过最多的财富，如果将它转化为钱，足够我们龙家岭每一户村民都过上小康生活。

不，包括田家坝和螺蛳林，麻栗山的几个村子都可以了。

这样的财宝让几个老鼠会出身的土夫子都忍不住咽起了口水，即便是那个吹牛说经手过好多个汉墓的胖子老云，也止不住地舔嘴唇——恐怕他们盗了半辈子的墓，都没有瞧见过这样的情况。

一时之间，财宝就像迷魂药，将人的那股兴奋之情麻木得动都不想动了。

墓室里响起了一阵口水的吞咽声，接着我听到胖子老云跟马领导建议道："三哥，要不然咱们把这墓给炸了，派人在这里耗一段时间，然后点齐人手再将这里全部都取出来？"

财帛动人心，然而马领导回头看了黑袍人一眼，眼中却突然浮现出了惧意，吐了一口唾沫在手心上，然后恶狠狠地说道："事情都没有办完呢，扯啥淡，赶紧干活！"

第二卷 青盲年代

他这一吩咐，这些人的目光都从那金银珠宝上移向了正中。但见这是一副黑底彩绘漆棺，时过千年依旧色泽如新，棺面漆绘的流云漫卷，形态诡谲的动物和神怪体态生动、活灵活现，图案想象力丰富，线条粗犷，洋溢着远古时代的神秘气息。

马领导跳下墓基，给放置在四角的阴阳灯各添置了一点儿油，然后与其他几人口中念着号子，而胖子老云则在上面动手脚，三两下又将这第二副棺椁打开了。

当上面的盖子再一次被打开的时候，这回喷出来的是一股凝如实质的黑风，眼看着就要包裹住胖子的头，他竟然快一步将一张黄色符箓点燃了。

黑风被火符烧去，空间中传来一阵凄厉的叫声，接着那黑底彩绘漆棺的四面也往外面倒塌下来，露出了里面朱底彩绘的漆棺以及成堆的帛书。

当外面的那些珠宝出现时，黑袍人纹丝不动，最为淡定，然而当这些帛书现世时，他的身子明显地抖动了一下，然后朝着上面四人喊道："快点看，瞧一瞧那帛书的名字，有没有一卷叫做《临仙遣策》的？"

老鼠会的人常年与古墓明器打交道，也能够识别这些，不过相比于最外面的珍宝来说，这些帛书虽然承载了几千年的知识和风貌，却根本无法与金钱相提并论。因为珠宝是硬通货，而这些帛书，只是上面有文字内容，在当时的环境下，几乎都没有什么变现的价值。

不过即便如此，他们倒也能够忠于黑袍人的指挥，纷纷查探。这些帛书略多，看得有一些吃力，黑袍人和张快也上前帮忙，争取将所有的东西都辨识出来。

六人一起毫不珍惜地一阵乱翻，很快就辨出了许多。我瞧见那原本应该珍而重之地放置在图书馆中的帛书像垃圾一般被丢在地上，心中就愤怒不已，这愤怒并不是对这些没天良的盗墓贼，而是对外面的同伴。

时间过了这么久，他们竟然也没有派一两人进来查看，老子在这儿这么久没回应，难道就真的没人管了吗？

时间匆匆，很快就简单地看了一遍，毫无结果。站在一堆被胡乱丢弃的帛书面前，黑袍人看向了那具朱底彩绘漆棺，一字一句地坚决说道："开！"

在被称为"育魔池"的黑色池子中心，那神秘气泡的光线变幻，我第一次看清楚了黑袍人的脸，那是一张近乎骷髅般的面孔，除了骨头便是皱巴巴的皮肤，双眼深凹，跟鬼一般。他这边一吩咐，老鼠会没有二话立刻照做。

最先出现的珠宝给了这些家伙无限的动力，每个人都期待着赶紧找到那魔简，接着各取所需，他们将那满满的珠宝带足，多带点，再多带点。

在这样的情绪支配下，第三副棺材也被打开了，本以为还会出现某种机关，结果没有。当第三副套棺也解体之后，留在最里面的是四件闪耀着各色光华的物件，以及一樽涂满黑漆、外面用帛和绣锦装饰包裹着的内棺。

且不谈那涂满黑漆的内棺，单说外面那四件流光溢彩的宝贝，一件为七层宝塔，一件为乾坤金圈，一件为五色长绫，最后一件为一方铜镜。

如此四件，上面均有细密而复杂的符文密布，这些符文跟当今主流的符箓有明显的区别，荒蛮而粗犷，显然是另外一种体系，第一眼瞧过去就有一种独一无二的气质。

在这样的东西面前，先前老鼠会当做宝贝的"钻山甲"简直就是乞丐装。

心动了，所有的人都被这四件法器弄得心荡神驰，恨不得全部揽入怀中。然而就在我期待着这六人发生内讧的时候，黑袍人却淡定地说道："这四件东西依旧归你们老鼠会，来，把最后一副棺柩打开，那《临仙遗策》应该是跟主人贴身而葬。"

这话说得坚决又大气，马领导惊喜地点头，让胖子老云将这四件东西用预备布袋包裹起来，然后将精力投向了最后的内棺。

他们先是将第一层帛布剥了下来，这布上是一幅精美的帛画，里面总共分为三个部分，分别表现了天上、人间和地下的场景，栩栩如生，这是指引人类的灵魂走向彼岸之地，而帛布之间还有文字。

因为这文字的字体接近汉隶，所以我能够看得懂——上面写着："事皆过盈则缺，见利而收，万勿穷根问底，招惹横祸。"

这几句话,如果在古代算是很白话了,大意也就是——得了好处,你便收敛点,不要过分,否则有你好看!

事实上,如果是一般的盗墓贼,这巨大棺室中的几层财物已经算是天大的收获了,如果没有什么追求,随便拿一点都足够在这个世界上很好地生活下去,然而对于黑袍人来说,世间财物再多,于他都只是粪土。

他要的是被所有外道视为总纲的《临仙遣策》,一种据说能够成就永生的修行法门。

"继续!"凝视着这血淋淋的字体,稍微停顿了几秒钟后,黑袍人毫不犹豫地高声喊道,而骤得宝贝的老鼠会等人干劲十足,开始用手上的工具将这包裹着内棺的各色丝绸剥离下来。

上面的丝绸足有二十多层,想要一层又一层完好无缺地剥下,这是一个很费力气的活计,被满目财物耀花了眼的老鼠会众人自然静不下心来,于是开始用利刃将这些丝绸切断。

然而随着那丝绸断开,分置在四周的阴阳油灯开始疯狂地跳跃闪烁,如在风中,随时都有可能熄灭。

"人点火,鬼吹灯!"

瞧见这场景,老鼠会的四个人顿时就不淡定了,直接从上面跳了下来,慌乱地冲黑袍人喊道:"毛爷,不行,得走了,若这灯灭了,我们都得死。"

黑袍人摇了摇头,平静地说道:"死不了,我带了一张杀鬼符,李道子的杀鬼符——你们只管开了便是,谁若是走了,休怪我不客气!"

李道子的威名让惶惶的盗墓贼安稳了一些,将那内棺的盖子开启。随着最后一块盖子落地,我面前的气泡景象骤然变换,转向了那内棺之上,我瞧见一具被包裹得严严实实的尸体浸泡在浓浓的棺液中。

尽管被绸布包裹,但是我却能够感受到,那尸体朝着我诡异地笑了一下。

就这一下,我浑身冰寒,不由自主地从那寒池之中一跃而起。

第四十七章 内棺摸宝

真的，我都不知道自己是怎么在突然之间，就从这池水中一跃而起的。

要说受不了这池水的气味，一开始我就晕乎得不行了，何必等到现在？而且，我也不可能从这么深的池子中跳跃而起。

一切都仿佛是有人在背后操纵，我就像一个被连上了线的木偶，跟跟跄跄地朝着场中的几人冲了过去。那是一种奇异的感觉，这明明就是我，却仿佛自己置身事外，看着另一个自己。

一瞬间，我瞧见了这些人脸上流露出来的恐惧。

的确，这池子水深，原本看着不像是活物的去处，却突然蹦出一个东西来，无论是谁都会吓一跳。我脚步如飞，一瞬间就冲到了几乎被拆散架的棺柩之前。

"育魔池，天啊，这玩意到底是什么？"正准备查看内棺的老鼠会几人瞧见这状况，顿时就吓得不敢站在上面了，一跃而下。

短暂的恐惧之后，有人从这黏糊糊的液体中瞧出了我的真面目："别怕，是刚才逃掉的那个小子。"

说这话的是科考队的卧底张快，他离我最近，一把冲过来抓我。而我几乎没有什么意识，一下就将他抱住，对准他的嘴巴，嘴对嘴地亲了下去。这行为不但张快没有想到，就连我自己都被吓了一跳，然而事情发生得太突然了，张快根本来不及躲闪，一下被我咬中。所幸这姿势虽然正确，但是我和张快的嘴唇却没有触碰到。

我感觉先前火辣辣的肺部一阵蠕动，接着有一大团蠕动的血块集中在了我的胃部，然后顺着食道一路向上，最后落在了张快的嘴里。

我肚子里好像存了许多瘴气，这么一番呕吐，整个人就轻松了许多。然而张快却硬生生地吞下了我这一大口蠕动的血块，直接翻滚在了地上，双手伸入嘴中，大声地呕吐起来。

我这刚轻松没多久，就感觉后腰被人一脚飞踹，没有避开，一骨碌就滚到了一边，接着一双手搭在了我的肩上，我抬头一看，却见一个硕大的拳头朝着我的脸上砸了过来。我硬生生地挨了这么一下，金星直冒，鼻血呼啦啦地往外流，然后有人将我给拎了起来，死死地按在了旁边的棺材板上面。是马领导，他恶狠狠地笑道："是你小子啊，刚才还说搞完这儿就去解决你呢，没想到你提前就跑出来送死了。行啊你，竟然想到躲到那个池子里去，那地方比粪坑还臭，你可真能忍！"

有人抽出一条皮带子，三下两下便将我的双手捆了起来。与此同时，黑袍人蹲下身，将张快扶稳了，沉声问道："小快，你没事吧？"

张快双腿跪地，从胃里面呕吐出了一大堆腥臭的秽物来，好一阵干呕之后，舒缓了些，摇了摇头，显得特别虚弱："毛爷，我没事，就是有些恶心。"在得到确定答案之后，黑袍人转过身来看了我一眼，竟然没有多说什么，而是朝着旁边的马领导说道："马三，赶紧进内棺，将那东西给找出来！"

马领导摊开手，上面有三根银针，有长有短，不过前端皆是乌黑发臭，他有些犹豫地说道："这内棺里面全是棺液，我刚才试了一下，那液体有毒素，虽然不是腐蚀性的，不过一旦融入血脉之中，就会发挥毒效。你先等一下，我让老云组装出一个捞爪来。"

黑袍人挥了挥手，指着旁边的我说道："不用，让这个小子来找，连育魔池那样的地方，他都能够憋得住劲儿，这区区棺液，应该也是不在话下的。"

黑袍人说得轻描淡写，然而我瞧见马领导手上那三根前端发黑的银针，却止不住地打冷战。

不过到了这个时候，也由不得我愿不愿意，在马领导的一番逼迫之下，我被松开了双手，然后被逼着走上了棺椁基座，翻上一层又一层，终于来到了最高处的内棺。

我人还未到，便闻到了一股奇异的味道，这气味说不上香，也说不上臭，就像煮熬的中药，浓郁不散，不过就是这常人闻着便要呕吐的气息，却将我刚才在育魔池中所受到的那股呛人气味给中和了，总算是好过了一些。正如刚才我在那气泡中所见的一样，这内棺之中一大半都浸泡在浓稠的棺液里面，一具被丝绸布帛包裹得结结实实的尸体躺在里面。

如果真的按照这伙人的说法，这个地方就是轪侯利苍的真正墓地，那么这相距两千来年，别说是人，就算是骨头都没有几根了。然而这具尸体，那被包裹着

的身体和头部暂且不说，唯一露出来的双手就仿佛那人刚刚躺入棺材之中一样。

这棺液浓黑之中泛着一丝绿色，仿佛生命的光辉，我瞧了好一阵子，愣是没敢伸手往下捞。

然而我这边一停顿，屁股立刻被人用枪口捅了捅，那个矮个子用微冲比着我的脑袋，恶声恶气地喊道："小子，我知道你害怕，不过如果你再拖延时间，这枪子就要钻进你脑袋里面了——我还没有用这玩意爆过别人的头呢，不知道是一个什么情况。"

他嗜血地舔了舔嘴唇，而我旁边则站着黑袍人和马领导两人，一左一右地看着我，我知道不能再拖下去了，一咬牙，跐着脚，手就往棺材里面摸去。

尽管我不是土夫子，但是多少也能够了解一些事情，那就是但凡墓葬一般都是将最好的东西贴身放在主人的棺木之中，这是风俗，麻栗山的好多老人故去之后，都会将什么金戒指、玉手环之类的东西贴身搁着，这《临仙遣策》如果真的是成就软侯利苍一生的东西，要么就在这内棺之中，要么就流传给子孙了。

我的手浸入棺液之中，那玩意黏黏滑滑的，有点儿像是鼻涕，似乎又稀疏一点儿，并没有我想象中的冰寒，隐隐之中竟还有一丝温暖。

这棺液到底是什么，没有人能够说清楚，不过跟过杨二丑的我多少也能够猜测到，至少有一部分是这尸体分泌出来的尸液，因为人在死了之后，无论肉体防腐保存得再好，也不可能完好如初，总是会有一些改变的。

这般让人头皮发麻地摸索一番，我终于抓到了一样东西，有些沉，不过我还是费力地将其提了出来。

当这东西浮出棺液表面时，我瞧见是一方用玉石做的巨大的印章，印面足有饭碗大。我将这玩意小心地提出来，放在了脚边。这方印黏糊糊的，胖子老云弄了一个粗糙的吹气筒对着这东西一阵吹，将黏液弄散了，然后用一张黑色的毛皮包裹，翻转过来仔细地看了一下上面的印文，朝着黑袍人点头说道："嗯，是利苍，没错。"

我低头瞧着，黑袍人眼睛一瞪，如骷髅一般的脸上流露出了几分凶狠，阴森森地呵斥道："看什么看，继续摸！"

我不敢再分神，开始努力地沿着棺壁边缘摸，陆续又摸出了几支毛笔、一把刻刀、一把锋利的玉剑以及好几块黏糊糊的玉佩，这些东西都被黑袍人和马领导、胖子老云相继检测，不过都被否定了。时间拖得越久，场中的人便显得越发地急躁起来，隧洞那边值守的人也催了两回，说上面的人好像有异动，似乎准备下来了。

上面的两人此刻正在用老鼠会的镇帮之宝"钻山甲"开凿另外一条通道，免得被人在洞口封死，而且最开始的那条盗洞有几处落点，他们随时可以弄塌，倒也不用很急，只不过这墓室之中的气氛越来越凝重，没有人想在这儿待上太久。

这些家伙一急躁，就开始催我，恶言相向，倘若不是我身上满是那黏糊糊的液体被嫌弃，说不定就有人上来推搡了。

这时候我也有些急了，倒不是说心急找不到那东西，而是因为我害怕对方在得到东西之后第一时间杀人灭口。

双方这般纠缠，我在那尸体脑壳下面的枕头旁边突然摸到了一个狭长的玩意，感觉质地冰凉，而这形状好像是卷起来的竹简。黑袍人一直都在观察我脸上的表情，我这边一有异动，他立刻发现了，沉声问道："嗯，发现了什么？"

我也不敢相瞒，说："好像……摸到那玩意了！"

我这边正说着话，黑袍人像是打了鸡血一般，冲着我大声喊道："快！快拿出来……"这激动的话音还未落，接着我的手腕突然之间就感觉被一只手紧紧抓住，使劲儿往那内棺里面拉。

我受不住这劲儿，感觉抓在我手腕上的那只手有股神秘的力量，让我全身发麻，接着整个身子被拉进了内棺之中。

棺液淹没过了我的头顶，四周一片漆黑。

第四十八章 墓室乱局

我感觉自己特倒霉，任何事情如果没有我，说不定就平平安安、万事无恙了，然而只要我一掺和进来，保管立刻就会变了模样。

比如现在，这具尸体本来应该安安稳稳地躺在棺材里，根本什么事儿也不会有，这些家伙倘若能够将这内棺倾斜一下，将里面的尸液倒出，慢慢找寻，定能够将他们所要的东西给找出来，然而他们偏偏硬要逼着我来掏。

我是谁？我陈二蛋简直就是霉运当头的祸害转世，身负十八劫，李道子当初曾经断言我活不过十八岁，这样霉运缠身的我，他们居然放心让我来弄。

结果我刚刚摸到了那疑似魔筒的玩意，便被一只手拽着，整个人都被拖入了内棺的棺液里面。

我感觉脚似乎被黑袍人拉了一下，不过这边的力道甚大，就算是这个神秘的家伙也根本拉不动，最后我感觉自己被那棺液覆盖，世界瞬间变得无比沉重起来。寒冷在一瞬间侵袭了我的全身，我拼命地挣扎，却发现无数缠人的力道从四面八方席卷上来，将我的身子给紧紧包裹住，让我根本挣脱不得。

棺液开始从我全身的毛孔渗入，我感觉这似乎是一种交流，整个人的热度一会儿流逝，一会儿又缓缓流入了我的身体。

这过程好似换血。

在经过初期的惊慌之后，我突然发现了一件事情，那就是我在这黑色和绿色混杂的棺液之中，竟然能够呼吸。虽然那液体依旧能够顺着我的口鼻渗入气管里，但是却并不呛人，反而是使我刚才在育魔池中被折磨得火炙一般灼热的肺部深深地舒展开来。

很自然地，我睁开了眼睛，瞧见我沉入了内棺，而那具被无数绸布包裹的尸体正交叠在我的身上。

此刻的我即便是身体得到了最大程度的恢复，却依旧被这种诡异的情况给吓得半死，正要再次反抗，结果感觉天地一阵颠倒，几番旋转之后，我被甩到了地面上。

古有司马光砸缸，今有老鼠会踹棺，前者是救人，而后者则是另有目的。我被摔得七荤八素，挣扎着坐起来，发现先前缠绕在我身上、使得我无法挣扎的东西竟然是一束又一束的黑色长发，这玩意将我的四肢紧紧缠住，慌乱之中又打了无数的结，我根本无法自解，左右扭头一看，朝着旁边的光头壮汉乞求道："大哥，这头发古怪，帮我割一下！"

光头壮汉一脸嫌弃地看着我，不过在征求了旁边马领导的同意之后，还是抽出了从我身上缴获而来的小宝剑，将这些头发挑掉。

这些头发韧性极强，即使是以小宝剑的锋利，完全割断也有些困难，光头壮汉勉强帮我将手给解开，又被马领导叫了过去。我一边解开脚下的头发，一边转头过去，只见这内棺被从上面踢落下来，而尸体也被甩落在地，马领导叫他过去是为了将那绸布给解开。

我被扔在了一旁，除了拿枪的小矮子警戒，无人看管，于是不动声色地将那卷东西小心地藏在了衣服里面。

这东西自然就是我刚才摸到的那疑似魔简的玩意，不大，就在刚才兵荒马乱的时候，我将它揣进了兜里。没有人注意我，所有的人都开始在地上这一摊棺液中寻摸起来，而马领导则让光头壮汉将这尸体上面的绸布割开来看。

黑袍人在旁边，点了两盏油灯，一盏放在头顶处，一盏放在胯间，那火焰冉冉而动，随时都有可能熄灭。

而先前在巨棺四周点起的那四盏阴阳灯，此刻早就已经被那棺液浇灭了。

时间紧迫，光头壮汉下手也没轻没重的，横几刀竖几刀，那具缠了几十件衣物的尸体就暴露在了我们的视线之下。只见是个白白胖胖的小矮子，鹤发童颜，高不过一米六，头发长长，无论是肌肉，还是面容，状态几乎如同常人，只是那脸色有一些发青而已。

黑袍人站在旁边打量，也确定了此人的身份，轻声叹道："任你生前纵横万里，死后不过是烂肉一堆。辉煌之时的你可曾想过，自己有朝一日，竟然被这么几个后辈拖出棺材，暴尸于地上？若是你知道，是不是后悔这般张扬，还不如平平淡淡地化作一堆黄土呢？"

这家伙此时还有时间叹息，旁人却是一脸着急，大声喊道："毛爷，没找到你要的那玩意。"

黑袍人先前焦急，但见到这利苍的尸体之后，却淡定了下来，平淡地说道："你们先收拾其他东西，那东西我自有计较。"说完话，他挥挥手让别人离开，而自己则从怀中摸出了一个小瓷瓶子，在尸体上抖了一点儿白灰。结果神奇的事情发生了，那尸体竟然在几秒钟之内迅速地软化瓦解，一阵浓烟升起，没一会儿，这具尸体竟然只剩下了一副皮囊在一摊浓液里面冒着气泡。

"咕嘟、咕嘟……"

做完此事，黑袍人扭过身来，看着我平静地说道："小兄弟，我毛旻阳做事向来公平，你的性命是我替你给讨要下来的，他们几次说要将你灭口泄恨，是我救了你，这一点希望你晓得。那么，你是不是也得投桃报李，报答我一下啊？"

黑袍人在这些人里面地位最高，他若是开了口，我说不定还能活，于是他这么一说，我立刻接茬道："老人家这话说的，只要能活命，您说什么便是什么。"

黑袍人瞧见我这么上道，指着我的胸口说道："既然如此，那便是极好的，那你就把《临仙遗策》的玉简拿出来交给我吧？"

他这话一说出口，在旁边忙着收拾财物的人都停了下来，扭过头来看我。被众人团团围住，特别是被那把枪指着，我心中发寒，晓得此事既然被黑袍人看在了眼里，自然是逃不过一死了。不过我现在就是案板上面的肥肉，生死由不得自己，只能走一步看一步了，于是讪笑着说道："入宝山而空手回，我不由得也生了点贪婪之心，大家不要怪罪啊，莫怪罪。"

我一边笑着，一边将那玩意从怀里掏出来，众人的目光都汇聚到了我的右手上。这东西我只摸过，也未曾得见，于是低头一看，却见竟然是一根擀面杖大小的棍子，表面圆滑，上面有好多细小的文字，末端好像有一个机关可以将其拆解成卷书。

瞧见这东西，黑袍人一直平淡如水的眼眸顿时光芒乍现，激动地伸出手道："给我，快点！"

这东西也不知道有什么魔力，让场中所有人的呼吸都沉重了几分。我将这玉简从右手交到左手，结果上面黏糊糊的棺液在我的两手之间拉出了许多黑亮的黏丝。黑袍人离得远，而旁边的胖子老云生怕我不给或者摔碎，便挤上前来朝我讨要。

我自露面起，从头到尾给人的印象便是人畜无害，仿佛他们可以随意揉捏我，不过这只是因为最早与我交手的是老鼠会的头目马领导。

那个家伙久趟江湖，身手远非我这菜鸟所能比拟，而后我一直被用枪或者短刀比着，于是只能低头装孙子。

但是到了这个时候，我如果再装，恐怕在黄泉路上都抬不起头来了。而这个胖子老云虽然是盗墓摸洞的行家里手，但是看这一身肥膘，却不是一个擅长近身格斗的高手。这个家伙一身虚肉，走路都直打晃荡，根本就不是我的对手。

没有人会想到一个刚才还被踢来踹去的家伙会奋起反击，黑袍人还在为胖子老云突然多出来的行为而猜忌的时候，我一个错身将胖子老云的手肘扭到了身后，接着右手的拇指和食指紧紧掐住了他的喉结。

这是我当初在巫山后备培训学校学习的杀招，以我手指的握力，只要使劲儿一捏，这胖子的喉结便会被我捏碎，接着他的呼吸道就会阻塞，血液返回肺叶之中呛血身亡。

一招制服这老鼠会中占有重要地位的胖子老云，我立刻将身子一缩，躲到他肥硕的身躯之后，厉声喊道："都退后，谁要是轻举妄动，我立刻将这胖子弄死！"

这变故让所有人都十分意外，手中拿枪的那个矮子张鼎有些犹豫，而旁边的黑袍人却厉声大喝道："蠢货，开枪啊！"

这人一声吼叫，我们所有人的耳朵一阵轰鸣。我心中一跳，感觉这话里面竟然有一种迷幻的心理暗示。

果然，拿枪的矮子双眼一红，竟然毫不犹豫地扣动了扳机。我心中大叫失算，浑身恐惧，然而就在此刻，那枪口竟然朝着上方翘起，而矮子的胸前则突然多出了一只血淋淋的手掌。

第四十九章 死伤无数

轰然的枪声在这墓室里面响了起来，这儿相对于别的地方还算是宽敞，然而墓室毕竟是墓室，一旦发生枪战，根本就没有什么可以腾挪移动的空间。

所以当矮子张鼎举起枪瞄向我的一刹那，我除了尽量地将身子缩到胖子老云宽胖的身后之外，再也没有其他办法。

微冲不是手枪，一旦扫射起来，这不远的距离根本就没有躲避的空间。

然而就在我惊悸莫名的时候，张鼎的胸前突然多了一只尖锐而鲜血淋漓的手掌，在那手掌之上则有一颗还在扑通扑通跳动的心脏。

那心脏之前还属于这老鼠会中凶悍的矮个儿，此刻却被彻底地取了下来，虽然它依旧在跳动，但是每一次的搏动都以肉眼可见的速度减缓。这样生取心脏的手段实在是太让人震撼了，以至于我们所有人都忽略了还在持续的枪声，瞪大了眼睛朝着矮个儿后面的那人瞧去。

是张快！

竟然是刚才还跪在地上不断呕吐的张快，此刻的他嘴唇边还留有秽物，几丝菜叶子挂在下巴上面，模样显得十分可笑，但是当我瞧见他那宛如蚯蚓爬过一般、满布青筋的脸孔时，却一点儿也笑不出来。

对自己的同伴悍然下死手，这事儿就算是傻子都晓得不对劲儿，看他这般模样，我在心中嘀咕："这家伙莫不是中邪了？"

这自然是中邪了——只见张鼎双手捧着胸口的血孔，一脸惊诧地跪倒在了地上，那一双死不瞑目的眼睛瞪得几乎都要凸出来了，远处的马领导一声哭喊道："张鼎，我的兄弟啊！"

马领导这一声哭喊，可不只是为了心脏被人掏了的张鼎，还有被我挟持的胖子老云。这个家伙的运气简直是背到了家，脑壳竟然被张鼎误打在头顶上方的跳弹击中，开了瓢，一句话都没有说，直接就一命呜呼了。

胖子老云一死，我就没有了可以凭恃的人质，不过此时这些家伙的对手已经不是我了。但见张快竟然将那心脏放到了自己的嘴前，先是用猩红的舌头舔了舔，然后像吃火龙果一般大口咬下。

之前有过传言，说生吃心脏能够壮阳，所以有些人宰猪宰羊的时候就好这一口，连罗大根的老爹撵山狗也在我面前吃过一次，看着都感觉恶心。不过那些比起此刻来，场面却是又弱上了几分。

人的心脏，终究跟那些四蹄畜生要多一些区别。

张快吃得满脸都是鲜血的样子简直恐怖极了，在这样的家伙面前，我也只能算是小麻烦。就在我假装胖子老云还活着，小心地往旁边移动的时候，马领导已经冲到了他的面前，掏出了一把雪亮的钢铲，铲刃边缘锋利如刀，朝着张快的脖子砍去："我操你大爷！"

张快浑然不动，仿佛没有看到这一记杀招一般，不过旁边的黑袍人却反应过来，一把抓住马领导的手腕，将那钢铲固定在了半空，寒声说道："先等等，他是中邪了，不是有意的。"

马领导一股邪火被拦住，眼睛瞪得比牛眼睛还大，顾不上先前的融洽气氛，朝着黑袍人大声喊道："中个屁邪，他杀了我兄弟，就算是中邪了，我这做得也没错。"

黑袍人将马领导一把推开，凝重地说道："让我来处理！"

两人一番争执，张快终于将拳头大的心脏吃完了，猛然回过头来，一声招呼也不打，便朝着黑袍人扑去。

张快作为黑袍人的后辈，按理说是不如黑袍人的，然而两者纠缠在一起，却是张快攻得多，步步紧逼，而黑袍人则是不断地后退，似乎有些挡不住这个蛮性十足的家伙。

场中战火连连，我一刻都不想停留在此。那个时候的我已经隐约晓得，张快的中邪应该是跟我刚才从胃中呕吐出来的蠕动血块有关，而这诡异的墓室却是与那千年前的大方士利苍有着关联。

黑袍人刚才还笑话化作一摊尸水的软侯利苍用尽手段、费尽心力，最后尸体还是被他这后辈毁掉，此刻却吃了教训。原来这墓地的主人一直都在，在旁边静静地打量着它的领地，一旦有触犯底线的事情发生，它终究还是会出现的。

何为底线？比如这一伙儿不听帛布上面的警告，非要将内棺打开。

神秘的黑袍人与中了邪的张快在墓室中央纠缠，马领导也牵涉其中，余者皆死伤。这样千载难逢的机会，我自然不可能傻乎乎地冲上去帮忙，而是借助着胖子老云的身体移动到了角落，然后收起魔筒，在场中所有人的视线之外，朝着我们刚才落下的石鼎处跑去。

　　我原本是受了许多伤，然而在那内棺的棺液之中浸泡了一小会儿，伤势竟然好了大半，这一番冲刺速度十分快捷，接着纵身一跳，直接就跃上了石鼎。

　　我的眼睛径直盯着那开凿而出的隧洞，就想着逃出生天，然而旁人却并不容许我这般离去。就在我双手攀住了石鼎边缘、准备向上攀爬的时候，感觉双足一沉，那腿竟然被人紧紧拉住了。

　　我低头，瞧见抓住我的是那个光头壮汉。

　　这是个肌肉猛男、金牌打手型，练的是硬气功，一咬牙一跺脚便有一股怪力凭空生出，将我往下面生生拽落。

　　我跌落地上，屁股摔得生疼，却瞧见那个光头壮汉一脸狰狞地抽出了我的那把小宝剑，雪白的牙齿映着寒光，冷笑道："小子，这一回没有人拦着我杀你了！"

　　他对杀我这件事情十分执着，小宝剑毫无偏移地朝着我的脖子间抹来，眼看着离我的大动脉就只剩下几指的距离，突然莫名一阵停顿，接着我的脑海里陡然响起了白合的声音："傻小子，快啊，我能帮你的就只有这样了，坚持不了多久啊。"

　　光头壮汉浑身僵直，脸上一副见了鬼的表情，而我也在第一时间反应过来，将小宝剑断然夺下，回手就是一抹。

　　小宝剑锋利无比，一道寒光闪过，光头壮汉半边脖子都被我切了下来，朝旁边斜斜歪去。

　　在白合出其不意的帮助下，我瞬间就将这个霸蛮壮汉杀掉，而后一点儿也不停歇，紧紧握着小宝剑，纵身跃上石鼎，回望场中，那四层棺椁和珠宝法器散落一地，而马领导和黑袍人正在跟中了邪的张快火拼。

　　短短的一瞬间，已经有了三条性命冰消瓦解，化作虚无，这让我深深明白一点，炼尸穷三代，盗墓毁一生。

　　张快的身子原本有些凝滞，然而时间越久，动作便越流畅，一人酣战两位高手，毫不吃力。这时黑袍人开始往兜里掏东西，这是准备发出据说来自李道子的"杀鬼符"了。

　　这是压箱绝技，一次性用品，场面必然恢弘，我却丝毫不做停留，朝着石鼎斜上角的隧洞那边跳了过去。

隧洞长约五米,我爬到一半时,那边传来了询问:"是谁?下面什么情况?"

墓里墓外,两个世界,我不敢搭腔,生怕自己暴露了,于是更是加劲,连滚带爬地冲出了隧洞。我这边匆匆忙忙,留守外面的人显然也有所觉察,我刚一滚出隧洞口,立刻有一道劲风由上而下地袭来,朝着我的要害扎。

土夫子是一份十分凶险的职业,讲究的就是反应敏捷,在我选择了沉默之后,对方立刻就感觉出了危险,直接上了杀招。

留在墓外照看的有两人,一人是胖子老云的助手咸颖,另外一个是嚷嚷着要杀我的红脸汉子。前者是技术工种,也不好斗,不过后者看来是个硬茬子,下手狠厉,追着我一路砍杀。

这边其实就比外面的盗洞大一些,左右也腾挪不得,我没办法躲避,只有咬着牙抽出小宝剑与其周旋,刀刃相拼,立刻火光闪耀,每一招都凶险莫名。

对方是个杀人越货的老油子,心理素质超强,一边与我针锋相对,一边调侃道:"小子,使出你吃奶的劲儿来,一点儿也不够味。"

面对着他的挑衅,我气沉丹田,猛地挥出一剑,凶悍得很,红脸汉子不敌,连着退了几步,正待反攻,结果身子突然僵立当场。

我抬头瞧去,却见他的身后又出现了一个黑影,一把雪亮尖刀扎在其脑门顶上。

咔!

第五十章 杀伐果断

人的头盖骨究竟有多硬,这个实在是难以用言语去表达,但我却晓得这个红脸汉子究竟有多厉害。

论贴身肉搏的能力,他绝对比我们巫山后备训练学校请来的那些教官还要凶悍几分,很多时候这已经跟技巧、套路无关,而是与杀人的胆气以及生死之间的领悟有关。

但就是这么一个人,在全神贯注的交战中被人从后面偷袭,一把刀生生扎入了后脑壳子,双眼一直,连一句狠话都没有说出口,便软趴趴地倒在了地上。

我瞧见了出手偷袭他的那个人,整个人顿时就浑身发麻,大声地喊道:"孙老师?"

由不得我不惊讶,因为此人竟然就是刚才早我一步进入盗洞,接着又死在了老鼠会手中的孙策符孙老师。那个留着花白胡须的老头子,他不是死了吗?我之前还听到马领导吩咐手下对他的尸体补刀,怎么又出现在这儿,还出手将红脸汉子刺杀了?

难道是……鬼魂?

孙老师的出现,不但将我吓了一跳,老鼠会的咸颖也吓得直哆嗦,他被我和孙老师夹在当中,左右一看,孤孤单单,顿时大叫道:"鬼啊!"

他一叫,声音自然就传到了下方去。我提着小宝剑,上前想要让这个家伙闭嘴,没想到孙老师却朝着我摆手说道:"别,他们用机关把双包丘那儿的盗洞给弄塌了,没了他,我们一样出不去。"

听到这个白胡子老头的话,我一边想着难怪戴巧姐她们没有下来,一边高兴地喊道:"孙老师,原来你真的没有死?"

孙老师苦笑着指指胸口,叹气道:"内脏移形术,龟息缩骨功的一种,他们人多势众，特别是毛旻阳在，我也只有通过装死才能得活。小子，你不错，竟然能够从那伙丧心病狂的家伙手中全身而退，怎么样，下面什么情况？"

我瞧见老头的胸口一片模糊，不晓得被戳了多少刀，实在很难想象得到，这被戳成布袋子一样的身体是怎么活下来的。我将下面的乱局告诉了他，孙老师的眉头皱了起来，大声骂道："狗屁，那帮疯子以为将尸体毁灭就行了，要是真的如此，利苍就不会是当时最强大的方士之一了。"

我有些听明白了他的想法，问道："你的意思是，利苍依旧还在，不过是通过灵魂转移的方式附身在了张快的身上？"

孙老师的脸色凝重得都能够滴出水来，寒声说道："是，也不是，一时间很难把这事情讲清楚。他们这些愚蠢的家伙，根本不知道自己在做什么，他们放出了一个连自己都控制不住的东西来。"

在说了一阵咬牙切齿的话之后，他的双眼突然一瞪，看着我的胸口说道："魔简在你身上吧，拿出来给我。这魔我们是挡不住了，先出去，从长计议！"

孙老师遥遥伸出手来朝我讨要，我却下意识地往后退了一步。

这东西倘若是李局或者是申重朝我讨要，我给了也就给了，毕竟怀璧有罪，以我自己的能力也拿不起。但是这孙老师是程老的人，跟我基本上不熟，知人知面不知心，此刻的他这般诡异，让我怎么放心交给他？

再说了，那魔简我是贴身而放，他却能够一眼瞧出，很明显对这东西十分熟悉，倘若他并不是好人，我岂不是还有危险？

我一犹豫，孙老师就察觉出来了，他在停顿了几秒钟之后，妥协道："那好，你先将东西收起来，等我们出去了再说。"

我同意了他的方案，这时我们才将精力集中在这个惶恐不安的老鼠会成员身上。那家伙并不擅长武力，瞧见我们两人手持凶刃，除了浑身打战，也只有将希望投到我身后的盗洞。

孙老师年纪虽大，但是手段却强，一步跨过来，轻轻松松地将这"老鼠"拎着，将尖刀顶在了他的心口，喝道："第二套方案在哪里？"

他对老鼠会的操作方法十分熟悉，而这刚刚杀过人的气势让那叫咸颖的老鼠会成员一阵瘫软，结结巴巴地说道："你说什么？"

孙老师顶着他的胸口，来到了下到墓室去的隧洞口，朝着里面望了一眼，看得不真切，不过还是能够感受得到里面激烈的拼斗，他回过头来，轻描淡写地说道：

"看到没？不要指望马老三和毛旻阳了，他们现在被那墓中恶魔缠住了，脱不开身呢。他们死定了，想活命，快点告诉我你们的备用方案。"

也许是因为红脸汉子凄惨的死状，也许是因为胸口尖刀的威胁，那"老鼠"终于结结巴巴地指着远处的一处岩壁说道："从那儿走有一处结构层断点，我们在附近有一条备用盗洞，挖通了应该就能够出去了。"

这边一确定，孙老师也是毫不客气地从身上摸出了一张像狗皮膏药的东西，贴在了那隧洞的中间部位。

接着他把我们都拉到了一边，口中念念有词，然后打了一个响指，那隧洞一阵抖动，竟然就直接垮塌下来。那隧洞可不是泥土筑成，而是墓壁石板，外面还有白膏泥，这一番垮塌立刻烟尘四散，整个通道都是飞散的细碎尘埃。

孙老师并没有立即走，而是返回到隧洞口子处，掏出一支金色的毛笔，一边踏着罡步，一边在这乱石堆中画了许多怪异的线条。

这行为足足持续了三分钟才停歇，他转过头来，跟我解释道："稍微封印一下，免得它很快出来。我们赶紧走，出去之后联系上面调集人手，要不然让这东西肆虐，就没有人能够阻挡了。"

我们三人来到了刚才所指的岩壁处，老鼠会的"钻山甲"并没有带下墓室，给了我们很大的便利。在咸颖的指导下，我们将这玩意重新组装起来，然后不断地摇动摇杆，在这岩壁处开凿出一个可供人通行的通道来。

严格来说，"钻山甲"也属于一种法器，或者说部分属于法器，一人在前面引导，一人在后面摇杆，通过绘满符文的锋利切刀，那岩石便如橡皮泥般柔软得很。

经过十多分钟的作业，我们终于来到了另外的一处隧洞，这儿是老鼠会提前布置好的退路，孙老师在前，咸颖居中，而我则在后面。走之前孙老师吩咐我，说这个"老鼠"一旦有什么异动，立刻将刀子递出去，要坚决，一点犹豫都不要有。

我嘴上应着，但是总感觉这个白胡子老头儿当真是有些凶戾得过分了。

不过这话我也只是在心中想一想而已，孙老师能够带着我离开这个鬼地方，那么我何必对一个在此之前想要我性命的老鼠会成员产生怜悯呢？

这一回的盗洞有些长，我们在那潮湿的洞子里足足爬了二十几分钟，才感觉到前面有空气的流动，清新带着青草香的空气吸入鼻子中，让我已经麻木的嗅觉恢复了一些。然而就在我们即将到达尽头的时候，那洞口方向的位置突然传来一个声音："谁？报上名字。"

这个撤退的盗洞居然还有人在看守？

我心中大惊，而在最前面的孙老师也停了下来，伸脚踢了过来。这个仅存的"老鼠"挨了两脚，倒也知趣，朝着那边喊道："鲁汉、老鲁，是我啊，我咸颖。"

那个声音停顿了一下，然后幽幽问道："小咸，就你一个人吗，其他人还没过来？"

我们开始继续往前爬，而咸颖则回答道："是啊，我们找到利苍墓了，发现了好多好东西，不过那边的通道被堵住了，所以我先把这里打通。"说着话，我们都已经走到了盗洞尽头，上面那人嘿嘿笑道："我们足足打了五条备用盗洞，没想到那墓地竟然离我这儿最近啊……"

那人还待说，结果走在最前面的孙老师突然从盗洞中暴起，朝着守在通道出口的那人杀去。

我听到洞口有厮杀声响起，心中也着急，不知道外面什么情况，拿着小宝剑捅前面那人的脚，催他快点。那人背着一个巨大的铁箱子，十分疲累，不过还是勉强爬出，我跟着滚出去。只见孙老师跟一个满脸络腮胡子的家伙拼得正凶，而那个咸颖想要跑开，被我一把抓住死死按在了地上。

孙老师是个厉害人，在一阵激烈的交锋之后，他终于将尖刀送入了对手的心口，自己的身上却又多了几道吓人的伤痕。

这时的我才发现，经过这一段时间，孙老师已经是人不成人，鬼不成鬼，浑身鲜血浸染，十分恐怖。

杀完了那个留守的络腮胡，他转过身来，只一刀便将把我们辛辛苦苦带出来的咸颖杀了。我正好按着那家伙，鲜血飙了我一脸，正纳闷着呢，结果孙老师的刀口又比向了我："小同志，把东西交给我，快！"

第五十一章 魔简生光

也许是从小的心理阴影，我一直对一种类型的人十分恐惧，那就是不懂得尊重生命的人。

我遇到过很多这样的人，比如杨二丑，比如杨大侉子，还比如我面前的这个朝我讨要魔简的孙老师。

在这短暂的一段时间里，他竟然已经亲手杀死了五个人，虽然这些人都是十恶不赦的老鼠会成员，同样视人命如草芥，但远远没有此人让我更为恐惧。

五条生命啊，除了前面那两个是被远射而死，其余的三个人都是在我的眼皮子底下，用一种极为利落的手法一刀毙命。

杀完人之后，他竟然连一点儿不适感都没有。

仔细想一想，这心得有多硬。

而这刀子，随时都有可能捅到我的心口或者我的脑壳上面来。

所以当一身煞气的孙老师拿着刀扭头看向我的时候，我遍体发寒，但却一点儿都不肯屈服，一边从那人的尸体上面爬起来，一边说道："孙老师，这东西我会上交给我的领导，你若是想要，可以通过程老跟我的上级讨要。"

我这边在敷衍着，身子一步一步地退后，而孙老师则和颜悦色地继续伸出手，说道："给我，小同志，这东西会害了你的，你不能留着。"

孙老师向这边逼来，我则尽量逃开，双眼一瞪，寒声说道："孙老师，你过分了！"

我这边来了火气，而对方也是满脸愤怒："我就知道你小子有问题，闻闻你的身上，全部都是血浆脓液的气味，你入魔了，对不对？你一定是被那魔头诱惑了，我要杀了你，把那魔头赶回去！"

他说着，举刀就朝我这边冲来，我被这老头吓了一大跳，转身就跑，而对方则一直在我的身后狂追。

按理说,这个家伙绝对是一个高手中的高手,我估计应该有萧大炮那么厉害,不过他到底是受了很严重的伤,又在底下匍匐前进这么久,跟我比速度和耐力,自然还是稍逊一筹,结果没一会儿,我已经远远地超出了他的掌控范围。

硬的不成来软的,他开始跟我妥协,跟我说刚才只是吓我的,让我不要跑了,有事好商量。

再美妙的谎言也不能骗人第二次,我根本没有停歇,继续快步跑开,而后面的孙老师追得急,一下摔倒在了地上。这一疼,他顿时就发了邪火,大声喝骂道:"小子你站住,你若是跑了,再将那魔简弄丢了,我便是穷尽宇内,也要将你抓住,让你的神魂永不得安宁!"

这狠毒的话语让我顿时就火冒三丈,回身骂道:"老头,你有本事你就追过来,看到时候是你二蛋哥凶悍,还是你这老儿厉害!"

孙老师的言语跟那邪魔中人几乎无异,这让我心中愤然,瞧着周围几乎没有什么人,顿时就一股邪火,想着我要不要阴一下这老头,直接把他弄死了,免得他喘过气来,真的像他所说的一般。

不过我虽然经历了那么多事情,但到底还是个熊孩子,这种杀人越货的事情也就只是想想而已,其他的还真的做不出来,骂完之后,顺着山脊往林子里面跑去。

我陈二蛋生于大山,长于大山,对这种连绵的山窝窝最是熟悉,对着头顶上面的月亮,我朝着前面的路跑去,只求离这个疯子远一点儿。

我足足跑了二十多分钟,这才在一条小溪旁边停歇下来,感觉浑身都是黏糊糊的东西,当时也顾不得溪水冰凉,直接跳入那还不及腿肚子的小溪之中,将全身的污垢冲洗干净。

这一通忙碌,结果一不小心就将那魔简掉了出来。

这让所有人都为之疯狂的魔简其实也就是一根擀面杖一般大小的玉棍儿,末端有一个像纽扣的开关,应该是展开的机关。这夜里虽然有月亮星光,不过暗淡,而溪水还是有些湍急,我赶忙伸手去摸,左弄弄,右弄弄,总算是找到了这东西,却一不小心碰到了那末端的开关。

"咔嚓……"

掉落水中的时候是一根棍儿,被我捡起来、出了水面的时候,却整个儿都展开了,足有两本书宽,溪水洗涤而过,那玉简之上的文字亮晶晶的,好像有点儿光华闪烁。

这东西的威名我听得耳朵生茧，那么多的家伙抢来抢去，自然是有道理的，我也难免好奇，凑近一看，感觉那玉简之上有金光升起，好似有一个复杂到极点的符文透体而出，朝着我的眼珠子射来。

我吓了一大跳，下意识地闭上了眼睛，然而终究躲不过，眼睛好像被锋利的尖针扎过了一般。

眼睛是人体最柔弱的地方，平日里掉一根眼睫毛都要痛哭好半天。这一回遭了难，我感觉整个脑袋都好像被重锤敲了一下，"啊"地一声叫喊，又掉进了溪水里。

那金光充斥了我整个脑海，仿佛全世界都只有这颗包罗万象的神符。

过了好一会儿，差一点儿溺死的我挣扎着仰起了头。这溪水不深，我踉跄着爬起来，感觉眼珠子不疼了才努力睁开眼睛，虽然依旧有泪水往外流，但是能够看清楚景物了。我又将玉简收拢成棍，也不敢再看了，贴身放好，急冲冲地上了岸，拧干衣服上的水，又朝着双包丘大致的方向跑去。

即便有巨大的危险，我也要赶回去，因为在双包丘的下面有胖妞、张知青和小鲁，他们都是我最熟悉的人，我可不能让他们出了事。

深更半夜，黑咕隆咚，在这山里面其实特别容易迷路，我可能是运气好，竟然跌跌撞撞地找对了地方。

大概半个多小时之后，我瞧见了双包丘，那儿的鬼火已经不见，点燃了一堆篝火，有几个人影在那儿伫立，我小心翼翼地走上高丘，往远处望去，就见戴巧姐带着其余人等围在几个泥坑旁边焦急地走来走去。

然而时间过了这么久，程老和申重率领的大部队依旧没有赶到现场，可以想象得到，必然就是马领导口中的红魔徒弟将他们拦截住了。

红魔，哇，一听到这个名字就知道是不好惹的人物。

我怕张知青、戴巧姐他们着急，于是匆匆往双包丘那儿赶过去。而就在我即将接近的时候，突然瞧见前方的草丛中竟然蹲着三个鬼鬼祟祟的黑影子。

我们的大部队如果及时赶来，自然不可能只有三个人，也不会偷偷摸摸地蹲在草丛之中，那么这几个人到底是谁呢？

我心中警戒生起，缓步走到了这三个人的身后。我一开始走得还算快，越接近，脚步便越轻缓，宛如狸猫。就在这时，我突然听到其中有一人在轻声说道："老鼠会和法螺道场的人进去了，现在特勤局的人都在这儿盯着，要不然我们撤了？"

这人建议着,而旁边的人心中有些不甘,缓缓说道:"要不然再等等?机会难得,这《临仙遗策》的出土一定能够改变江湖十年的格局,倘若是我们集云社拿到了,岂不妙哉?"

中间那人也说话了:"妙哉个屁啊,法螺道场跟我们集云社同根同源,信的是同一个老大,虽说这些年大家也相互不来往,但是这半路抢活的事情,咱也做不出来——即便是想做,就我们这几个喽啰,还是算了吧!"

三人各有各的意见,一时间有些争吵不休,我不了解他们的本事,不过想起当日那白纸扇王斌之凶蛮,也不由得打了一个冷战。

此间关系已太过于复杂,集云社再掺和进来,实在不恰当。我心生一计,拍着小宝剑,唤出白合来,让她去将这些人赶走。

白合先前在墓中恐怕是被那利苍的气息给镇得不敢出面,现在倒是如鱼得水,被我唤出来,不用言语也能够明了我的意思,朝着我竖起大拇指,微微一笑,然后飘啊飘朝着草丛三人飞去。

那女人……呃,不,应该说是女鬼还真的是好手段,我才刚刚蹲下去没多久,脑袋还没伸出去呢,便瞧见这三人"啊"地一声叫唤,撒丫子就朝着树林里面狂奔而去。

这三人像风一样地从我面前经过,倒是把我给吓了一跳,这三个家伙还好意思自称集云社的,见个鬼都吓成这样子,果真不愧是"小喽啰"啊。

吓走这三人,我快步朝着双包丘那儿跑去,很快就冲到了火堆前。

还没等我走近就被人发现了,有人直接举枪警告道:"站住,什么人?不要靠近,再过来我可开枪了!"

说话的是小鲁,我使劲挥了挥手,表明身份,在得到确定之后,我走到了近前,他们瞧见原本应该在盗洞里面的我竟然从外面跑了过来,而且还浑身湿漉漉的,大为惊讶,纷纷上前来问我。然而我扫视一圈,抓着张知青的胳膊问道:"张叔,我家胖妞呢?"

第五十二章 危机未解

在场之人几乎无恙，我走的时候什么样，这会儿也就什么模样，但是胖妞却不见了踪影，这让我怎么能不着急。

被我紧紧拽住胳膊喝问，张知青先是一愣，接着犹犹豫豫地说道："二蛋，你先别冲动啊，这事情有点儿复杂……"他这话说得有些结巴，我当时一听，顿时就感觉有些不妙，因为我跟张知青还算比较熟，彼此的脾气秉性也算了解，他这么说，便证明这里面有难言之隐。

可是，就胖妞的行踪一事还吞吞吐吐，到底是咋回事呢？

我一脑子糨糊，抬头一看，却见张知青眼神闪烁地瞧着不远处的戴巧姐，而小鲁也愤愤不平地看着那个女人，心中顿时有了谱，扭过头去看着这个此行中的为首者。

当我扭过头去的时候，戴巧姐也正好凑了上来，假模假式地跟我打招呼："小陈，你怎么会出现在外面了，还湿乎乎的，里面到底是个什么情况，快点跟我们讲一讲……"

我没有理会她的问题，而是反问道："我家胖妞呢？"

戴巧姐的话说到一半被我打断，顿时就有些不乐意了，眉头一抬，不满地说道："别闹，里面到底是个什么情况，老鼠会的人有没有将那墓室挖通，孙老师到底有没有事，快告诉我们。现在的情况很复杂，我们一定要……"

她还准备长篇大论，忽视我的问题，不过我却是一字一句地再次问道："胖妞在哪？"

我抬起头直视这女人的眼睛，两人相互瞪着，几秒钟之后，我从她眼中看到了怒气。她指着我的鼻子骂道："都火烧上房了，你还只顾着你那小宠物，真的是一点大局观都没有。那猴子不是跟着你吗，你问我作甚？"

她没好气地回答让我惊讶——我家胖妞最听话了，我让它留在洞口等我，它怎么可能跟着我呢？

这一路上我都没有见过它啊？

我第一时间就感觉戴巧姐在说谎，将小宝剑抽出来，寒光一耀，大声说不可能，然而戴巧姐却笑道："不可能？你那猴子就是进洞去了，至于是死是活，可跟我们没关系。"

她不笑还好，一笑，旁边的小鲁顿时就受不了了，站在了我的身旁，指着戴巧姐说道："戴同志，你这话说得就真的不合适了吧？要不是你瞧见二蛋去了这么久没有回音，怂恿胖妞下去，它会离开？结果它刚一进去不久，那盗洞就塌了，这件事情说到底，你还是负有不可推卸的责任，现在把自己摘清楚，不太地道吧？"

什么？胖妞进洞了，而且还被压在了坍塌的盗洞中？

小鲁的话让我如遭雷轰，一屁股坐在了草地上，感觉两耳轰鸣，整个世界都开始旋转起来。

那狭长的盗洞我爬过，所以更加晓得，一旦上面塌落下来，就胖妞那小骨架子肯定是一命呜呼，没有第二种下场的——只是我都已经代替胖妞亲自犯险了，它怎么又进去了呢？

我坐在草地上，半天才琢磨出小鲁话语里的意思来——胖妞可没有主动去，只是因为戴巧姐见我进去了这么久还没有出来，便怂恿胖妞进去找寻我们。

胖妞对我的安危最是担心，也通人言，戴巧姐这么一说，它便真的有可能进去。

只不过它的运气实在是太不好了，没进去多久，老鼠会的人为了防止这边后路被截，便直接将这一条盗洞弄塌了。

难怪张知青会言辞闪烁，难怪大家会吞吞吐吐，难怪所有人都不自觉地看着戴巧姐，原来整件事情竟然是这般模样的——我当时就感觉到一股热血冲到了天灵盖，"噌"地站了起来，指着戴巧姐的鼻子就喊道："你还我的胖妞！"

我这话一说出口，眼泪水就哗啦啦地流了出来，戴巧姐瞧见我情绪一下崩溃了，反过来劝我："小陈，这件事情我们都不想让它发生，不过事已如此，无可奈何，就先把它搁置下来吧。现在的情况很复杂，我们的大部队到现在都还没有到，而这边的盗洞坍塌了，下面什么情况只有你晓得，所以你赶紧把事情给我们汇报一下，好做出判断。刚才谷夏贴在地皮那儿听了一下，感觉地底有强烈的震感，而我还能够感受到强烈的阴气汇集⋯⋯"

戴巧姐在这儿夸夸其谈，而我的脸色一片铁青，老子在下面出生入死，结果连自家猴儿都被人暗算了，这怎么让我释怀。

我提着小宝剑，一步一步地走上前去，寒声说道："我都已经亲自下去送死了，你还觉得不满意，非要我家胖妞下去，是不是在你心里，我的命、胖妞的命都不如你自己的命来得重要？"

我当时的眼神据说就像一头受伤的孤狼，戴巧姐也有点被吓到，一边后退，一边说道："小陈，你可别乱来——事情不是这样的，胖妞死了，我们都很难过，不过我们的任务就是这样的，一直都很危险。"

"去你妈的危险，有事儿你他妈的干嘛不扛？老子们的命贱是吧，那好，我跟你一命换一命，看看谁的更贱！"我也是气昏了头，提着小宝剑就朝戴巧姐冲了过去。这时旁边的小鲁和张知青瞧见我的情绪不对，立刻一左一右冲了上来，将我紧紧抱住。

张知青在我的耳朵旁边大声喊道："二蛋，你先别急，这事情一定会有一个定论的，你犯不着让自己下水——再说了，胖妞福大命大，不一定会死的。"

我怒火中烧，恨不得将戴巧姐撕成碎片，然而张知青最后一句话却又给了我一点儿希望——对啊，胖妞现在生死未卜，我犯不着跟这个臭女人较劲，还是先把这件事情搞清楚再说。

清醒过来的我使劲晃了晃头，才发现旁边的人都如临大敌，戴巧姐、谷夏和另外一个战士都站在了一起，谷夏的手枪也提了起来，枪口若有若无地指向了我。

可以肯定，如果我暴起，无人可制止，谷夏出于责任，这枪说不定就会落到我的腿上，或者其他非致命的地方。

我冷冷地指了指戴巧姐，然后扭过头朝原先的那个坑中跑去。

到了地方，我跳了下去，接过张知青递过来的手电筒朝里面一照，发现在离洞口十几米远的地方，果然被堵死了。不过这只是一处塌陷，如果胖妞的运气足够好，说不定不会被压个正着，而要是如此，以胖妞的机智，铁定能够活着返回的。

一想到这儿，我的心中舒缓了许多，不过要如何确定，我还是有些迷茫，难道要我重新折回山那边的出口仔细搜查吗？

我捏了捏手中的小宝剑，意识一下子转了过来，对了，咱不是有白合这小妞儿吗，她是鬼，无形无质，即便前面堵住了，也妨碍不了她啊，让她去查探一番，最好不过了。

这般想着，我立刻唤出了白合，别人看不见她，也交流不得，不过我却能，这般一说，白合有些为难。脱离小宝剑而远走，危险很大，这要是别人，她断然否决便是了，但是那小猴子跟她关系不错，若是有生命之危，她也是十分焦急的。

在考虑了好一会儿之后，白合最终还是勉强答应了，微微一扭身，消失在了盗洞的尽头。

我一屁股坐在了地上，感觉浑身似乎轻松了一点，虽然此刻依旧不知道具体的情况，但是也好过一番瞎猜。然而我还没有从忐忑不安中走出来多久，突然听到上面一阵杂乱的动静，几个人的叫声传来，我一愣，站起来，趴到坑边往上看去。

这不看不要紧，一看吓了我自个儿一大跳。

我瞧见了老鼠会的人。

准确地说，是老鼠会的死人——原本应该死在墓地里面的光头汉子，以及矮个儿张鼎、红脸汉子，不知道怎么回事，竟然神奇地离开了几十米深的地下墓穴，出现在了这上方的双包丘。

是的，就是他们，我确定无疑。这三人正摇摇晃晃地朝着火堆这边走过来，谷夏上去接触，结果被红脸汉子一把抓住了胳膊，直接下嘴去咬。

谷夏原本有些防备，也是工作组里面身手相当突出的一位，却还是中了招。

当左边胳膊那一大块肉被撕咬下来的时候，谷夏这才醒悟过来，在剧烈的疼痛和难以抑制的恐惧之下，将手枪弹夹里所有的子弹都倾泻到了袭击自己的这个家伙的身体里。

安静的夜里，谷夏的痛叫声和枪声交织在一起，显得是那般刺耳，我瞧见那个脑壳被孙老师凿穿了的红脸汉子像一块破布般地抖动。

然而当谷夏手枪里的子弹都打完了的时候，这个紧紧咬着他胳膊的家伙突然又动了，将谷夏一把扑倒，一口咬在了他的脖子上。

第五十三章 专属符袋

谷夏猝不及防就被人咬住了脖子，痛得哇哇大叫，而我们这边则被对方中了这么多枪都还没有倒下的事实惊到了，旁边的小鲁果断扳开保险，开枪射击。

小鲁在部队的时候就是一级射手，此刻眼睛、准星和目标三点一线，枪声响起，那子弹便钻到了红脸汉子的脑袋里去。

谷夏被脑浆洒了一脸，结果那家伙不但没有停歇，反而更加用劲，三两下就咬下了大半个脖子来。谷夏一身本事，但是被咬掉了气管，生命瞬间流失，软趴趴地倒了下去。而在这个时候，另外两人已经嘶吼着朝我们这边冲了过来。

对方来势汹汹，连枪都失去了威力，这让我们都有些惊慌。戴巧姐本来准备上前救助谷夏，然而眼瞧着谷夏半边脖子被啃了下来，晓得可能是来不及了，便跟着我们几人往后退。

小鲁几次点射将弹夹的子弹打空了，接着朝戴巧姐大声喊道："戴同志，怎么办啊？"

戴巧姐也被这情形吓得不行，一把抓住了我的胳膊，大声喊道："下面到底发生了什么事情，这些家伙怎么会这样？"

危机当前，我也忘记了刚才的龃龉，指着那跟跟跄跄冲过来的几个家伙解释道："这三个家伙是老鼠会的，不过他们刚才被孙老师杀死了，我也不知道他们是怎么出现在这上面的。但是老鼠会已经将利苍之墓找到了，而且有人已经中了邪。"

"什么？你怎么知道是利苍墓的？"戴巧姐死死地瞪着我，我却没有理会她，而是将目光投向了几步奔来的那三个死人，停顿了一下才说："你若有勇气下去，自然也会知道这些。"

戴巧姐见我又在讽刺她怕死，没有搭理我，而是领着我、小鲁、张知青和另外一名战士顺着左边的山坳子往上跑。

我和小鲁都还好，多少也见过些世面，另外两人瞧见这枪都打不死的家伙，整个人都崩溃了。那个战士夺路狂奔，直接就翻过了双包丘的山包子，朝着另外一边冲去。

我和戴巧姐都不是怕死之人，一边缓步跑，一边扭头去看，想着如何能够将这三人弄趴下。然而就在此时，却听到前头又传来了一声凄厉的叫喊。

这声音是那个战士的，冲到了山顶的张知青哭着朝我喊道："二蛋，这里还有两个，小乐被他们咬死了，怎么办？"

小乐就是刚才的那个战士，我快步冲到山顶，瞧见在山后那边又出现了两个黑影，正趴在那个战士的身上狂啃，有一个看不清楚，而另外一个则是先前被跳弹击中的胖子老云。

我当时的背脊梁便有些发麻，这情况简直让人措手不及。不过仔细想一想，倘若附在张快身上的果真就是那古墓主人利苍，那么对方自然有能够出来的通道。而这些死去的人只怕都中了邪咒，即便是死，也转不了生，反而被奴役着。

我若是死了，恐怕也是这副模样吧？

转眼之间，这儿就只剩下了我、戴巧姐、小鲁和张知青四人，而那些不知道从哪儿冒出来的老鼠会死人则在啃完了血肉之后，开始朝我们围了过来。

第二卷 青盲年代

张知青没有见过这场面，腿肚子都直打哆嗦，拉着我的衣服哭，问这是啥玩意。我说可能是僵尸吧，戴巧姐摇头说："不是，僵尸是集天地怨气而生，自己体内本有恶魄，而这东西根本就是死尸一具，应该是被邪魔意志所控制住的傀儡。天啊，到底是多么强大的东西，才使得这么多家伙都能够动起来啊？"

她还在感叹对手的强大，那五个家伙都已经走了上来，我浑身都绷得紧紧的，指着对方喊道："怎么办？你能够打得过这些家伙吗？"

戴巧姐从腰中取出了一把软剑，一抖落立刻寒光升起，接着她恶狠狠地说道："是骡子是马，总得拉出来遛遛，我去看看，你照顾好他们。"

她话音一落，身子一扭，便朝前方扑去。此女冲得义无返顾，气势汹汹，然而她的对手却并不是活人，根本不懂得欣赏这种美丽，瞧见有人迎了上来，立刻兴奋得哇哇大叫，挥着手冲了上去。两伙相交，一番拳风剑影，戴巧姐果然不愧是名门之后，那软趴趴的软剑竟然被她使得宛如一团大花，让人大开眼界。

这剑法犀利，一上去就将三人身上的诸多零件给卸了下来，鼻子、耳朵纷纷掉地，然而这些对于常人来说是致命的伤害，对于这帮被人操控的尸体却连挠痒痒都不算。

一方灵巧，一方根本就不惧刀枪，谁也奈何不了谁，形成胶着。然而我这边却看不成戏了，因为刚才将战士小乐扑倒的那两个家伙也冲了上来。

这两人走路的姿势虽然跟跟跄跄，但是我却能够感觉到它们并非僵尸，而是木偶一般的死人。

这样的东西虽然力量大、不畏疼痛，但到底还是不如僵尸那般有自我意识。我当时也是狠下了心，瞧见这两人冲上山坡，一个飞脚踹在了那胖子的脑袋上。

我这一脚踢得结实，只听到喀嚓一声响动，那人的颈骨都被踢断了。然而这胖子的脑袋都一百八十度转弯了，却还是能够继续站起来，朝着我横扑而来。

我当时就吓得不行了，这样的对手根本就不是肉搏或者火器能够解决的，唯有用道法方才能够将之镇压。

可是我陈二蛋虽自小修道，但除了一把子气力，其他的还真不擅长，这边一交上手，顿时就感觉对方虽然行动迟缓，却像是那带壳的乌龟，根本就打不动。不但如此，对方左右而动，好几次我都差一点儿被扑倒在地。

小鲁又打空了新换的弹夹，瞧见这两具尸体居然还能够站起来，顿时就崩溃了，"啊"地一声叫唤，朝着远方跑开。张知青也想跑，我叫住了他："走开点，但别跑太远，外面还有更厉害的家伙呢！"

交手不久，我和戴巧姐再次碰到了一起，她瞧见手持小宝剑的我战意浓烈，也没有受到多大伤害，有些惊讶地说道："嘿，没想到你居然还有些本事？"

此刻的戴巧姐可比我狼狈，她身上的衣服被撕成了布条，露出了洁白的胸口。因为胖妞的事情，我对她没有啥好脸色，只是恶狠狠地说道："我要是没本事，就不可能活着出来了。"

我们三人且战且退，短短的时间里就气喘吁吁，累得不行。戴巧姐瞧见这情况，眉头皱得紧紧的，似乎在准备下一个很纠结的决定。

就在这关键时刻，张知青许是过于恐惧，一个跟跄竟然将腿崴了一下，一屁股坐在了地上。

张知青这一跌倒，立刻就掉了队，冲在最前面的红脸汉子一个猛扑，抓住了张知青的腿往回拉。这劲儿大，张知青吓得半死，大声地喊叫起来。眼看着张知青就要落入众人之口，我也没有再退开，而是转过身一个飞冲，一剑斩在了这家伙的手臂上。

许是运气好，我这匆忙一剑竟然将那手臂给砍下来，而且还赶在那群家伙冲上来的间隙，将张知青拉着往回走。

张知青腿上还有那只断手，脚步踉跄，崴了脚，根本就走不了几步，瞧见这状况，戴巧姐终于下定了决心，从怀里面猛然掏出了一件东西来。她是如此地郑重其事，而我看到这东西却愣了一下，瞧见我双眼发直，戴巧姐得意地笑道："知道这是什么吗？这就是我的底牌——符王李道子亲手所制的符箓。就这样的东西，根本扛不过一张！"

戴巧姐手上所拿的，自然就是我当初从巫山后备培训学校毕业的时候被戴校长扣下的符袋，只见戴巧姐翻了翻，发愁地说道："到底用哪张好呢？"

我将张知青背在了我的身上，嘿嘿笑道："哪张都没用，你根本就用不了！"

戴巧姐一剑刺中了胖子的肚腩，对方双手一握将这软剑紧紧抓住，她抽了一下没回来，旁边的敌人又围了上来，她立刻弃剑而退，从符袋里面掏出一张斗母玄灵秘符，大声问道："你个乡下小子，连李道子都不认识吧，说什么大话？"

有这女人挡在后面，我也乐得轻松，背着张知青在前面跑，哈哈大笑道："你若是会，就用用看啊？斗母玄灵秘符用于镇妖，使那妖丹不稳、神灵溃散。此刻你应该用符袋中的甘露符——这几个东西是染了脏物，将其清洗干净，超度亡魂，自然什么都了结了！"

戴巧姐不信，强行驱动那张符箓，一手指天，气势凛然。

结果，冷风吹过，什么效果也没有。

第五十四章 乡下小子

戴巧姐使符的时候气势汹汹，可惜根本无效，这情形让她诧异莫名，却在我的意料之中。

匹夫无罪，怀璧其罪。当年李道子给我留下这六张符箓的时候，便已经考量过我是否能将让很多江湖人珍而重之的符箓保存下来，所以在落笔的时候特意加了几笔，使得这符箓只有我一人可用。

专属符箓，这事儿对于别人来说，自然是匪夷所思，但对李道子来讲，却是最正常不过的事情。

因为，他是符王。

这也是当初戴校长跟我谈条件的时候，我毫不犹豫答应的原因，因为我晓得总有一天，这几张符箓终归还是会回到我手里的。只不过，我没有想到它竟然来得这么快。

戴巧姐伸在半空中的手被一个家伙抓住了，她先是一愣，接着一个流畅的过肩摔将那个家伙狠狠地甩到了一边，然后回过头来问我："你怎么知道我手上的符箓叫做斗母玄灵秘符？"

符箓无效，她的第一反应就是手中的这玩意是假货，而后才想起我刚才的话。我则一边跑，一边指着她手上的符袋道："这东西本来是我的。"

戴巧姐又抬脚蹬开了两人，回过头来，一副见鬼的样子："你就是我父亲说的那个学生？"

说话间，那些附有邪灵的尸体都已经冲到了跟前，再不反击，只怕我们就真的要赴谷夏和战士小乐的后尘了，我没有跟戴巧姐再多说，而是指着她手中的符袋，自信地说道："天下间能够使用它们的除了我，就只有李道子了。李道子远在天边，而我却近在眼前，你若是不想你我都死在这里，便把符袋给我，让我来对付这些家伙！"

符袋得来不易，戴巧姐还有些犹豫，一咬牙，从兜里掏出一把糯米、一把黄豆，口中默念一遍咒诀，然后朝着这五人兜头洒去。

这糯米和黄豆都是精心炼制的，对付僵尸一类的不死之物最是有效，然而洒落在这几个老鼠会的死人身上却是一点儿用处都没有。

这可就真的没有法子了，戴巧姐此番前来，因为身有符箓，倒也没有备上其他压箱底的东西，一时间就犯了难。

再好的东西，它总得用出去才算是一个事儿，戴巧姐没有法子，这思想一通，便立刻果断地将符袋扔给了我。符袋在手，我顿时就胆气横生，将背上的张知青朝着戴巧姐一扔，大声喊道："接着，看我的。"

张知青被我轻飘飘地扔过去，戴巧姐下意识地伸手来接，手中一沉，双眉一竖，整个人都不愉快了，大声骂道："你要干嘛？"

"干嘛？"我冷笑了一声，一步冲前，折回了那五具活动的尸首之中，将斗母玄灵秘符纳于袋中，又将甘露符夹了出来，大声喝道，"你不是说我是那乡下小子吗？那就让我这个乡下小子来给你演示一下，李道子的符箓到底是怎么用的！"

此言方罢，我先屈食指，大指压上，大指尖掐丑纹，再屈握中指、无名指、小指，如握拳状并藏甲壳，然后错开了两人的抓咬，通过瞬间的调身、调心、调息，进入松、静、自然的三阶段。

"悲夫长夜苦，热恼三涂中……二洒法界水，魂神生大罗，三洒慈悲水，润及于一切！"

此咒诀乃当日老鬼口传心授，无论是语速、咬字还是唱腔，都几乎无二致。此诀一出口，我立刻感觉到指间的符箓之上，有一种强烈、深刻、清晰的力量传递而来，而就在我将其往上扔出的一刹那，有一种整个人身心神魂都渗透到筋骨皮肉里面去的投入感。

接着符箓升空而起，化作了一道青色的光华，将整个区域笼罩，十米之内雾气蔓延，无数的水汽凝结，然后从上而下有露气落下，宛如毛毛细雨，将场中所有人都沾染。

冥冥之中，似乎还有仙乐传来，就像是古筝，铮然而动，悠远绵长，让人回味不已。

这露气落于我们身上，疼痛消解，精力恢复，宛如那灵丹妙药；落在那几个老鼠会的死人身上,却是一阵白烟冒起,无数扭曲的光线气息凭空而生,虽然听不到那凄厉的叫喊,但我的耳膜却是一阵剧痛。

这频率虽然听不到,却真实存在,并且已经将我们的耳膜震破了。

当那五具尸体悉数倒下的时候,我一屁股坐在了泥地上面,浑然顾不得旁边的这几具尸体,大口大口地喘着粗气,呼吸着清新的空气,感觉世界如此美好。

瞧见我真的使出了这符箓,戴巧姐整个人就有些懵了,先前还只是怀疑,此刻却是实打实的战绩,由不得她不信,但是常识却又告诉她这不可能,于是她傻乎乎地上前确认道:"就这样?"

我艰难地爬了起来,使用符箓的后果是体力透支过度,不过在这甘露的沐浴之下,我倒也没有如之前那般倒下,点了点头算是回答,然后朝着张知青问道:"张叔,脚怎么样了?"

张知青揉了揉脚,尝试着站了起来,一愣,不由惊喜地笑道:"哎呀,好神奇,居然好了。"他走了两步,感觉无恙。而旁边的戴巧姐则伸手过来与我讨要符袋,我没有理她,而是平静地说道:"物归原主,这不是正好吗?"

戴巧姐眉头一皱,正想辩驳,突然间我们脚下的土地一阵剧烈震动,我们三个人都站不住脚,失去平衡,跌倒在了地上。

轰隆隆——

我躺倒在地上,大地仿佛变成了一个搅拌机,左右摇晃,根本就起不来,张知青在旁边大声喊道:"地震了吗?"

我的后背紧紧贴着大地,感受着震源的方向,深深吸了一口气,长叹道:"有人在下面动了手脚,墓塌陷下去了,我估计以后就算是调集大量的设备,恐怕也挖不到那个利苍墓了。"

法螺道场的黑袍人嘲笑利苍不过一具残尸,却不知道人家早在两千年前就谋算好了,不但通过育魔池将自己的灵魂保存下来,附着到盗墓贼的身上,最后还将自己的墓室沉入地底,让谁都找寻不到。

这震感足足持续了半分钟,当一切结束之后,戴巧姐站起来,却忘记了问我讨要那符袋,因为这个时候,她的目光已经被一个剃着小平头的年轻人吸引住了。

犹豫了一阵,她诧异地喊道:"张快?"

来人正是被利苍附身的张快,也是科考队曾经的卧底张快,我并没有将墓室中发生的事情讲得过于明细,所以戴巧姐只知道后面的那个身份,当时就懵了,想着所有的一切都是这个卧底和叛徒所造成的。

　　我们的队伍里死了人，这可是大事，说好了保护别人，结果却造成了这般结局，怎么让这个自命为领导的女人释怀，所以一瞧见张快出现，她便一个飞身冲了过去，想要将此人擒下。

　　至于擒下后是用皮鞭抽，还是蜡烛滴，这都是后话。

　　然而当时的我却在想张快到底是怎么出来的，与他对阵的马领导和黑袍人到底什么情况。等我回过神来，喊出一声"小心"的时候，戴巧姐已经冲到了张快的面前。

　　不出意外，这个女人虽然强悍，却并不是附魔张快的对手。张快一个摆手，她便哀嚎着朝旁边滚了过去，生死不知。

　　张快的目光越过山坡朝我看了过来，我感觉得到，最终还是落在了我胸口处的魔简上。

　　我们的目光在空间的某一点上交错，我晓得他从墓地里爬出来就是为了那魔简，于是二话不说，撒腿就朝下方冲了过去。张知青想要跟上我，被我骂住了："张叔你蠢啊，那家伙是来找我的，你不要跟过来，找死吗？"

　　张知青停住了脚步，而我则是越跑越快，几乎是箭步如飞。

　　我感觉自己的身子都开始飞了起来，然而我前方的路上突然出现了一个黑影子，来不及停止冲势的我跟这家伙重重地撞在了一起。

　　我感觉自己好像撞到了墙上。

　　张快竟然如此快，提前一步堵在了我的面前，我摔倒在地，一路翻滚，手却伸到了怀里，心想还有三张符，我到底应该用哪张才好。

　　就在此时，张快的身后突然出现了一个瘦小的身影，手握一根长棍，腾空而起，朝着他的后脑勺兜头打来。

第五十五章 大队来袭

倏然而出的身影虽然瘦小,棍势却恢弘庞大,一旦舞出便是漫天的棍影,呼呼而生,将那中邪附身的张快拦在了半中间。

来者搏击腾踔疾奔,轻盈倏忽,一根棍影简直牵引了漫天星光,竟是先前陷落于盗洞之中的胖妞。

这小猴儿个不大,将金陵于大师赠送给它的法器拿在手中,那棍环注入罡气,顿时就有一股宛如实质的棍气喷薄而出。张快没想到半路杀出这么一个恐怖的小家伙,一时间竟然被那棍子追着敲打,顿时就有"砰砰"的金铁之声从他的胳膊、手臂上面传来。

胖妞仿佛不是在和一个人类战斗,而是跟一大坨生铁战斗。

不过这又如何,这小猴子就像小人书里面的齐天大圣,一棍在手就没有停下过,三两下竟然将索命亡魂一般的张快逼得节节后退。

胖妞如此给力,我怎么能够落下太多,当下也是一个翻身爬起,手拿宝剑,朝着这家伙再次扑了上去。我气势虽足,但毕竟不如张快,无论是敏捷还是力量,都差得有些远,只能在旁边帮衬,反而是胖妞以一己之力,力扛住了张快。

张快的双眼里有红芒闪耀,一边笨拙地抵挡,一边朝着我沉呼道:"把《临仙遣策》给我,给我……"

孙老师如此忌惮《临仙遣策》必然是有道理的,倘若真的让它得到那魔简,两相交叠,只怕这附近就真的是再无宁日了。这般一想,我也只有咬着牙,拼死向前。

我不给,那张快就变得失望起来,朝着我遗憾地说道:"我们来自同一个地方,本来应该同气连枝的,然而你这般作态实在让我很为难啊,魔尊,你还是再入轮回吧——恕我无礼了。"

张快讲着让我丈二和尚摸不着头脑的话,突然之间,他的头发竟然根根竖起,接着一双眼睛宛如太阳，爆发出灼热的光芒来。

张快爆发的一刹那，我下意识地闭上了双眼，然而那浅浅的眼皮依旧挡不住这耀眼的光芒，我感觉到眼前一片白茫茫，一双眼睛似乎就要爆炸一般。就在此时，我却能够感觉到我身前的胖妞突然往前一站，身子微微一抖，一股磅礴的气息从它那肥而短小的躯体中迸发出来。

魔猿莫睁三只眼，否则天下便无光。

我眼前的整个天际似乎在那一刻重回黑暗，我感觉到胖妞似乎跟张快斗成了一团，而耳边则听到张快一阵惊诧的喊声："天啊，你这个老狐狸，竟然还安排了护法？"

我下意识地往后退了几步，咬牙强行将泪水模糊的眼睛睁开，只见先前的那头魔猿黑影此刻正附着在了胖妞的身上，一道黑色的光华从它的额头喷涌而出，洒落在了张快的身上。

先前胖妞对付集云社的凶徒，这道黑色光华被唤作冥火，能够将人的神魂燃烧殆尽。然而此时它的对手并非等闲之辈，张快结了一个古怪的手印，朝前一拍，那黑色冥火便仿佛遇到了一处无形的气墙，再难前行半步。

一击不成，胖妞一个跟斗落在了我身旁，作护卫状。

这个小家伙也就到我的腿肚子高，身上幻化的黑影却有三米，宛若巨人，而再加上于大师给它精心炼制的地罡棍，简直就是一头让人胆颤的魔猿。

不过它虽凶狠，但是此刻的张快却并不是人，双手一收，脸色狰狞地朝我喊道："把魔简还给我，它不属于你！"

我当时也有些吓傻了，没有回话，而胖妞则撅着屁股，毫不客气地朝他一声大吼："嗷……"

这吼叫是一种挑衅，张快晓得了我的决心，一咬牙准备再上。这时突然枪声大作，噼里啪啦，他身子一阵抖，好多血口冒出。我和他几乎是同时朝声源瞧去，只见我们的来路那儿出现了十几个黑影子，其中前面五六个正蹲在地上，毫不犹豫地朝着这儿开枪。

子弹从枪口射出，在夜空中发出了亮黄色的枪焰，看着是那么美丽。

张快又中了几枪，却似乎并无大碍，只是没有再留下来的打算，恶狠狠地打量了我一眼，接着脚步一动，便宛如猎豹一样，双手双脚着地，朝着双包丘的山坳子上面飞奔而去。

他快得就像一阵风，在夜里简直就是一串黑影相连，别说子弹，就连目光都难以捕捉。

跟这样强大的对手较劲，我已经倾尽了全力，根本就没有追逐的余力，而是和胖妞一起朝着这一伙新来的人看去。

我首先瞧见了刚才一个人撒腿飞奔的小鲁，这个家伙实在是太幸运了，并没有遇到张快的拦截，反而找到了大部队，将援兵带向了这儿，此刻见我一副防备的模样，出声大喊，让我放轻松。

事实上，当小鲁一出现，我便一屁股坐在了地上，气喘吁吁，感觉全身的肌肉都如同浸透了山西老陈醋，酸得我牙齿都要掉了。

张知青过来扶我，并且小心翼翼地看着我旁边宛若凶神的胖妞，一双眼睛瞪得跟牛眼睛一般大。

这一晚上，张知青已经经历了无数闻所未闻的事情，心脏本来已经锻炼得无比坚强，然而胖妞这只他自认为十分熟悉的无害小猴儿，竟然还有这么凶厉的一面，这让他开始有些怀疑自个儿的人生。

胖妞脸上虽凶，但是对这个老熟人倒也没有太多警戒，咧嘴笑了一下，一摇晃身子，背后的黑影便收进了它的天灵盖——这小家伙竟然也能收放自如了。

胖妞额头上面的那只眼睛闭上了，不过张知青还是被胖妞这嗜血的一笑吓得腿软，一屁股坐在了我的旁边。

他本来是过来扶我的，结果自己也倒了下去。

当小鲁带着大部队赶到的时候，戴巧姐也从角落处艰难地爬了过来，她胸口中了一掌，那中邪附魔的张快掌力凶悍，但用错了地方，有了缓冲，戴巧姐倒也没有受到太多的伤害。

申重瞧见现场一片狼藉，还有我们这些人或多或少都受了一些伤，特别是我，一身湿漉漉，身上溅满了自己的、别人的鲜血，这情况让他脸沉似水。

申重关心自己人的安危，但是程老却更关心自己的科研成果，瞧见这双包丘之间竟然垮塌出了一个巨大的深坑，脸顿时就黑了，左右一看，抓着张知青的胸口，问这到底是怎么回事。

张知青能知道什么？他这一夜的前半程都在赶路，而后面半程则是孙老师暴起杀人，然后是无尽的等待，以及有打不死的人将两个同伴咬死。

他不知道，而且整个人的情绪已经陷入了恐惧的边缘，不过戴巧姐却晓得一些，讲述三两句之后就把问题抛向了我。

从头到尾，整个事情就我最清楚不过。

因为我经历了所有的生死。

于是所有人的目光都投向了我这里，我看了申重一眼，讲述起进入盗洞之后发生的所有事情。这所有的一切，我就打算隐瞒两件事情：第一件，就是我有可能在育魔池的时候被利苍附过身；第二件，就是我在溪中清洗身体的时候，被魔简上面的字耀花了双眼。

魔简上面浮现出来的那个复杂到极致的符文，我隐隐感觉对我似乎有很大的好处，也将是一个天大的麻烦，所以我决定将其隐藏在心中。

然而还没有等我讲到出盗洞的事，旁边负责警戒的战士突然朝远处一声厉喝："是谁？站住！"

我们回过头去，瞧见有一个佝偻的身影从黑暗处慢慢地走了过来，来人举起双手，缓慢靠近，借着手电筒的照耀，我们看清那人竟然是消失已久的孙老师。

听着我的讲述，程老的脸一直都是阴沉的，而当他瞧见孙老师返回，却露出了一丝笑容，三步并两步走上前去，与老友紧紧拥抱。

他们是朋友、铁杆的交情，自然最是关心对方的情况，瞧见孙老师行走踉跄，立刻慌了神，上前询问。

孙老师跟程老说了两句，然后顾不得身上还在流血的伤口，径直走到了我的面前，伸出手，一脸寒霜地说道："现在把东西交出来吧，立刻，马上！"

我在讲述的过程中，有意忽略了魔简在我手上的事情，但经过孙老师的这一提醒，所有人的目光都投向了我，我晓得此事瞒不住，我也无意占为己有，于是从怀中将玉简拿出，递给了申重。

申重拿在手里，还没有仔细打量，程老便从他手中抢了过去，而孙老师也过来，两人协力将这玉简打开。

然而这玩意一展开来，两人瞧了一眼，脸上却露出了仿佛见到鬼一样的表情。

第五十六章 事件将尽，又生祸端

这一夜匆忙逃命，我也没有仔细打量那玉简，唯一瞧了一次，结果眼睛都被亮瞎了，所以那玉简之上到底有什么东西能让他们如此惊讶，这事儿我也不晓得。

在看了几秒钟之后，孙老师的脸顿时就变得无比怨恨起来，扭头找了一圈，看向了我，三两步就冲到我的面前来，揪着我胸口的衣服喊道："你敢拿假货来骗我们？"

在只有两个人的时候，我怕他，是因为他凶狠、神经质，说杀人就杀人，说灭口就灭口，一点预兆都没有，让人感觉根本就没办法把握。不过众目睽睽之下，我倒也不惧他，一把就将这老家伙的手给推开，然后一大脚将他踹了出去。

我受够了这老家伙咄咄逼人的态度，出手也不顾轻重，没想到那孙老师本身就受了重伤，被我一脚踢倒在地半天都没能爬起来。

我这态度让程老顿时就火了，质问我道："年轻人，你这是干什么呢？"

程老是考古界的泰山北斗，也是此行的首领，天生自带着一股威严，我能够对曾经想要对我图谋不轨的孙老师恶言相向，但是却不会挑战程老的权威。不过我到底是少年人，脑子转不过弯来，只是生硬地回答："这东西就是我从古墓中摸出来的，是不是我不知道，但是我绝对没有换过！"

旁边的申重和张知青等人也上前来劝，申重揽着我的肩膀说道："二蛋这孩子为人向来诚实，是绝对不会说谎的。再说了，他若是要掉包，这黑灯瞎火的，上哪儿找代替品呢？"

孙老师艰难地从地上爬起来，从程老手中一把夺过那展开的玉简，扔在了我的面前，大声喊道："你们看看，这上面一个字都没有，根本什么都不是！"

他气愤莫名，而我低头一看，瞧见原本闪烁着亮光的那些符文竟然全部都消失了，这玉简根本就是光板白条，啥都没有。

这情况让我大吃一惊,因为我分明瞧见过上面有文字,此刻这到底是什么状况呢?

我在这边发愣,申重则将这东西捡起来,一脸无所谓地说道:"这东西或许还有别的奥秘,或许根本就不是,正品还留在下面的古墓之中,只要将其挖掘出来,事情就能够明了。"

程老一脸凝重地从他手上接过来,然后将其卷住,旁边有一个他的得意门生上前来,用一个盒子装好,而旁边的孙老师则有些绝望地说道:"利苍出来了,这个两千多年的老鬼现世,只怕江湖之上要永无宁日了。"

他十分沮丧,申重却并无太多的感触,指挥着手下开始收拾现场,而我和戴巧姐则作为伤员,被安排在了山丘之上,还在旁边给我们生了一堆篝火。

看着忙碌的人群以及天际的浅白,戴巧姐长叹了一口气,似乎是在感叹自己又活着见到了第二天的太阳,而我则搂着胖妞,默然不语。

我这样子看着似乎好像是受了很重的伤,但不知道怎么回事,泡过那育魔池和内棺棺液的我感觉体内有一股暖洋洋的热流在奇经八脉之间左冲右突,让我焦躁得难受,恨不得撒开脚丫子跑上几圈才得劲。不过我不敢跑,也不敢将自己身体的异状说给别人听。

我隐约晓得一点,这可能跟我修习的魔功有关,或许那浸泡跟当初杨二丑对我洗髓伐经一般,使我有了重大突破。

越是如此,我越不敢张扬,因为刘老三曾经告诉过我,所谓正邪不两立,这可不是说着玩儿的,要是碰到一些脑袋里一根筋、嫉恶如仇的正道高手,说不定就要将我这样的小杂鱼给净化了。

我从小便饱经磨难,对生死之事最是在乎,所以刘老三的交代我谨记于心,一点儿雷池都不敢越过。

不过旁人没有瞧出来,戴巧姐离我很近,却能够感受到我急促的呼吸和略微偏高的体温,扭过头来看我,问:"你怎么了?"

从我成功地使出甘露符将那几个被邪灵附身的尸体净化,又与胖妞恶斗被利苍附身的张快之后,这个女人对我的态度也就好了一些,至少没有了那种高高在上的感觉,不过我还是记着她先前的事情,不愿意理她,"嗯"了一声,转过头去。

我不想理她,她却转过身来,蹲在我的面前,伸出手说道:"甘露符被你用了,符袋里面还剩三张,还给我!"

戴巧姐想要回自家父亲送给她的压箱之物，不过这东西既然已经物归原主了，我哪里还会再还给她，于是耍赖道："这东西原本就是我的，你也用不了，还不如还给我算了！"

我赖着不给，戴巧姐也没有强求，而是对我提出要求道："这东西是我父亲给我留下来的，现如今交到了你的手上，既然是物归原主，倒也不是不可以，不过你可得答应我一件事情，要不然我是不会同意的。"

符袋于我不仅仅是一个得力的道法屏障，还是我与青衣老道之间的一种联系，能够不放弃，我自然是不肯让其流入别人之手的。听戴巧姐提出了要求，我立刻点头答应，说要做什么都可以。

这女人脸上竟然露出了一丝微笑，没有立刻说出来，而是告诉我，说现在还没有想好，那就暂且搁下，以后若是想到了，再来告诉我，可不许赖账。

我拍着胸脯说道："你二蛋哥别的优点也不多，但是有一点，就是说到做到，这是绝对的。"

大战结束，众人环卫，特别是有那一群带着枪的兵哥哥在周围警戒，我和戴巧姐倒是能够安安心心地聊天，也不用担心孙老师的危言耸听。

实力是一切人际交往的前提，戴巧姐一旦收敛起了先前的高贵冷艳，倒也还是一个可以聊天的人，而且我跟她之间也没有什么不可调和的矛盾，在她一阵软言讨好之后，我也收敛起了先前那满身的刺，平和相待。

戴校长是戴巧姐的父亲，这符袋则是戴校长送出的心意，所以她其实也听说过我这么一个人。

不但是我，巫山三怪她都有所耳闻，而且对萧大炮特别感兴趣，问了我好多关于忠哥的事情。这些结束之后，她才想起来问我，说我在学校那么牛，一个人干翻了包括教员、宪兵在内的二十多人，咋就在这地界窝着，死心塌地地做一个小科员呢。

"萧大炮在西疆都已经开始带队伍了，巫门棍郎据说在西南局也是特殊应急队的骨干，而你呢，要不是刚才那手段，我都不晓得你就是巫山三怪中鼎鼎有名的陈疯子呢？"

听到戴巧姐这话，我一阵郁闷，没想到我竟然还有这么一个外号。陈疯子——我招谁惹谁了，没事把我往精神病人那一拨划拉啊？

两人有一搭没一搭地聊着天，天色也渐渐亮了起来，这时白合悄悄地出现在戴巧姐身后。那女人似乎感应到了什么，背脊一挺，坐直身四处望，瑶鼻一嗅一嗅，似乎在闻着什么。

白合有心捉弄这女人，不过我示意她别闹，天都要亮了，赶紧回来，白合不情不愿地回了小宝剑。而她一进来，戴巧姐立刻朝着我轻声责问道："你养阴神？"

我含笑不语，没有回答，戴巧姐却不依不饶地说道："这事情虽然能够短暂地提升修为，但是很容易损伤自身，而且还会折寿的，你最好不要弄。"

她唠唠叨叨，这时下方一阵吵闹，我瞧见有几人从远处抬来了一具尸体，其他人都围了过去。不过离得远，我也没有瞧见什么，我被身体里的那热流搞得懒洋洋的，也不想起来。见小鲁走了过来，连忙叫住他，问怎么回事。小鲁告诉我，说刚刚找到了那个叛徒的尸体，身上被打了十五枪居然还跑了五里地，是黄超班长带着两个兄弟从松树林子里面把他拖出来的。

听到这话，我立刻爬起来，朝着人群那儿跑去，瞧见刚才凶如恶魔的张快此刻也就是死尸一具，脸苍白，嘴唇紧紧闭着，毫无生气。

旁边的程老、孙老师和申重小声议论着，音量压得很低，不过都在怀疑利苍应该是另外找人附体还魂了，至于那人是谁，就不得而知了。

我走过来，孙老师总是不怀好意地打量我，一副看贼的样子，我受不了，又返回了火堆旁边。

天已经完全亮了，几个领头的商量了一番，决定派人在这里看着，其余的人先返回山口的那个村子，我们这些伤员被安置在老乡家，而后请求上级立刻派人过来增援，并且开展挖掘工作。

我、小鲁、张知青和戴巧姐四人都受了不同程度的伤害，暂且歇在村中。

没想到这一歇，又闹出了一桩公案来。

第五十七章 一片死寂

天亮之后，我们折转回村，申重带人留在了坍塌近半的双包丘。

临走之前，他拉着我交待了好一会儿，让我将脾气收敛一点，不要对科考队的同志流露出不配合的态度，甚至是敌意，这样子很不好，说不定回去之后他们会向上面投诉，到时候有可能会毁我前程。

在此之前申重曾经跟我说过一件事情，那就是此次行动只是磨合，等完结之后，省局会抽调精干人员组成数支队伍，专门处理应急事件。他虽然不够资历做队长，但是应该可以担当副职，到那个时候，应急队里面铁定会有我的一个名额，让我千万要把握住了。

这样的编制十分特殊，哑巴努尔在西川那边就是这样的情况，一般都是精锐中的精锐，处理事情也绝对迅速快捷，很能锻炼人，也有更多、更好的机会和待遇。

我明白申重的好意，于是全程保持了沉默。返回山口小村之后，我被安排和张知青同一个院子，小鲁受了刺激也被安排休息。至于戴巧姐，她虽然胸口受了一击，不过不重，勉强负起了申重的责任，安排人员，并且护送孙老师和另外一名科考队的成员去乡里面，一是转移那玉简，二来也是向上面求援。

村子里面没有电话，十分不方便，不过戴巧姐还是跟当地的民兵队长取得了联系，组织了十多个精壮的村民进山到双包丘那儿值守。

事情颇多，不过这些跟我都没有什么关系，我被安排在老乡的家里，喝过了玉米混合红薯熬煮的稀饭之后，铺盖一卷就躺着睡觉了。

说是睡觉，其实也就是巩固身体里面肆意乱窜的热流，我曾修习过《种魔经注解》，这行周天之法虽然偏僻诡异，但也是一种修行巩固的法门。我入此门之中，最先学的是道经，而修的却是魔功，向来小心翼翼，也不敢与别人交流，往床上一躺，闭目修行，人已入定，不知不觉便已经到了夜间时分。

睁开眼，我长长舒了一口气，感觉呵气如剑，吞吐似雾，浑身暖洋洋的，先前所受到的内伤外伤都已无碍，站起身来，一捏拳头，全身的骨头都噼里啪啦作响。

炼精化气，炼气化神，炼神化虚，此三步为中国道家内丹修行的三个阶段，而当最后一个阶段达到大圆满的时候，则能够成就地仙之位，超凡脱俗，不理人间事务。如我一般刚刚跨入行当之中的，则大多停留在"炼精化气"的阶段，打熬筋骨皮肉，凝固意识载体，如此骨骼啪啪作响，乃筋骨的经脉皆通，修为又越一层楼的表象。

这情形让我有些安心，因为我只有越强大，才能够越安全，我是否能够安然度过那十八劫，也都取决于我自身的机缘和努力。

天色已晚，胖妞不知道去了哪儿，我站在窗前往外望，瞧见整个村子都陷入了一片昏暗之中，而在远处的村头却升起了几盏红灯笼。这样的景象让人莫名就感觉到有一丝诡异，我也不由得慌了起来，匆忙披上衣服，然后推门朝外走。

我没有找到这房子里的老乡，整栋房子空空的，别说大人，连孩子也没有，静谧得可怕。

我记得张知青在左手边的第二个房间。老乡可能去串门了，这情有可原，而张知青因为凌晨所受到的惊吓，再加上崴了的脚又开始发作，所以应该是留在屋子里面的。

来到了左手边的第二个房间，看着那虚掩的木门，我突然有一种很不好的预感。

这并不是一种直觉，而是因为我闻到了一股淡淡的血腥味。

这味道很淡，应该是被人刻意处理过的，一般不仔细闻是感觉不出来的。然而越是如此，我越是没由来地心慌，在停顿了两三秒后，我将贴身的小宝剑抽了出来，然后深深吸了一口气，将木门猛然推开。

这木门在开了一道很大的门缝之后，突然像是被什么东西给挡住了一样，又反弹着关了过来。

我暗自感觉不对，将手放在门上一点一点地往前推，推到一半的时候，我感受到门后有一股强大的阻力让我难以再推开。

大约感受了一下这阻力的构成，我的心突然一沉，咬牙一脚踹过去，将那门往里面轰然踢开。而就在门朝着里间进去的时候，突然间一个黑影从门口面朝着我晃荡过来。

第二卷 青盲年代

我下意识地往旁边退了两步闪开，然后伸手一捞，将这东西握在了手中，抬头一看，却是张知青。

吊在房梁上的张知青一脸狰狞和恐怖，铁青的脸色，舌头长长地伸出来，一双眼睛几乎就要凸出来，双手下垂，整个身子已经僵硬得跟块木头一样了。

张知青死了，在这个诡异的夜晚，吊死在了房门的后面。我失魂落魄地放开了他的双腿，他便开始晃荡起来，在我头顶上面吱呀吱呀地响。

我当时的心情复杂极了，恐惧、懊恼、后悔、害怕以及深深的失落感一齐涌上了我的心头，就好像我的心脏被人紧紧攥住了一样，有一种想要放肆大喊的冲动。

被吊着的张知青在房梁上晃荡来晃荡去，我不忍心他的尸体被这般糟蹋，手一挥，小宝剑立刻钉在了房梁上，而张知青的尸体也掉落了下来。

我接住他，放平在地上，然后开始给他检查起死因来。

张知青并没有死于窒息，而他的全身上下除了口鼻之间有血痕之外，其他处都没有致命的外伤。排除了这些之后，我掏出了一根银针，直接刺入了张知青的大腿上。这针是刘老三用剩下来之后被我私自摸过来的，没想到现在会派上了用场。

我瞧着那根发黑的银针一脸愤怒，这说明张知青是被人用毒给鸩杀了，我此行的目的终究还是没有完成，我没有保护好张知青，回去以后如何向一枝花和小妮交代？

到底是什么人，竟然能悄无声息地夺走了张知青的性命，还将他吊了起来呢？

望着张知青铁青僵直的脸，我感觉胸中有一团火，下意识地猛捶了两下地面，依旧是郁闷得不行。

不过这会儿也不是什么伤春悲秋的时候，从张知青的尸体上，我大致猜得出他是在几个小时之前被人弄死的，心中虽然悲伤，但也没有太多惊恐的情绪，天大地大，活着最大，我也没有必要留在这里跟人死磕，于是将他的尸体轻轻放置在地上，转身出了院门。

我走得匆忙，出来的时候，感觉身后一片阴凉，嗖嗖的冷风一直朝着裤管里面钻，四处一瞧，一片寂静如水，没有一处人影出现。

整个村子也仿佛死去了一般，根本什么都没有，静悄悄的，吓人得要死。

这时我才感觉到了害怕，倘若我们居住的院子里什么人都没有，张知青又离奇死亡，这事儿还算是突兀，那么这一村子的人都往哪儿去了呢？这么一想，我立刻一阵发虚，猛地掐了一下自己，看看我到底是不是在做梦。

剧烈的疼痛从腰间传来，我整个人一阵激灵，才发现面前的景象如假包换，真得不能再真了。

站在村子中间空荡的大路上，我的目光被远处那几盏灯笼吸引，大红灯笼高高挂，遥遥笼住村子的东南西北四个角落，就像一个阵法，让人走脱不得。我第一时间跑到离这不远的小鲁那儿，想要确认同伴的安危，结果不好也不坏——不好是因为我没有见到人，而不坏是因为我没有见到尸体。

四周一片寂静，唯有天际的红灯笼遥遥高挂，这让我有一种被抛弃的孤独感，整个人有些紧张过度，下意识地朝着空荡荡的大街狂喊了一声："啊……"

这一声好像投入平静湖水的石子，一切都化作了无形。突然，我似乎听到了好多嘈杂之声从村头那儿响起，嗡嗡嗡的，然后朝着这边传来。正想走上前一看，结果一道白色身影从旁边掠过，伸手朝我抓来，我正要反抗，却听到一个熟悉的声音焦急喝道："你这家伙，是我！"

来者是戴巧姐，听到她的声音，我也不做反抗。只见她从角落滑出，一把拽住我的胳膊，将我往黑暗中拖了过去，我任她拖拽，不过还是焦急地问道："这里到底是怎么回事啊？"

戴巧姐气急败坏地掐着我的胳膊，低声骂道："本来那些东西喊不到人的，你瞎叫什么？进入了这法螺道场之中，本来还有希望挣脱出去的，结果你这一吼，我们估计都活不成了。"

第五十八章 撒豆成兵，剪纸成灵

戴巧姐说得严重，不过在这样的情形下，倒也容不得我不信，左右一打量，我更加着急了："巧姐，到底是什么个情况，你赶紧告诉我啊？"

这女人将我拉回了角落，然后压低声音说道："法螺道场是神农架这边的一个道法组织，虽然修行的是旁门左道，但是对于阵法的研究却远远超出许多正道中人的理解，现任的首领姓屈，据说跟当年如日中天的阵王有一些关系，最是厉害不过。简单地说，这个村子被装到了一个道场之中，而我们几个人跟原本的村子出现在了同一地点、不同的时间里，如果偷偷摸摸地找到阵眼溜出，说不定可以得活，但要是被这主阵的人发现了，只怕就一步都走不脱了。"

我还是不明白，问："难道我们是被引魂出体，然后装入某种法器之中了吗？"

戴巧姐摇头说："不是，这东西很难讲，法螺道场的人有一种特殊的法螺，不过并不是将人的神魂扯入其中灭杀，而是将同一个空间分离出来，并且通过头发、名字、画像等特征，将想要整治的人兜入其中——换一个说法，所谓阴阳两隔，人鬼殊途，各有各的道路，我们这算是走岔道了，你明白？"

我明白了，完全明白了，这也就是说，阴阳两立，现在的我们被从正常的时空剥离出来了。这不是幻觉，而是实打实的存在，若想要回去，可能又是一段极为艰难的道路要走。

一想到这其中的艰辛，我的眼泪就流了下来。我陈二蛋的命到底是有多苦，这刚刚安生没多久，怎么又碰到这桩事呢？

我自怨自艾没多久，想起一事，问戴巧姐："既然是要找特定的人，那么除了你我，还有谁呢？"

戴巧姐摇了摇头，说："这东西最讲究的就是一个'随风潜入夜，润物细无声'，神不知鬼不觉就中了招。我也是刚刚爬起来，瞧见村口的那几盏红灯笼，才想起我父亲跟我讲起的这典故。那红灯笼叫做离魂灯，它是维系法螺道场至关重要的东西，不过它若灭了，只怕我们就再也回不去了。我想找人手过去看，结果找了大半天，就发现你这小子在路上大吼大叫。"

我突然想起跟我同一个院子的张知青，脸色顿时一阵黯然，跟戴巧姐说起此事，还一脸期冀地说道："你说，张叔会不会根本没有死，只不过是一种幻象？"

戴巧姐苦笑，摇了摇头道："我也想跟你说他也许没死，不过既然进入这法螺道场，那么你见到的所有一切，那都是真的。我知道了，这次针对的应该是我们先遣队几个得以回来的人，而他只怕因为阳气太弱，第一个中招了。"

提前到达双包丘而最后得以回返的，除了去乡场求援的孙老师之外，还有我、戴巧姐、小鲁和张知青四人。我和戴巧姐是修行者，气血强大，而小鲁转业军人出身，龙精虎猛，唯有张知青守着一枝花那般如花似玉的美貌妻子，阳气自然有所亏损。

第二卷 青盲年代

不过这并不是重点，据我所知，先前雇佣老鼠会盗墓的那个黑袍人毛旻阳，以及在程老手下卧底的学生张快，可都是法螺道场的人，此番出现这种状况，我也晓得应该是他们的报复，但是村中之人那么多，为何偏偏选中了我们？

难道说，他们以为从这四个生还的家伙身上能够挖掘出他们想要的秘密来吗？

好吧，这些家伙的思路是正确的，因为如果我估计得没错，那魔简上面的内容只怕已经化作了一枚复杂至极的符文，印入了我的双眼之中，而孙老师手中所拿的玉简根本就是一个样子货而已。

科考队说小不小，说大也不大，他们能够安排一个张快，说不定还有其他内线在其中，那么必然也会怀疑到我们几个的头上来。

特别是我。

我和戴巧姐一番叽咕，突然瞧见一个身影从村口那儿狂奔而来，而且还一边跑，一边歇斯底里地吼叫。

这声音我太熟悉了，来人正是小鲁，这小子不知道受了什么惊吓，撒腿跑，整个人都仿佛崩溃了一般。别人我倒可以不理，不过小鲁再怎么也是我的老同事，于是我不顾戴巧姐的拉扯，朝着冲我们这儿狂奔而来的小鲁喊道："小鲁，这儿！"

小鲁仿佛没有听到我的喊声一般，顺着道路朝村尾那儿跑去。我瞧见他整个人都有些不正常了，害怕张知青的事情再次发生，也不能由着他不管，于是一个纵身将小鲁扑倒在了村中的烂泥地上面。

小鲁拼死反抗,手抓脚蹬,异常激烈,我猝不及防之下被他抓得脖子上几道血口,火辣辣的。这时戴巧姐也冲上前来,小手微微一抖做了一个手印,稳稳地落在了他的额头上面。

小鲁吐了一口血,浑身一哆嗦,终于醒了过来,抬起眼皮看了我一眼,有泪涌出,嚎啕大哭道:"二蛋啊,那些东西又来了。"

"什么东西?"我有点儿莫名其妙,然而小鲁却紧紧地抓着我的手掌,一双眼睛瞪得硕大,声音几乎是从嗓子眼里面挤出来:"二蛋,村口那儿有纸片一样的人和马,像古代的将军,有挡路的树木便一刀砍过去,腰身粗的老槐树一下就倒了——它们来了,朝着我们这边冲了过来。"

"撒豆成兵,剪纸成灵,这是法螺道场里面的凶灵,不可硬撼,我们赶紧躲起来!"一听到小鲁的描述,戴巧姐立刻反应过来,指挥我和小鲁朝着黑暗处藏过去。

然而小鲁刚刚被我扶起来,脸色却突然变成了白纸:"不行,它们来了!"

横在马路中间的我们三人扭头瞧去,赫然瞧见在那低矮屋子相间的尽头,突然涌出了一大片的白色影子,这些东西整体生光,模模糊糊的,不过勉强还是能够瞧出一些古代兵甲的模样。当头一人骑着高头大马,手握长戈,一出现目光便锁定在我们的身上,左手握拳,大声地吼了起来。

"呼……呼……呼……"

果真如戴巧姐所说,这些东西可都是有些年头的凶灵,给人的感觉那叫一个阴森凶厉。小鲁受不住吓,一屁股又坐回了地上,全身的每一个零件都在颤抖。

戴巧姐一边朝着旁边的屋子跑去,一边还恶狠狠地骂道:"你们两个家伙干嚎啥呢?现在傻了吧,被它们缠住了,怎么躲都逃不过的。"

也就在戴巧姐动身的那一瞬间,道路尽头那一大群身泛白光的凶兵也在这排山倒海的呼啸声中纷纷扑上前来,我和小鲁跟在戴巧姐的身后,刚刚躲到一老乡的小院之中,将那大门一闭,立刻有巨大的撞击力量冲了过来。

"咚……"

这一声巨大的撞门声,仿佛敲在了我们的心头,抵在门后的我感觉双臂一阵酥麻,整个脑袋都是一昏。

来人撞得凶,我和小鲁则死死顶在了大门处,我朝正在从兜里面翻东西的戴巧姐大声喊道:"你懂这个,那赶紧说现在怎么办啊?"

我催得紧，戴巧姐也有些慌，从身上抽出了一方令旗、一方铜镜，还有几张符纸，不过都没有她满意的东西，一脸沮丧地说道："此类附身纸灵最怕雷罡与火符，我之前有一盏烛火可以灭之，不过这回过来没有带。"

想到这儿，她指着我的胸口喊道："对了，雷符，那符袋里面可不是有雷符吗，你赶紧用！"

雷符珍贵，冠绝所有的符箓，因为此乃至阳至刚之道，是所有的道法里面攻击力最强大的一种。不过时至如今，我也没得选择，为了活命只有如此了。

然而正当我想要去符袋拿那雷符之时，与我一起顶着大门的小鲁突然一声惨叫，我低下头一看，有一根精铁长戈将这木门戳通，正好将小鲁的左手刺到。小鲁左手大出血，整个人跌落院中，这时一道巨力冲来，我再也顶不住，整个人随着木门的碎片朝后方跌落而去。

大门一开，纸灵悉数涌入了小小的院子里，将我们三人紧紧围住。这时我才得以打量对手，但见这些纸灵皆无面目，整张脸仿佛蒙上一张皮，不过手腿胳膊都在，比常人更加雄壮。

说是纸片儿，不过此刻真的和我们没有什么区别。

这些来势汹汹的家伙围住我们之后，却并不下手，而是在等候着什么一般，我和戴巧姐有些惊诧，将小鲁扶了起来，背靠背地看着这些家伙。就在这时，那门口处的空间突然一阵扭曲，接着有一个穿着黑袍子的人从黑暗中走了出来。

来人正是那个叫做毛旻阳的黑袍人，他淡定自若地跟我们打招呼："三位好啊，又见面了，有些事情还是想跟你们请教一下，希望不要拒绝我。"

第二卷 青盲年代

第五十九章 生死取舍

黑袍人的出现在我的意料之中，而戴巧姐和小鲁却是吓了一大跳，领头的戴巧姐大声喝问道："你到底是谁？"

面对着这无力的质问，黑袍人倒也没有生气，而是平静地整了整衣衫，煞有介事地自我介绍道："鄙人毛旻阳，在法螺道场的供奉堂混口饭吃，小角色，恐怕诸位都不认识我吧？不过这不要紧，我今天来呢，左手掌生，右手掌死。各位若想囫囵个儿地离开此处，还需要回答我的一些问题才行。"

他倒也坦然，戴巧姐的脸色立刻凝重了许多，眉头一竖，也不说话。而我则将衣服撕下一边，将小鲁的左手紧急包扎起来，他的伤口很奇怪，表面上看一点口子都没有，但是血却哗啦啦地往外冒。

瞧见这伤口，我心中明了，周围这汹涌的兵潮看似恐怖，不过恐怕都是些凶灵，它们力量强大，但是若想要伤害人，恐怕还是要依托承载其身的纸片。

我们没有说话，而黑袍人则继续说起自己的诉求来："之所以费尽心思将诸位请到这儿来，是因为你们之中的某一个人拿了不属于他自己的东西，这样的行为是小偷，是要受到人唾弃的，不过我毛爷这人向来最是宽容，只要你们将东西拿出来，那么我就放你们出去。"

我身旁的两人都瞧向了我，而我则呵呵冷笑道："且不说那魔简是非主之物，就算是您毛爷的，恐怕你也找错对象了吧？要知道，那魔简我已经上交给了我的领导，最后落在了科考队孙老师的手里，你若是要，自己去找他便是，何苦为难我们？"

"不、不、不……"黑袍人摇头摆手，淡然说道，"你不是傻子，我也不是，魔简变成了无字天书，这件事情整个科考队都传遍了。而从内棺之中到你交出来的这一段时间，魔简一直都在你的手上，你到底动了什么手脚我不想知道，但是那东西，你一定得还给我们！"

黑袍人认定是我对魔简动了手脚，这猜测其实离真实答案并不算远，唯一的区别在于那并非我主动的，整个过程根本不可控。

我这是躺着也中枪，想想都觉得冤枉呢。

不过即便如此，我依旧对张知青的死耿耿于怀："你既然怀疑我，那就他妈的冲我来，找这些无辜的家伙做什么？我院子里的那个人是不是你杀的？"

黑袍人点了点头，竟然毫不避讳："先前到达双包丘的人命数都应该死，然而你们四人却得活了，那所有的事情都产生了变化。这是命，你们逃不过的。至于那个男的，所有人里面就属他最好弄，我这法螺道场驱动，需要有人的亡灵做引子，很不幸，我的人选中了他，这个我很抱歉。不过也没事，他不过就是先你们一步死去而已，你们随后就到，若是赶一赶，黄泉路上说不定可以搭伴呢。"

他得意洋洋地说着，似乎想要给我们施加强大的压力。然而就在这时，我旁边的戴巧姐突然错身插入我们之间，将手中的铜镜一扬，朝着黑袍人照了过去："现出原形来吧！"

她突然的介入让我吓了一跳，那铜镜之上似乎有一股无形之气喷出，笼罩在了这黑袍人的身上，但见一阵光线扭曲，黑袍人竟然消弭于无形。

一招得手，戴巧姐笑着说道："真当老娘是乡下佬啊，不但在这儿装大尾巴狼，还想攻心为上，屁话！你以为我们不懂，那主持法螺道场的人，只能够借助心中怨灵行事，是绝对不可能投身而入的，弄个意识投影吓唬谁呢？"

这周围的纸灵都是黑袍人操控的，而这投影被戴巧姐弄没了之后，顿时就出现了一个短暂的空当，瞧见周围这些穿着古代盔甲的无面人身体僵硬不动，都不用人催促，我和小鲁便跟在戴巧姐后面冲出了院子。

刚刚走了几步路，身后的整个院墙都垮塌了下来，身上泛着白光的纸灵蜂拥而至，踩着极有韵律的鼓点儿，紧紧地跟在了我们的后面。

一番狂奔，从村头跑到村尾，好像都没有用多少时间，然而我旁边的小鲁却突然绊到了石头，整个人都飞了出去，在地上滚了好几圈。我冲到他的旁边，手忙脚乱地将他扶起来，结果瞧见小鲁脸白如纸，惨然笑道："二蛋，我估计是不行了。"

我给小鲁检查身体，瞧见他左手上面的伤口依旧在哗哗地渗着鲜血，这流了一路，身体里的血也都已经流得差不多了。人失了血就会感觉寒冷易困，小鲁此刻便是如此，眼睛不停地眨着，昏昏沉沉。我鼓励他，他却摇头苦笑，反过来抓紧了我的手，竟然有几分平静地说道："二蛋，我以前瞧不上你，嫌你是山窝窝里的农民，名字也土，还总在欧阳、向姐她们那儿说你坏话，对不起。"

我拖着小鲁跑路，身后的纸灵被我们甩开了一截路程，听到这话，我哭笑不得："都啥时候了，小鲁哥，有事咱以后说成不？"

小鲁猛然摇头，大声说道："二蛋，我自己的情况自己晓得，跟你道完歉，心里舒坦了，再求你一件事！"

我点头答应，问他干嘛。小鲁紧紧拽着我的胳膊说道："我家里就两兄弟，下面还有一个七岁的小弟，我死了也无妨，总有香火。不过你以后若是出息了，能不能帮我照看一下我的小弟？"

小鲁这临终托孤的架势让我说不出拒绝的话语，刚点了头，他便使劲儿推了我一把，朝着我和戴巧姐喊道："那些纸灵欺软怕硬，总是找软柿子捏，我不行了，血流干了，跑不动了，你们跑吧，朝村口那儿去，村尾都是恶鬼呢，我帮你们引开。"

这话一说完，他就大步朝着村尾走。这个家伙以前吃过鲶鱼精眼珠，能够瞧清阴阳，最是明白不过，我心中不舍，正要挽留，却被旁边的戴巧姐硬生生地拽着离开。

我一反抗，她便在我的耳朵边大吼："他流了那么多的血，本来就活不成了，现在他在用自己的性命给我们争取一点儿机会，你若是跟着一起死去，对得起他刚才的嘱托吗？"我被戴巧姐的话给镇住了，还没有来得及仔细思量，便被她拖到了旁边屋子的角落，随后她燃烧了一张符箓，那些纸灵竟然汹涌往前，根本就没有理会黑暗角落的我们。

一线生机，稍纵即逝，戴巧姐带着我绕过了旁边的房子，朝着村口那边冲了过去，两人深一脚浅一脚地跑，没多久就到了村口。只见这儿果然如小鲁所说，竖着许多白纸竹篾扎成的纸人儿，有灵童霞女，有黑白无常，有仙鹤楼阁，当然，还有我们刚才所见到的那些盔甲士兵。

这些东西错落有致地摆放着，显得很有规律，不过似乎不结实，轻飘飘的，一吹就能够倒下去一般。

但它们就是稳稳站立着。

我刚想走上前去，戴巧姐一把拉住了我，轻声喝止道："且慢，这里面是有讲究的，刚才小鲁就是因为误碰了纸人，导致被一路追杀。"

戴巧姐一讲到小鲁，我的情绪又有些低沉了，她瞧见我这副模样，轻轻叹了口气，说道："二蛋，你的心到底还是太软了，见不得生离死别。其实在我们这个行当里，死亡率是最高的，因为我们一直以来都是在跟最邪恶、最恐怖的一批人打交道，你以后若是不能控制住自己的情绪，只怕很难走得更远啊。"

戴巧姐的话就像一记警钟，让我惊醒过来。我使劲儿深呼吸，然后问她："那好，我们接下来到底怎么办？"

她摇了摇头，说不知道。我惊诧，说："你怎么能不知道呢？"戴巧姐一阵好笑，推了我一把道："你真以为我是百科全书啊，这东西我也就听我爹讲过一点，至于别的，我还真的不晓得。"

听到她的话，我的心不由地往下一沉，若是如此，那么我就只能靠自己了。然而，这法螺道场的生门缺口，到底又在何处呢？

我要怎么走过去才能够不惊动这些附身在纸扎上的恶灵呢？

我心情忐忑，眯着眼睛瞄了村口的那些纸扎好一会儿。突然之间，我感觉一对瞳孔灼热非常，接着整个世界仿佛都有了变化，不再有树木、田野和木屋，所有的实物都在一枚旋转的符文作用下，化作了一条又一条的细线。

一条亮光从我的脚下升起，直指某一处缺口，我一阵激动，拉着戴巧姐的胳膊大声喊道："我看到了，我们走！"

第六十章 法螺道场的招牌硬菜

瞧见这么多纸扎的人儿,此刻的戴巧姐已经有些绝望,却不料我这个乡下小子一把抓住她的胳膊,拉着她往村口冲,不由得吓了一大跳:"你这是要干啥?"

我来不及解释太多,生怕眼前这些发亮的线条稍纵即逝,埋头一阵猛跑,而戴巧姐没了主意,也只能跟在我的后面一阵小跑。

两人从小巷中越过村口的几家土屋,然后来到了村口的晒谷场,这才稍微停住匆忙的脚步。之所以停下脚步,并不是因为我眼中的亮光熄灭,而是因为这晒谷场上摆的纸扎已经多得落不下脚了,特别是摆在最前头的这一排,在头顶红灯笼的照耀下,显得格外诡异神秘。

我此刻的眼中是两个世界,一个是正常的世界,晒谷场、出村的马路以及两边的田野,一派农村寻常风景;然而透过那神秘的复杂符文,我却看到了无数细线和弧形构成的古怪世界。

一眼看透阴阳。

法螺道场说到底还是依靠道法剥离出来的世界,如果想要出去,这符文指点出来的亮光应该是最关键的东西。

我们来到了村口的晒谷场前,左右一打量,瞧见在左边几米处的古代盔甲士兵群中有一个缺口,这个缺口十分突兀,再回想起先前的事情,估计是被小鲁误闯引发的。时间紧急,因为这每一秒都渗透着小鲁的鲜血,我没有半分停留,而是直接从那个缺口闯入其中。

原本还没有怎么觉得,然而一入其中,便感觉到如被一盆凉水从头浇到脚后跟,阴风习习,整个人都感觉一阵发麻。

阵法!

法阵!

易卦乾坤！

我身后的戴巧姐一脸忐忑地喊道："二蛋，你别鲁莽，这儿十分危险，并不是没碰到那纸扎就不会触动机关的。小鲁刚才在外面勉强能逃，而如果你陷在这里面，到时候上天无路入地无门，那就惨了。"

戴巧姐的碎碎念听在我的耳中，突然多了一些温暖，无论这人原先到底有多让我讨厌，不过此时我却还是能够感受到她的关心，微微一笑道："别废话了，跟紧我，一步都不要错，要不然大家都得死！"

我的眼中有一处又一处的亮光升起，我便依着这指引朝着前面走去。

看见我安然无恙地穿过了那有着纸扎马儿和将军士兵的区域，又绕过了那纸扎的彩轿和牌楼，居然没有一点儿动静，戴巧姐终于相信我能够带领她离开此地，忙不迭地跟着闯入了阵中，我等了她一会儿，待靠近一些，然后继续往前。在神秘符文的指引下，两人有惊无险地穿过了晒谷场那密密麻麻的纸扎阵，终于来到了村口处。我们望着前方，远处的景色就像透过毛玻璃一般，朦朦胧胧的，一片迷茫。

来到村口并不意味着就能够逃脱出这个法螺道场，我们还需要找到生门方可出去。

第二卷 青盲年代

大道五十，遁去其一，任何杀阵都会有一处缝隙，这个是规律所在，也是必定存在的真理。然而如何找到这处生机，则需要对法阵的参透以及对规则的感悟，以及诸多经验，方才能够推衍而出，这一点我没有，戴巧姐也没有，所以之前才会如此头疼。

不过此刻，我却觉得自己应该能够活着逃出此处，因为这个莫名浮现在我眸子深处的神秘符文，它给了我无比强大的信心。

在沉默了好一会儿之后，我碰了碰旁边戴巧姐的胳膊，低声说道："那个，有没有香炉灰，或者朱砂粉末之类的东西？"

戴巧姐一愣，问我干嘛要这东西，我没有思考，而是下意识地回答道："此方为阴司属性，非蕴含岩火烈阳的朱砂或者日夜供奉、沾染神性的香灰等物不能夺其气息，进而改变这儿的空间结构，你有没有，赶紧给我。"我语气坚定，毫不作假，有了先前带着她闯阵的事实，她也没有再多疑问，从怀中摸出一个纸包来，递给我道："这朱砂选自湘西怀化最上等的红岩深矿，所剩不多，希望你不要骗我。"

我接了过来，笑着说道："我自个儿都跑不掉，干嘛要骗你，有钱吗？"

这话说完，我将纸包解开，瞧见里面有均匀分布的红色朱砂，数量虽然少了一点，不过还算合适，于是伸手捻了一把，朝着前方有光华闪亮的地方撒去。

那朱砂顺着阴风朝着前面飘扬，落在了黑暗之中。就在此刻，景色突然一阵旋转，就仿佛一面镜子，在我们的对面竟然也出现了一个村子，跟我们背后的一模一样，一样的晒谷场，一样临山而起的小村落、破旧的土屋以及小路。不同的是，那晒谷场上面停着科考队的几辆汽车，而那个临山而起的村落里，有好多未灭的灯光，还有人影闪动。

我们这儿是法螺道场之中的静寂鬼村，而在这镜子里面的，才是真正的现实世界，只要我们往前跨上一步，便可以离开这个该死的地方。

这情形让我和戴巧姐兴奋得每一个毛孔都张开了，旁边的戴巧姐几乎不用我招呼，便跨步朝前冲去，想要冲过那个镜子到达现实世界。然而就在她往前冲的时候，我突然瞧见在对面的晒谷场那儿有一个黑影闪动。

这个黑影就是黑袍人毛旻阳，我简直太熟了，瞧见他陡然出现在这个缺口处，心中狂跳，正想向戴巧姐示警，便听到这女人一声惨呼，朝着后方跌飞而来。我伸手去接住她，却没想到这力道甚大，我被她带着一起朝后面晒谷场的纸堆滚落而去。而空中则出现了黑袍人低沉的声音："没想到啊，你们两个小鬼居然能够找到唯一的缺口处来。不过这最薄弱的地方，你以为我们就没有防备吗？哈哈哈，要么交出那东西，要么在道场里面受死吧。"

那如同门一般的镜子逐渐收缩，最后化作了虚无，我眼中的亮光也跟着开始消失，但此时的我则在一堆纸扎里面扑腾着。

几秒钟之后，我站了起来，突然感到后背一阵灼热，扭过头去，瞧见有一个胖头胖脑的光屁股娃娃正死死地盯着我。它的眼神是那么怨毒，以至于让我想起了以前在麻栗山偶尔见到过的毒蛇，而当我看过去的时候，它竟然笑了，露出一口白牙。

这牙齿白森森的，不齐整，全部都呈现出倒三角形的模样来，我吓得往后一退。旁边的戴巧姐抓着我的衣服，挣扎着爬起来，然后突然发出了一声尖厉的惊叫。

她先前嘲笑我和小鲁的叫声招来了凶灵，此刻却也发出了同样惊悸的叫声，那是抑制不住的惊恐，因为在那个光屁股娃娃的周围，有着数以百计和它一样的密密麻麻的童男童女。

戴巧姐的叫声仿佛是一种信号，一旦出了声，那些纸扎鬼灵的脸上立刻浮现出了极端的凶恶，都朝着我们这边飞扑而来，个个都跟蝗虫一样，蹦得老高，一往无前。

我当时的腿肚子都开始发麻了,然而这生门消失转移,我们不得不正面应对这纷纷扰扰的麻烦。于是我一咬牙,将小宝剑拿在手中,朝着前方的阴灵戳了过去。小宝剑有过道法加持,锋利无比,此剑一出,我感觉整个人反而冷静下来,瞧见扑到我跟前的那小鬼儿被小宝剑戳中,身形一阵扭曲,竟然消弭于无形,顿时胆气茁壮了几分,一步向前,开始冲杀起来。

这一冲杀,我便发现事情变得有些奇妙起来,原本的我与人拼斗都是凭着自己修习魔功的蛮力,以及在巫山后备培训学校所学的格斗技巧,面对普通人倒也算犀利,然而面对修行中人或者非人之物,却有些勉力。

因为修行中人向来都有一套诡异而神秘的身法或者手段,你与他干仗,忽前忽后,忽左忽右,根本难以捉摸;至于非人之物,更是难寻踪迹。

不过此刻,我却发现眼前这些凶煞莫名的东西全部化作了一根又一根的线条,我根本无需去思考它们会在何处,只需顺着线一阵狂戳,利用小宝剑的锋利便能够击中这些凶灵的短处。

如此我已厮杀许多,旁边的戴巧姐却突然传来一声惨叫。我扭头看去,只见她捂着左臂朝后退去,而在她的身后有三个鬼娃娃腾空而起,朝着她的头上跳来。

我离她有些远,根本来不及救援,就在此刻,我的小宝剑上一阵光芒闪烁,白合化作一根流线出现在了戴巧姐的上空,遥遥印出一记,整个空间都为之一震。

接着,所有的一切都倏然静了下来。

第六十一章 半路杀出三个程咬金

白合单脚站立在戴巧姐的头顶处，一手指天，一手举在胸口，五指微张，瞧见我一副惊诧莫名的样子，傲然说道："有什么好惊讶的，在这样的鬼地方，我比外面要强大十倍呢。我能够迷惑这些没有思维的家伙一分钟，你们快点找到出口，要不然谁都帮不了你！"

白合的话语让我立刻醒悟过来，紧紧攥着剩下的那一点儿朱砂，眯着眼睛开始寻找已经移开的生门缝隙。幸运的是我眸子中的那枚符文虽然开始缓慢地淡去，但是却依旧有效，于是我很快又瞧见了左边十米处的亮光。

我拉着戴巧姐就往那儿跑，这女人还惊奇地看着头顶上的白合，朝我大声问道："这就是你养的那鬼灵？"

法螺道场之中，连这些纸灵都能够拟形，白合自然能够入得戴巧姐的眼中，她早就知道了白合的存在，还劝我不要玩火，不过此刻瞧见这个美兮兮的小娘子，却又多了几分羡慕。白合浮于空中，勉力维持，而周边的那些阴灵则一副迷茫的模样，仿佛瞧不见我们——这是当初杨大侉子在省钢二车间里面给白合炼就的法子，专司魅惑，此刻却也有了用场。

白合出场，得立大功，得意洋洋，遇到戴巧姐惊奇的目光，顿时傲娇地说道："瞎看什么呢，人家才不是这家伙养的鬼灵，我只不过是没房子住，暂居他这儿，现在是还房租罢了。"

我不理会两人的争吵，快步走到生门之前，深吸一口气，朝着前方再次洒下了朱砂，那粉末化作一阵风朝着前方卷去，果然又勾勒出了一处不规则的大门来。

大门如镜，这一回黑袍人没有再出现在这缺口，但我瞧见了另外一个带着京剧面具的男人——白脸曹操，抓着一把苗刀守在这儿。

我这边一打开缺口，那人的目光正好从别处收敛回来，与我的目光相遇，然后寒光一闪，流露出了一股凶悍莫名的光芒。

他举起了手中雪亮的苗刀，横刀立马，扼守其间。而这个时候的我却晓得此乃唯一的一线生机，紧紧抓着手中的小宝剑，感觉小肚子里一股热意蕴积，就好像要爆炸了一般。

我身似流星，脚一蹬，整个人就化作了一团风，与那家伙撞到了一起。

铮！

小宝剑与雪亮苗刀对撞，我感觉到一股巨力袭来，手腕一阵酥麻。与此同时，先前一直宛如毒蛇般游走在我周身的冷气却骤然收敛，我没有停顿，那小宝剑宛如流水，连抹带挑，朝着那家伙的下阴处鼓捣而去。

我打得凶悍，出招又阴损得很，招招致命，那个带着白脸曹操面具的男人有些猝不及防，三两招之后连连后退。

带着田野泥土芬芳的气息传入鼻中，让我晓得自己已经脱离险境、重回现实。然而我并没有多高兴，那个莫名其妙的法螺道场让科考队中我最熟悉的两个人就此殒命，无论是悄无声息死去的张知青，还是慷慨而别的小鲁，他们都是我记忆组成的一部分，有着我难以割舍的情感，他们的死亡让我整颗心都沉浸在无尽的悲恸之中，恨不得跟敌人同归于尽。

这打法何止是拼命三郎，简直就是拼命十八郎。白脸曹操有点儿扛不住了，一边后退，一边朝着旁边大声招呼道："毛爷、老八、平哥，那个小疯子跑出来了，凶得很，你们谁过来帮一下！"

临阵厮杀最忌怯弱与分心，此人却是两样都占了，自然不得好下场。我瞧见戴巧姐突然出现在他的后方飞起一脚，这人反应迅速，扭身躲开，然而刚刚一回头，我就把小宝剑送到了他的心脏里。

白脸曹操身子猛地一震，一双眼睛瞪得硕大，几乎都要凸出来，接着像蛮牛一样剧烈地扭动着。

我在巫山后备培训学校学的都是军中一击必杀之术，哪里还容他再生事端，于是错身上前将他紧紧抵住，戴巧姐也扑上来将拼死反抗的他紧紧控住。剧烈的挣扎让这白脸曹操失去大量的生命力，而我插在他胸口处的小宝剑则将其心脏搅成了碎肉，他吐着血，不甘地说道："我王光琦……"

他纵有千般豪言壮语，都淹没在了喷涌而出的鲜血之中，双眼一闭，软绵绵地倒在了地上。

将此人捅倒在地，我才有闲情打量左右，只见我们正身处村口附近的土路上，不远处摆着一个香案，有人端坐于后，双腿跪地，轻声念诵着，旁边则有两个垂髫少女手持碗口大的海螺，无声地吹着，而在路口那儿围着七八个家伙，为首的正是黑袍人毛旻阳。

白脸曹操一声喊，立刻有人转了过来，遥遥围住我们。不过还是有人堵在路口，在他们的对面，还有三个人正在与其对峙。

在我与白脸曹操交手的时候，所有人都朝我们这边看过来，也有人朝这边赶，但当白脸曹操被我果断地捅死后，跑过来的人反而停住了脚步，回头看向了为首的黑袍人。

黑袍人没有理会我们这边，而是朝着村外的三人拱手说道："三位，我再说一遍，法螺道场在此办事，有什么不周到的，还请海涵。不过现在希望能够回避一下，以后定当酬报。"

村外三人，一个四十来岁的干瘦汉子，一个十岁左右的少年，还有一个虽然穿着常服，但却挽着道髻，年纪估计也就二十来岁。能够让手段毒辣的黑袍人如此相待，说明对方也不是好相与的人物，不过法螺道场的这般礼遇，对方却并不在意，只见那干瘦汉子嘿嘿笑道："大路不平众人铲，这儿都死了人，自然不是小事，有什么情况不妨说来，我们适逢其会，做个见证也好。"

半路杀出个程咬金，特别是那干瘦汉子如此好事，这让黑袍人顿时就愤怒起来，喊道："天堂有路你不走，地狱无门偏进来！好，好，我法螺道场门下从来不杀无名之辈，报上名号来。"

一言不合便要杀人，这气派若是常人也就吓着了，那干瘦汉子却凛然不惧，一步踏前，傲然说道："巴东万三，这是我徒弟赵中华，而这位道兄是……"

他话音未落，旁边的那道人上前抱拳说道："武当方离，见过诸位。瞧这阵势，原来是江湖上久闻大名的法螺道场，既然碰上了，倒是要跟诸位讨教一番。"

这道人话语温和，然而平淡之中有着一股刚烈之气，而他的名号一报出来，这些法螺道场的人就抽了一口凉气。我也有些惊喜，因为这武当乃三丰道人之道场，曾经也是顶级的修行门派，虽然这些年来逐渐没落，并不如茅山、龙虎山和青城山盛名，但是就内丹派来说，却是一流。三人依次报上名号，还待说几句场面话，突然间那黑袍人手一挥，旁边几人立刻朝着这三人围了上去。

旁人都朝着前方冲去，黑袍人却双脚一蹬，如一只夜蝙蝠，朝着我们这边横扑而来。

醉翁之意不在酒，在于利苍古墓之中的收获，那三个半路杀出的多事者再可恶，也终究不是他的目的，而外人介入，更应该速战速决，所以他才让手下的人挡住来客，尽力将我给拿下。

黑袍人乃法螺道场供奉堂的高手，当初孙老师曾言不如他，而我根本打不过状态良好的孙老师，我们并不是一个等级的角色，结果似乎不言而喻。然而就在此人袭来的时候，我的脑海里却不断地闪过张知青和小鲁的脸。

他们欢笑的脸、平静的脸、痛苦的脸和哀伤的脸，无数的音容笑貌充斥在了我的脑海里，鲜活无比，然而他们已经永远地离我而去了。

因为某一个缘故，因为我的原因，他们都躺倒在了这个亲人一辈子都没有听说过的小山村里。

因为我，都是因为我……

我的脑海如火在烧，心中却似铁坚硬，仇恨将我全身的潜力都激发出来，面对着黑袍人，小宝剑在手，我不避不退，反而朝着对方大步冲去。

"啊……"

一声厉喊，两人错身而过，我瞧见黑袍人那骷髅一般的脸上流露出了诧异的表情。也对，或许在他的想法中，我应该是往后退或者往旁边仓皇闪避，然而我却偏偏硬着头皮往前冲锋，大大出乎了他的预料，而就是这样的差池，使得他并没有在第一时间以泰山压顶之势将我给击败。就在他回身而来的时候，那个挽着道髻的武当山道士却接过了他的攻势，笑道："欺负小孩子算什么本事，来，我方离与你一战！"

这话刚刚说完，我这"小孩子"的小宝剑就扎在了法螺道场的一个家伙后背上，狠心一拉，喷出的鲜血瞬间就将我的脸染红了。

宛如恶魔一般。

第六十二章 受伤的狼

"好黑手的小哥……"

那个闯入人群之中的干瘦汉子万三瞧见我以这狠厉手段再杀一人，脸色也变得有些凝重，朝我劝道："这位小哥，做人留一线，日后好相见，不管有多大的仇恨，万事皆留一手，方能活得更久啊！"

此乃充满诚恳的真理，也是好心之言，但当时的我已经被张知青和小鲁的死亡给冲昏了头脑，哪里管得这些逆耳忠言，僵硬的脸勉强挤出一丝笑容以示友好，握着小宝剑的右手却更加用力一搅，将那人的内脏搅得一塌糊涂，接着一脚踹了过去，那人悲鸣一声倒地，便再也没有起来。

这时戴巧姐也加入了战团，她刚才受了黑袍人一掌，又是中了胸部，多少受了些内伤，佝偻着腰过来，与这三人禀明身份："特勤局戴巧姐，这个是我们局的同志陈二蛋，多谢三人的援手之情。"

这身份一表明，那个少年便咕哝着说了一声："哦，原来是有关部门的人啊……"

他是少年郎，说话浑然无忌，而那干瘦汉子一边与旁边之人应付，一边含笑说道："哦，原来是官方的人，那就不用多说了，这乃应有之事，且莫多礼。"

短短三言两语，我们便已然结成同盟。法螺道场在此间的人手十来个，不过被复仇心满满的我杀掉两人，还有三人在香案那儿维持那法螺道场，剩下八个对我们倒是形不成压倒性的绝对优势，彼此一纠缠，我便发现那个自称武当出身的道士虽然算不得一流，但也能够与黑袍人形成僵持。这个干瘦汉子万三也不是弱者，他不是赤手空拳，而是手拿一根红线，不断地结绳，一旦有人冲上前来，他便做出复杂的绳技，来人三两下便被捆住手掌，施展不得。

他这是仁术，不伤人，只制敌。

相比自家师父，那个叫做赵中华的少年郎就显得庆气许多。他才十来岁，个儿不大，也就一小孩儿，不过一对脚却仿佛踩在了弹簧上面一般，前后踢、侧踢下劈、勾踢旋踢、推踢跳踢……那花样多得简直就让人眼花，凡是觉得他好欺负的，莫不被他那花样迭出的脚丫子给踹中，跌倒而去。

双方一交手便陷入了胶着，黑袍人暗觉不妙，与武当道士方离交手几回合之后，突然朝着香案边的那个戴红脸面具的人喊道："老黄，转虚为实，法螺道场，超脱物外，起！"

此声一吩咐，那个端坐香案之后的红脸面具突然一跃而起，踩在了香案之上，掏出一把小匕首朝着自己的手腕一抹，鲜血飙射而出。旁边两个小娘皮则大声地娇喝着，脑袋一甩一甩，整个人都陷入了癫狂。

这三人一有异动，万三立刻有所察觉，朝着自家徒弟喊道："中华，阻止他们！"

这边一吩咐，那少年立刻冲天而起，朝着香案那边冲了过去。我和戴巧姐也想过去支援，立刻有两人拦在了我们面前，一脸狞笑地说道："好小子，杀了我们两名兄弟，老子可得把你的皮给扒下来，给他们作祭奠。"

旁边一个眉目清秀的汉子却桀桀笑道："平哥，别介啊，这小子细皮嫩肉的，要不然先给我玩玩，容后再谈？"

两人彼此调笑，说得十分轻松，却是严阵以待。我脸上没有任何愤恨，却招招搏命，一副亡命徒的样子，这状态简直就是发了魔怔。那两人也是一方高手，无论是面对万三还是戴巧姐，都是应付自如，然而跟我一开打，却有些手忙脚乱，步步后退。

就在此时，周围突然一阵阴风刮起，我们的头顶处一阵旋涡生出，接着好多脸上涂着圆形腮红的小娃娃便从天上掉落下来，随之而来的还有长舌头的吊死鬼，以及身披兵甲、骑着大马的武士，这些东西极多，一下就将村前的整个土路堵满，有的甚至没地方站，被挤到了两边水田里。这模样实在吓人，特别是那些脸色惨白、涂着腮红的鬼娃娃，一双眼睛怨毒得让人相视一眼便浑身发毛。

纷纷掉落的纸灵之中，有一个灵巧的身影也在翻滚，却是那个叫做赵中华的小孩儿。他被那两个小娘皮给逼退了，一脸气急败坏地说道："师父，她们搞鬼，把衣服给撕开了，我根本不敢碰她们！"

我听到后下意识地抬头望去，没有瞧见那两个撕衣服的少女，却瞧见那个红脸面具挥动着一方沾有鲜血的令旗，朝着我们这边挥来。

这一挥，所有的纸灵都纷纷朝着我们这边冲来，而法螺道场的人却抽身往后退去，任这些纸上凶灵消耗我们。我的小宝剑犀利无比，连挑带抹斩落好几个纸面娃娃，然而对手确实无穷无尽，宛如炮灰，根本就抵挡不住。对方援引了法螺道场的纸灵而来，不到一分钟，我们五人都挤到了一块儿来，望着满天满地的纸灵汹涌，而法螺道场的人则都退到了幕后看戏。那武当道士方离苦笑道："今天真的是要栽了，贫道我名字里虽然有一个离字，却没有修习离火之法，应付不得这种场面啊。"

我们节节败退，戴巧姐也是一声苦笑，说道："即便有火，也没法子——你看这纸灵，从那法螺道场之中源源不断而来，唯有斩断其根本，方能与之拼命。"

"斩断根本？"干瘦汉子一愣，突然笑道，"我倒是有一样东西，可以将这玩意给弄掉。"

他说完，从怀中往外一掏，朝天撒去。但见是一张银白色的金属小网，不过它一腾空而起，便化作了一张透明而泛着亮光的大网，朝着云雾连绵的上空罩去。而这一笼罩，空中那些纷纷落下的纸灵便都被隔断，另一处端口，原本静寂无声的凶灵竟然都发出了巨大的惨叫，显然是被伤到了根本。万三此举一出，那个挥舞着令旗的鲜红面具立刻浑身一震，他戴着面具，所以鲜血倒也没有喷出来，只是全数流到了胸口，一团晕红。

截断此阵，我们所有人的士气大振，凭空又生出了几许气力。与此同时，前方突然一片混乱，那些汹涌而来的纸灵都纷纷散开，我眯眼一瞧，竟然是胖妞寻着我的气息从村中杀来，搅动一番风云。

胖妞昨夜方才睁开额头上的眼睛，损耗严重，此刻不能再次将身体里面的魔猿逼出，也使不得脖子上面挂着的法器，不过它不知道从哪儿摸出一根木棍，却也是凶悍异常。

卤水点豆腐，一物降一物，胖妞不知道是有着什么气质，它并不强大，但是一出现就将场中的纸灵给搅得一阵惶惶，那些不畏死的纸灵竟然不敢与其交锋，让开一旁。

这情形让我们所有人都大为振奋，五人齐出，终于冲到了香案之前。戴巧姐抓住其中一个小娘皮的辫子，拽到了地上，而我则是一腔愤恨，也顾不得心软，冲上前去一剑将那个红脸面具封喉而杀。

香案一倒，那纸灵立刻变得软弱无力，有人上前将那法螺给夺去，然后往后面退开，村子里也开始有了动静，砰地一声响，正是工作组鸣枪示警了。

这大势已去，黑袍人不再纠缠，而是吩咐手下撤离。

不过他们想走，我却是不依不饶，感觉杀了好几个人不但没有力竭，反而是浑身的血液都在沸腾，一声叫喊，拼命狂奔，朝着那些家伙追去。这一追一逃，一下就离开了村口好远。那些人哪里见过这般凶悍的对手，一时间有些心慌，有一个人顿时就崴了脚，掉了队。我野狗一般扑上去，与他紧紧抱在一起，滚落在了旁边的水田里。

那水田里面尽是烂泥，我们两人好一番滚，他按住了我拿剑的手腕，而我的左手则死死掐住了他的脖子，两人较劲。他前面的同伙一声惊呼："老八！"

法螺道场的人想过来救援，戴巧姐和那三名援手也匆匆赶了上来，黑袍人瞧见村口已经有战士持枪追来，没敢停留，拉着那人离开。

我没有参与追逐，而是与这个老八在烂泥田里面扑腾。

那可是个身高一米八以上的壮汉，一声肥膘，口中喷出熏臭的气息像头狗熊。即便是这样，他依旧害怕我，因为我就像一头受伤的狼，死死咬住他不放，小宝剑弄丢了，我就一双手紧紧掐住他的脖子。

老八还准备翻过手来弄我，结果胖妞适时一棒子，将那人敲得浑身无力，放开了夹在我身上的手臂。

"妈的，去死，去死！"我整个人陷入了癫狂之中，脑海里唯一一件事情，就是要干死这些个伤害我朋友的家伙。而这时旁边有人过来拉我："小哥，别弄死他，要留活口吧？"

第六十三章 弱者怨恨

我一腔怒火正要宣泄,旁边却有人过来拉我,于是下意识地甩手过去,结果根本甩不动。我回过头去,瞧见是先前帮忙的那个干瘦汉子万三,正笑盈盈地看着我。

伸手不打笑脸人,而且人家刚刚救了我们的性命,这般一想,我也收敛了几分杀意,松开了手。

谁知道我这手一松开,被我压在身下的那个老八居然就地一滚,朝着我一个后蹬腿,正中我的胸口,我被他踢得摔落在了泥田中,而那人借机想要跑开。不过那水田里面一片泥泞,根本就迈不动步,走两步便摇摇欲坠,那干瘦汉子果然也不是好惹的,手一伸将那人的衣服抓住,微微一抖,那人便腾空而起,摔到了土路上面去。

胖妞屁颠屁颠地过来搀我,还殷勤地递上了那根不知道从哪儿找来的木棍,我借着木棍站起来,它便一出溜爬上了我的肩膀。万三看得有趣,指着胖妞说道:"这猴子是你养的?"

对方虽然阻止我,但也是为了大局,我自然不会不识好歹,点了点头,说是。

这干瘦汉子颇有深意地瞧了我一眼,感叹道:"后生可畏啊!"他似乎对我出手如此狠辣的作风有些不太认同,也没有与我多攀谈,跳上了村口土路,然后手朝着虚空中一抓,将先前隔断法螺道场的那张金属小网给收了回来。

我拄着木棍重新回到了土路,这时村子里的工作组成员和战士都已经赶了过来,不过因为人员并不充足,也来不及去追赶逃掉的黑袍人一伙,而是在戴巧姐的指挥下,将那个老八押下,又将尸体收敛起来。

作为此行中的援手,万三和他的小徒弟赵中华,以及武当道士方离三人自然受到了工作组的热烈欢迎,戴巧姐和协助她的负责人丁三邀请三人到村里一叙,交流一番心得。

万三等人之所以夜里赶路,是因为要去鄂北的一个村子帮人解难,因为着急才误入村镇,本来就准备找一个歇脚的地方,此刻倒也没有推辞,与我们一同入了村。

这一番闹腾,半个村子都被弄醒了,程老也赶到了村口,询问此事,得知缘由之后,意味深长地看了我和戴巧姐一眼,然后带着学生离开。戴巧姐要招待这三位援手的江湖朋友,而我顾不得多说什么,跟着丁三他们去确认张知青、小鲁的生死。

我带着两名工作组的成员直扑我住着的那老乡家,冲进院子来到了张知青房间的门口。

在这房门前停顿了几秒钟之后,我撞门而入,瞧见张知青好好地躺在床上,并没有出现在房梁之下。这让我凭空生出许多希望,然而当我冲到床榻前,借着外面的微光,却瞧见他的脖子处出现了一道深深的勒痕,嘴张得很大,舌头搭在了下巴那儿,早已是气息全无。

我沉默了许久,此时此刻的张知青虽然没有跟法螺道场之中一样吊在房梁上面,但是死状几乎是一模一样的。

张知青死了,莫名其妙,稀奇古怪,我连那些人是怎么杀他的都不晓得,这让我沮丧无比,感受到了强烈的不安,而与此同时,心中又充满了愤怒——为什么这世界上有这么多的不公?

为什么那些人可以随意地杀人行凶,毫无忌惮?

为什么实力弱的就该死?

我跪在张知青的床头,看着他一片紫红的脸以及几乎凸出眼眶的眼球,心中感觉到一种小人物的悲哀,以及浓浓的恨意——法螺道场,惹到你二蛋哥,你他妈的死定了,老子穷极一生一定要将你们这个狗屁团伙赶尽杀绝。

就在我们发现张知青的尸体没多久后,有人在村后的山脚下找到了小鲁的尸体,这个年轻人倒在了草丛中,身上有四十多道薄如蝉翼的伤口,鲜血方干,整个人苍白得像个布娃娃。

张知青和小鲁的死讯让工作组陷入了深深的恐惧之中,而我晓得,倘若没有那半路杀出来的帮手,只怕我和戴巧姐也是这样的下场,于是强行压下心头的悲伤,来到村公所找万三他们道谢。

我到的时候这三人正在吃饭,旁边有戴巧姐和另外两个村子里的长辈在陪着说话。瞧见我来了,戴巧姐站起来给我引荐道:"哈哈,我们的小陈来了,三位,这就是你们刚才问起破了法螺道场邪阵的人。"

我与三人见过,寒暄两句,戴巧姐问我情况怎么样,我将张知青和小鲁的死讯给她讲明。这话一出,三人皆是肃然,万三站起身来,拱手说道:"先前还觉得小哥出手过于残暴,现在看来,法螺道场的人倒是罪有应得!"

旁边的戴巧姐帮衬着说道:"可不是,这两人都是小陈工作组里面最好的朋友,也正是如此,他才会那般拼命!"

万三、方离等人原先瞧见我如此暴戾,并不太喜欢,知道原由后倒是热情许多,纷纷出言相劝,让我的心情好了许多。那方离还提出一会儿给这两位做一场法事,让他们早些超生,免受其苦,这话让我有些感动,一并谢过。

冰释前嫌,大家又都是并肩过命的交情,便也没有太多的隐瞒。方离告诉我,说这位万三哥是巴东楚巫传人,最是厉害不过,而这小赵是河北沧州人士,罕见的习武天才,是万三哥刚刚收的徒弟,此番受人相邀,没想到适逢其会,也正是缘分。同道中人自然会聊起师承,我此时也晓得了门第的重要,自言曾跟茅山李道子学过一段时间的道法,只可惜他老人家看不上我,没有收做徒弟。

这话一说出口,众人皆惊,恨不得立刻站起身来以示敬意。随后万三、方离等人纷纷感言,说这真的是可惜了,如果能够让那老神仙收做徒弟,当真是天大的福分。

当然,即便不能当那记名弟子,便是能够得到指点一二,也足以受益终身了。

李道子的名头很好地掩饰了我的魔功以及突兀的破阵行为,因为任何的不可能,只要联系到那个传奇人物身上,都变得理所当然了。两人又跟我确认了李道子的一些具体细节,顿时就像疯狂的追星族一般,问了我好多问题,弄得我头昏脑涨,竟然有些后悔起抱那个青衣老道的大腿。不过有了共同的话题,倒也能够很快地拉近距离,没多久我便与这几人成为了朋友,特别是那个叫做赵中华的小孩儿,很有灵性,一脸崇拜地看着我,让我不由得也有些飘飘然。

在他的世界里,自家师父就是天底下最厉害的人,而那李道子则是他师父的偶像人物,那么与李道子沾点边儿的我,便多少也值得尊崇了。

再加上我今天夜里的凶悍表现也颇对这小孩的脾气,还有旁边威风凛凛的胖妞,一时间便"二蛋哥、二蛋哥"地叫我,然而这"二蛋"两个字,记虽然容易记,但是登不上大雅之堂，于是他便开始叫我"陈老大"了。

我与几人相谈甚欢，随后歇息妥当，武当道士方离便摆下香案，开始给张知青和小鲁超度亡魂。

这活虽然我也会，但毕竟不专业，所以就远远地看着，而这时白合也从黑暗中返回来了。戴巧姐忙活完审问俘虏之事后，神出鬼没地来到我的身旁，幽幽说道："陈二蛋，你到底还有多少秘密是我不知道的？"

我这几日的表现实在是太醒目了，戴巧姐从原先的忽视到现在的好奇，心态几经转折，这里面的心路历程自然不能与旁人说。我跟她并不算熟，也不可能交出底，随口敷衍两句，而这时她突然拉着我说道："利苍古墓里，那所有人都在找寻的东西是不是被你拿了？"

她这突兀的话语让我一愣，扭过头去看她，而戴巧姐则一字一句地说道："别以为自己做得神不知鬼不觉，那玉简变成了无字天书，而神秘莫测的法螺道场竟然被你找出了生门，就算是你搬出了符王李道子，骗得了别人，也骗不了我——不止是我，你没看到程老和孙老师他们几个都是一脸狐疑不信吗？"

我身子僵直，冷冷地说道："是又怎么样，不是又怎么样？你是不是还打算去程老那儿告发我呢？"

我到底还是城府太浅，被戴巧姐一诈便露了馅，不过她却噗嗤一笑，轻声说道："干嘛告发你？说句实话，我也顶不喜欢程杨那老家伙的做派，所以与其便宜别人，不如让你得意咯？不过你可要记住，你还欠我一个人情哦。"

第六十四章 两场丧事

戴巧姐到底要我做什么，这事儿她迟迟不肯讲，不过她却实现了自己的诺言，好多事情都帮我兜着，让我少受了许多盘查，而我也颇为感激。

能够做到一个分局的局长，并且又成为巫山后备培训学校的校长，这需要很雄厚的资历和背景，而这样的家庭出身，给戴巧姐带来了很多不一样的手段，她之前表现得有些冷淡，只不过是一个女人固有的矜持，一旦她觉得你有成为她朋友的资格，对你的态度就会如沐春风，让人觉得蛮好相处。

我不认为这是一种势利，而是一种正常的表现，我年纪虽小，却早已经看淡了世间冷暖，倒也没有什么不适应的地方。

方离作为一个道士，不但打架厉害，而且作法超度也是有模有样，蛮值得学习。我默默地看着他将一切应有之法事流程都认真做完，恍惚听到静谧的虚空之中有两声长长的叹息，这似乎是幻觉，不过我还是将双手合在胸口，泪水流了出来。

因为还要赶路，做完法事，三人找了一个地方歇息，第二天与我们依依惜别，然后离开了。

临走的时候，那个叫做赵中华的小孩儿对我肩膀上面的胖妞特别不舍，还特地问了我的工作单位，说以后若有时间，他会去找我玩儿的。对于他的请求，我自然是一万个欢迎，于是留了在江宁分局的地址，说以后如若有缘，定会再见，我到时候请他吃大肉饺子。

那个时候，在我的心中，最美味的不过就是我们单位附近那家饭馆的饺子。

三人离去之后，工作依旧还在继续。次日正午，工作组前往县里求援的同事带来了一个排的援兵，是附近驻军的部队，而后科考队申请的人员也源源不断地调拨而来，在程老的指挥下开始了科考挖掘工作的准备活动。不过我并没有再瞧见孙老师，也不知道他带着那个玉简到了何处。除此之外，背地里的工作也依旧在继续，因为利苍有可能从墓中逃出，所以整片区域都处于戒严状态，防止那个在古墓中待了两千多年的老鬼做出什么丧心病狂的事情来。

戴巧姐告诉我，报告已经到了上面，不是省厅，而是中央那儿，到时候会派遣一些镇得住场面的高手过来，保卫任务就不会这么重了。

我满心期待着中央那些传说中的高手前来，然而很快就得到通知，让我护送死去和受伤的同僚返回金陵。

我知道这是申重的一番好意，因为张知青和小鲁的死亡，我在这儿基本上也没有什么留下来的兴致，那传说中的高手再厉害，终究跟我没有什么关系，于是便接受了命令，跟车一起返回了金陵。

和我一起回去的还有另外一个老同事，丧葬的一切事务都是由他负责，张知青是科考队的，归属于学校那边，而小鲁和谷夏则是我们系统内部的，因此有两场追悼会。

最先举行的是小鲁和谷夏的追悼会，因为是秘密战线，所以场面并不大，但是来的都是大人物，包括我认识的江宁分局李浩然局长，还有省局的一个副局长，以及一大堆中层领导，对家属好是一番慰问。会后李局找到我，问起了当日之事。这些事情其实都是有过备案的，不过李局在听完我精简过的讲述之后，还是意味深长地看了我一眼，然后问我以后的打算。

我的表态很中庸，我是革命一块砖，哪里需要哪里搬，坚决服从上级的安排。

李局没有多说什么，也没有让我返回分局报到，而是说工作组的事情还没有完，让我先回到工作组的驻地等待，到时候上面自然会对我有所安排的。

其实这事儿我已经听跟我一起回来的那个老同事说过了，这一次我算是立了功，表现优异，成了香饽饽，很多单位对我都有想法，就等着这临时工作组一解散过来讨人呢。按理说作为原单位的领导，李局自然应该大力招揽才对，不过他这般模样，估计是对我的去处也有了定论。

这些都不是我关心的，办完了小鲁的追悼会，我又去了苏北参加张知青的葬礼。

相比于小鲁、谷夏追悼会的隆重，张知青的葬礼显得有些冷清。虽然他父亲是当地重新起用的领导干部，不过可能是在运动时期受到了惊吓，所以场面一点也不敢张扬，而且金陵大学那边也没有什么表示，张知青的恩师程老因为忙于利苍墓的挖掘工作，甚至连一个慰问的口信都没有带过来。那葬礼是在张知青苏北

第二卷 青盲年代

农村的老家办的，下葬的时候除了他的父母和几个亲戚，便只有一枝花和小妮了。我赶来的时候，张知青的家人对我有些冷淡，不理不睬。

我当时并没有多说什么，事后找到一枝花了解，才知道老爷子对张知青的死耿耿于怀，觉得一枝花没有起到管束的责任。除此之外，老太太对他的这一桩婚事也并不喜欢，一是嫌她是农村的山里人，二来嫌小妮不能传宗接代。

一枝花自从那一次的流产事件之后，虽然很努力地怀二胎，但是一直都没有成。老爷子虽然是老干部了，但是重男轻女的思想一直都有，所以她在张家的地位很尴尬，以前有张知青在中间斡旋，现在张知青死去了，她们母女两人的日子只怕会很难过。

听到一枝花的叙述，又看着抱着我大腿的小妮，我心头沉甸甸的，感觉羞愧极了。当初我曾经拍着胸脯保证会护卫张知青的生命安全，回来的时候却带来了一具冷冰冰的尸体，这叫我怎么能够不难过？

不过我人微言轻，除了羞愧之外，也只有在心中默默地想着，以后如果我有了能力，一定多照顾她们。

小妮是个早慧的孩子，在爷爷奶奶家受到了不少白眼，又因为张知青的突然辞世，精神受到了很大的打击，对我依依不舍，我反正也没有人管着，时间也有，于是便多陪了她几天，这才返回金陵。

返回工作组的驻地之后，我并没有接到再次前往神农架的调令，而是在后方组织后勤，作为工作组的一个联络人员跟各个部门打交道。

随着时间的推移，到了四月陆续就传回来一些坏消息，说科考队确定的地点并没有找出那古墓，反而是挖掘出了一个大坑以及一条地下河流。初步估计那利苍墓已经因为某种原因跌落进了河流中，然后所有的东西都被水冲走了。这消息让人沮丧，忙活了几个月的科考队颗粒无收，程老并没有放弃，而是组织人手，在研究了那地下河流的走向之后，去下游找寻，试图找到一些零碎的东西。

然而一直到了五月都没有任何发现，上面的耐心总是有限的，于是陆续地撤离了人手。至于程老和孙老师先前所说的利苍成魔逃出古墓会引发大灾祸的事情，也是一点儿消息都没有，一切都仿佛没有发生过一般，利苍也消失无踪，于是工作组便返回了金陵。

程老并没有放弃对利苍墓的追查，他还带着自己的学生在那神农架的莽莽山林中搜寻，不过却再也没有得到什么强有力的支援。

当然，这些都是纸面上的东西。在这样的部门待久了，我也能够晓得很多东西的表面和背面截然不同，但是这都与我无关了，后面到底有着什么隐秘的事情我都没有再关心。

申重和戴巧姐五月中旬带队返回，亲自去省局汇报了很久，回来之后宣布解散了临时工作组，大家各回各家，各找各妈。申重回了省局，戴巧姐去了余扬，而我则返回江宁分局，重新回到了二科。这是一个让很多人惊掉眼镜的结果，对于我的回归，提前返回的黄岐显得格外开心，这世界上总是有些人见不得别人好，每天都会拿我来嘲讽几句，让我的心情变得无比糟糕。

不过这家伙倒也没有坚持多久，六月因病被调离了江宁分局，听说去了雨花台。

五月是我最沉闷消极的一段时间，罗大根跟随琳琅真人去了龙虎山，张知青和小鲁已经与我阴阳两隔，我感觉自己的朋友圈一下就变得无比狭小。好在这个时候，我相继收到了王朋、努尔和忠哥的来信，彼此的信件来往让我多少舒了些心，虽然因为是保密部门，有很多东西不能讲，但是看到他们熟悉的笔迹，却足够让我的心情由阴转晴。

努尔还告诉我一件事情，说他现在正在学习一种技能，到我们再见面的时候，他一定会让我大吃一惊的。

我表示很期待。

这样的日子一直到了七月初，我终于收到了一纸调令，将我从江宁分局行动处二科调往省局特别行动队。当时的我并不知道，从那个时候开始，我走上了搅动天下风云的道路。

图书在版编目（CIP）数据

苗疆道事.2,青盲年代/南无袈裟理科佛著.-上海：上海文艺出版社.2019.1
ISBN 978-7-5321-6892-7
Ⅰ.①苗… Ⅱ.①南… Ⅲ.①长篇小说－中国－当代
Ⅳ.①I247.5
中国版本图书馆CIP数据核字(2018)第224026号

发 行 人：陈　征
策划出品：牧神文化
策划监制：王晨曦
特约编审：赵南荣
责任编辑：李　霞
特约编辑：蔡　为
装帧设计：主语设计
版式设计：彭　彭

书　　名：苗疆道事.2,青盲年代
作　　者：南无袈裟理科佛
出　　版：上海世纪出版集团　上海文艺出版社
地　　址：上海绍兴路7号　200020
发　　行：上海文艺出版社发行中心发行
　　　　　上海市绍兴路50号　200020　www.ewen.co
印　　刷：崇明裕安印刷厂
开　　本：710×1000　1/16
印　　张：16.25
插　　页：4
字　　数：268,000
印　　次：2019年1月第1版　2019年1月第1次印刷
ＩＳＢＮ：978-7-5321-6892-7/I・5499
定　　价：45.00元
告 读 者：如发现本书有质量问题请与印刷厂质量科联系　T:021-59404766